古典文獻研究輯刊

四 編

曾永義 主編

第 5 冊

《柳毅傳書》與《張生煮海》研究

廖玉蕙 著

國家圖書館出版品預行編目資料

《柳毅傳書》與《張生煮海》研究／廖玉蕙 著 — 初版 — 台北
縣永和市：花木蘭文化出版社，2012〔民 101〕
目 2+160 面；19×26 公分
（古典文學研究輯刊　四編：第 5 冊）
ISBN：978-986-254-754-0（精裝）
1. 志怪小說 2. 文學評論 3. 劇評
820.8   101001731

ISBN-978-986-254-754-0

9 789862 547540

古典文學研究輯刊
四 編 第五冊   ISBN：978-986-254-754-0

《柳毅傳書》與《張生煮海》研究

作　　者　廖玉蕙
主　　編　曾永義
總 編 輯　杜潔祥
出　　版　花木蘭文化出版社
發 行 所　花木蘭文化出版社
發 行 人　高小娟
聯絡地址　新北市永和區中正路五九五號七樓之三
　　　　　電話：02-2923-1455／傳真：02-2923-1452
網　　址　http://www.huamulan.tw 信箱 sut81518@ms59.hinet.net
印　　刷　普羅文化出版廣告事業
初　　版　2012 年 3 月
定　　價　四編 32 冊（精裝）新台幣 52,000 元

《柳毅傳書》與《張生煮海》研究

廖玉蕙　著

作者簡介

廖玉蕙，東吳大學中國文學博士，現任國立台北教育大學語文與創作學系教授。曾獲中山文藝獎、吳魯芹散文獎、五四文藝獎章及中興文藝獎。多篇作品被選入高中、國中課本及各種選集。創作有《後來》、《純真遺落》、《廖玉蕙精選集》、《像我這樣的老師》、《五十歲的公主》、《純真遺落》、《不關風與月》、《文學盛筵——談閱讀教寫作》……等三十餘冊及學術專著《細說桃花扇》、《人生有情淚沾臆——唐人小說的美麗與哀愁》……等。曾編選《繁花盛景——台灣當代新文學選本》、《中華現代文學大系——散文卷》等多種。

提　　要

　　傳奇文深受碑傳文體之影響，產生許多以人物為主題之小說，〈柳毅〉即為此中典型。〈柳毅〉敘落第書生為龍女傳書，後乃結為婚姻事。元代雜劇復有《張生煮海》，溯其淵源，似亦自〈柳毅〉文脫出，一寫洞庭龍女，一敘東海龍女，皆關涉龍女與人類之戀情，清人李笠翁為之作合，演為《蜃中樓》。其中，〈柳毅〉歷經宋、元、明、清作者之敷衍潤色，重要作品尚有元·尚仲賢作雜劇《洞庭湖柳毅傳書》、明·許自昌作傳奇《橘浦記》、清·何鏞作雜劇《乘龍佳話》及清·皮黃《龍女牧羊》……數種，其結構、情節、人物等已和原作單純、浪漫之面目大相逕庭。此中之層累進程、傳承關係、與《張生煮海》縮合狀況即為本文之重心所在。

　　全書共分五章，首章緒論，略探戲劇題材蹈襲之因；次章探本溯源，詳述其傳承；三章言其演進及合流，兼考作者與本事；四章評騭作品，析其內容、論其結構，並評論缺失；五章結論。

　　文後另有附錄兩篇，〈唐人志怪小說中異類婚姻的幾點觀察〉由〈柳毅〉中之異類聯姻，擴而及於唐傳奇中相關異類婚戀故事，詳究其締結、破滅及各式異類婚姻趨勢，並取唐人現實婚姻加以驗證，以見小說與現實之關連。〈夷堅支志中異類婚戀故事的幾點觀察〉則更進而取宋筆記小說《夷堅支志》同類小說，先歸納異類婚姻的對象，再敘宋代異類婚戀故事中各自潛藏的集體潛意識，並取與唐代小說相較，並提出個人的幾點另類觀察。

目次

前　言
第一章　緒　論 ……………………………………………… 1
第二章　探本溯源 …………………………………………… 7
　　第一節　我國水神故事之影響 ………………………… 7
　　第二節　佛經中入海求寶故事之影響 ………………… 16
第三章　柳毅傳書與張生煮海故事之演進及合流 ……… 43
　　第一節　作者與本事考略 ……………………………… 43
　　第二節　故事之演進及合流 …………………………… 52
第四章　作品評騭 ………………………………………… 59
　　第一節　小說之評騭 …………………………………… 59
　　第二節　劇作之評騭 …………………………………… 65
　　　一、主題 ……………………………………………… 65
　　　二、人物 ……………………………………………… 70
　　　三、曲文 ……………………………………………… 76
　　　四、賓白 ……………………………………………… 81
　　　五、科諢 ……………………………………………… 85
　　　六、用韻 ……………………………………………… 87
　　　七、聯套 ……………………………………………… 91
　　　八、分場及分腳 ……………………………………… 106
第五章　結　論 …………………………………………… 117

重要參考書目 ……………………………………………… 119
附錄一：唐人志怪小說中異類婚姻的幾點觀察 ……… 123
附錄二：《夷堅支志》中異類婚戀故事的幾點觀察
　　　　──兼論與唐代異類婚戀故事的比較 ………… 145

前　言

　　我國稗說至明清而大興，遠溯淵源，雖濫觴於先秦，實振采於有唐。唐人傳奇，語怪則逾於博物、述異，搜奇則極於山經、十洲，紅紫繽紛，瓊琚錯落，斯亦極稗海之偉觀矣！故後世劇曲家輒取之以為資材。夫戲曲之道至有元而特盛，明清踵繼前賢，創作尤夥。曲家假曲詞科白、藉優孟衣冠以摹寫胸臆、觀照人性，與稗說之經緯文心、微言譎諫，裨教化而移風俗，陶淑斯民以同歸中正者，其致一也。故二者雖皆不見重於古昔，然方今文運丕變，但精一藝，俱可詣道，劇曲稗說，殆成顯學，信知自來街巷之為談助者，咸有妙理存焉。

　　余少好稗說戲曲，頗生董理之心。自入上庠，盧師聲伯（元駿）啓蒙先路，臺師靜農、鄭師因百（騫）、張師清徽（敬）奠基登階，朝夕浸淫，愛悅尤深。前歲，得讀臺師「佛教故實與中國小說」大文，深服其論，乃沿波討源、振葉尋根，上溯其與中國水神故事之淵源，下探其於戲曲之影響，鈎玄扼要，作為此篇，縷述一得之愚，愧未深究其是也。

　　全書內容，共分五章。首篇緒論，略探戲劇題材蹈襲之因；次章探本溯源，詳述其傳承；三章言其演進及合流，兼考作者與本事；四章評騭作品，析其內容、論其結構，並評及缺失；五章結論。撰述中，蒙張師清徽之啓迪、指示，獲益實多。然曲海浩瀚，以臨川之詞采而有「拗折嗓子」之病，以吳江之矩矱而有「毫鋒殊拙」之誚，樂府之精微、音聲之難治也如此，余雖從學數載，摸索不免迷失，探究或陷訛謬，淹雅君子，幸教益之。

中華民國六十七年五月　廖玉蕙謹識
於私立東吳大學中國文學研究所

第一章　緒　論

　　"Fiction" 一詞，其涵義總括小說 Novel、詩歌 Poem 與戲劇 Drama，凡以想像連貫之事實說明人生真理者，皆可謂之 "Fiction"，故歐洲古代，小說、詩歌、戲劇實係三者一體，密不可分。而中國小說之外形，雖與詩歌、戲曲為兩途，然就其內容及技巧言，亦自有其流長之淵源。中國古典戲劇向小說及歷史故事取材，幾已成為積習，作者鮮有專為戲劇憑空結撰、獨運機杼。而同一題材演為二、三種形式之戲劇倒是常見。宋元南戲沿襲唐人傳奇小說，明傳奇改編自元雜劇，清代皮黃復取材明傳奇，如是陳陳相因，遂成戲劇題材之一大特色。

　　何以劇作家多於歷史及傳說中不惜舊事新編、蹈襲再三？吳梅《顧曲塵談・製曲章》論酌事實云：

> 明人院本頗喜采唐人小說……。是以詞家所譜事實，宜合於情理之
> 中，最妙以前人說部中可感可泣、有關風化之事，揆情度理，而飾之
> 以文藻，則感動人心、改易社會，其功可卷也。且愚意以為，用故事
> 較臆造為易，何也？故事已有古人成作在前，其篇幅結構，不必自我
> 用心，但就原文編次，自無前後不接、頭腳不稱之病。至若自造一事，
> 必須先將事實布置妥貼，其有挂漏之處，尤宜隨時補湊，以較用故事
> 編次者，其勞逸為何如？事半功倍。文人亦何樂而不為哉？

此文前半由社會教化言之，以為以膾炙人口之題材作劇最易感動人心。傳統戲劇旨在補風化、動觀聽，取材觀眾所熟悉之小說及歷史，自最易收事半功倍之效。後半乃就編劇之勞逸立論，改編前人作品，於關目布置、排場處理上有所憑藉，亦可節省精力，以便專意於文辭之表現，倘再稍用心思，尤易

超邁前人。

　　日人吉川幸次郎更進而自中國文學之傳統觀念剖析，以爲我國固有之倫理觀念，一向重視實際經驗，不重視空想之產物，空想之事務常爲倫理觀念所禁止。因此，文學旨趣乃在將已構成之事實，以優美之語言出之，而非以空想構成新事實爲鵠的。因之：

> 中國文學之傳統觀念，與其說重視所歌唱的故事，毋寧說更重視所
> 歌唱的文字。(《元雜劇研究》下篇〈元雜劇的文學〉)

吉川並以寧獻王《太和正音譜》古今群英樂府格勢之品評有元諸名家，俱以文辭之工拙而非構成之工拙爲證，認爲批評家關心之所在即聽眾關心之所在。觀眾既以文辭之工拙爲中心，故：

> 雜劇所歌唱的事件，與其用聽眾不熟悉的故事，毋寧用眾所周知的
> 故事來得方便一些。因爲如已知道故事的內容，聽唱的時候，可以
> 把注意力集中在歌辭的表現上面；反之，如果事件太新奇，那麼注
> 意力便被新奇的事件所吸引，因而對於歌辭的關心，也就要鬆懈了。
> (《元雜劇研究》下篇〈元雜劇的文學〉)

確實，我國古典戲劇之美學基礎係詩歌、音樂與舞蹈。作者最關切者爲文辭之精湛，演員則講求歌聲之動聽與身段之曼妙，觀眾便由此而達賞心樂事之目的。如係熟習之本事，觀眾則可集中注意於歌、舞、樂之聆賞。反之，則須費心於情節之探索，如此便鬆懈於歌、舞、樂之聆賞而無法掌握古典劇曲所欲表現之眞諦矣！

　　除上述教化之目的、作者編劇之便利及觀眾聆賞之集中外，取材歷史及傳統故事復可逃避現實。此點曾永義先生於〈中國古典戲劇的特質〉一文中闡述至明：

> 就我國傳統的古典戲劇來觀察，元人雜劇的內容算是較豐富的。根
> 據羅錦堂《現存元人雜劇本事考》的分類，計得八類十六目。這八
> 類中，以社會類中的公案劇和戀愛類中的良賤間之戀愛劇以及仕隱
> 類中的隱居樂道劇最能反映當時人民的遭遇和士大夫的心理。可是
> 劇作者究竟不敢將人民的痛苦呼號和人心的憤恨不平，直截了當的
> 表現出來，因此只好朦朧其事，借古鑑今。他們對於政治社會的不
> 滿，只是希企當代出現像包拯和錢可那樣的清官出來代他們申訴，
> 替他們主持正道，但那到底是望梅止渴而已；於是等而下之的，便

寄望於綠林好漢出來替他們誅惡鋤奸，甚至於只好以冥冥中的鬼神來報應了。文人在當代所受的壓迫所引起的更是曠古所未有的，因此憤懣之情也最為激越，其中以馬致遠的《薦福碑》為最典型的代表。但是他還是不敢直斥當代，不敢以當代的現實事件來編撰。元代的文網尚不繁密，雜劇雖有意反映現實社會，而仍不得不藉歷史和傳統故事以掩人耳目、塞人口實，更何況文字獄頻頻興起的明清兩朝呢？

向歷史及傳說故事取材及因襲改編前人劇作既有上述之優點，且小說與戲劇之文學技巧復有諸多相通之處，如小說之分章相當戲劇之分幕、分場；小說之刻畫人物個性，亦與戲劇所須刻畫者同；而小說之對話與動作即是戲劇中之科介賓白，故劇作者每樂此而不疲。

然小說與戲劇終究係兩種各自獨立之文學形式：

戲劇是一種具體的綜合光和音樂、繪畫的藝術，是以具體的動作聲和光來直接刺激聽者的眼和耳的。小說是一種平面的藝術，用文字和感情來借讀者的眼，傳達於讀者的腦而引起一種感應作用。（蔣祖怡《小說纂要》第一章〈小說的領域及其本質〉）

二者之間既有如許之差異，因之，同一題材演為二種不同之形式時，必經「再創作」之過程，或加枝添葉、或大事鋪張，甚且有翻案補恨者，於文字運用及情節鋪敘上皆必顯示出迥異之情調。且因時代背景不同，作者本身際遇之運轉，甚至常有意外之改動，或發抒個人胸中之塊壘，或顯示當代之思想，劇作者便於如此自由之改編尺度中，馳騁想像。如此，小說因戲曲家之努力而成為最普遍之民間故事，因而延續其生命；戲劇因小說之提供題材而豐富其想像、擴大其資材，彼此相生相得，相互汲取養分，遂為古典文學平添無數之光彩。

中國小說至唐人傳奇始建立完美之短篇小說型構，於我國文學史上綻現極為奇麗之異彩。唐傳奇原為古文運動之附庸，卻由附庸而蔚為大國。它以古文寫作，於描摹人生百態上，雖不若宋之後白話小說之生動鮮活，卻自有其精簡含蓄處。以文學史之眼光視之，唐代古文乃打破六朝駢體之新散文，其結構造辭固取法先秦兩漢，而語氣較之駢文，實更為接近當時口語，此種名為復古，實屬開新之散文，無疑更具小說文字之功能，故宋人洪邁 [註1] 評

〔註1〕洪邁，遵弟，字景盧，自幼過目成誦，博極群書。紹興間中詞科。使金，金

其「小小事情，悽惋欲絕，洵有神遇而不自知者，與詩律可稱一代之奇。」
近人鄭西諦以爲「其在我國文學史上的地位，自遠較蕭李韓柳之散文爲重要。」
而周氏《中國小說史略》更舉之爲「唐代特絕之作」，洵非溢美之辭。此人物
個性分明、內容悽惋欲絕之晶瑩作品，非但開拓小說之生命，且於後世舞台
引起熾烈之回應。周氏《中國小說史略》云：

> 惟元明人多本其事作雜劇或傳奇，而影響遂及於曲。

如元稹〈鶯鶯傳〉之演爲董解元《搊彈西廂》、王實甫之《北西廂》及李日華、
陸采之《南西廂》；陳鴻《長恨歌傳》之演爲元白仁甫之《梧桐雨》、清洪昇
之《長昇殿》；蔣防〈霍小玉傳〉演爲明湯顯祖之《紫簫記》與《紫釵記》；
李堯佐《柳氏傳》之演爲元鍾嗣成之《寄情韓翊章台柳》、明張四維《章台柳》、
明吳大震之《練囊記》；白行簡〈李娃傳〉之演爲元高文秀《鄭元和風雪打瓦
罐》、又爲元石君寶《李亞仙花酒曲江池》、又爲明鄭若庸《繡襦記》及近人
俞大綱先生之《新繡襦記》等，皆爲戲劇向唐人小說取材之實證。小說中之
人物如李亞仙、霍小玉、崔鶯鶯等，經後世戲曲家生花妙筆之點染，遂活現
於廣大觀眾之耳邊目前，而成爲民間最熟悉之精神夥伴。

　　傳奇文深受碑傳文體之影響，產生許多以人物爲主題之小說，下面討論
之〈柳毅〉即爲此種典型。〈柳毅〉敘落第書生爲龍女傳書，後乃結爲婚姻事。
元代雜劇復有《張生煮海》，溯其淵源，似亦自〈柳毅〉文脫出，一寫洞庭龍
女，一敘東海龍女，皆關涉龍女與人類之戀情。〔註2〕清人李笠翁爲之作合，
演爲《蜃中樓》，其間歷經宋、元、明、清作者之敷衍潤色，其結構、情節、
人物……已和原作單純、浪漫之面目大相逕庭。此中之層累進程及傳承關係
即爲本文之重心所在。

　　後世戲曲家取柳毅傳爲題材者，略有如下數篇：

人令改陪臣二字，邁執不可，爲金人多方困辱，卒遣還。諡文敏，有《史記
法語》、《南朝史精語》、《經子法語》、《容齋隨筆》、續筆至五筆、《夷堅志》
等書。

〔註2〕周楫《西湖二集》卷二三〈蓬萊芝仙正赴瑤池大會之入話取張生煮海故事〉
云：「……卻又想道，他在龍宮，怎生飛的去，適纏心慌撩亂，不曾問得個細
的。俺與他有塵凡之隔，水陸之分，畢竟怎麼緣故，方纔渡得到龍宮，與他
相會，就如當日柳毅傳書到洞庭去，要尋大橘樹叩三下，方纔進得洞庭宮殿，
俺不曾問得瓊蓮小姐進龍宮之方，怎生是好，難道俺承他這般美意，與了信
物，好撇了這頭親事不成！」將張生故事與柳毅傳書事相提比併，益見二者
關係之密切。

一、《柳毅傳書》　金・諸宮調（已佚）

二、《柳毅大聖樂》　宋・雜劇（已佚）

三、《柳毅洞庭龍女》　元・南戲（已佚）

四、《洞庭湖柳毅傳書》　元・尙仲賢作　雜劇

五、《橘浦記》　明・許自昌作　傳奇

六、《龍綃記》　明・黃維楫作　傳奇（已佚）

七、《蜃中樓》　清・李漁作　傳奇

八、《乘龍佳話》　清・何鏞作　雜劇

九、《乘龍會》　清・皮黃

十、《龍女牧羊》　清・皮黃

除已佚者四本及不得見者《乘龍會》、《龍女牧羊》二齣外，計得四劇。
合《張生煮海》，得五本，統併研討，名爲《柳毅傳書與張生煮海研究》。

第二章　探本溯源

人類與生俱來就有接受故事與傳播故事的本能和慾望。因此，我國自古有言：

> 小說家者流，蓋出於稗官，街談巷語，道聽塗說者之所造也。

所謂「造」，就是根據時代背景，將街談巷語、道聽塗說的人物情節加以增添或刪減，揉合作者個人的智慧與心血，並憑藉文采敷衍而成。所以，小說的發展乃由神化而人化、由口語而筆錄、由短篇而鉅製，這種嬗變軌跡，可以說中外一同。

我國口語文學，至宋代平話而登峰造極。〈柳毅傳〉的作者雖云李朝威，但文後云：

> 暇常以是事告於人世。

可知，這應當是當時吳楚地方流傳的民間故事，經過後人的文辭潤飾，到李朝威才筆錄成文。因此，溯其淵源，遠者可與古代神話相接連，近者可與印度文學相融合。

本章即擬自此兩點加以探討，首節剖析其與其他中國水神故事之相互影響，次節詳述印度文學之影響。至於張生煮海之事，出典雖不詳，然《輟耕錄》卷二十五所載院本名目有其篇名，據青木正兒推測，似亦出於唐、宋間之小說（王吉廬譯《中國近世戲曲史》第十章「崑曲極盛時代之戲曲」）故在此一併加以考釋。

第一節　我國水神故事之影響

一、傳　書

在這個故事中，一個很重要的關鍵是「傳書」。類似傳書的記載，首見於

《史記》卷六〈始皇本紀〉：

> 三十六年……使者從關東夜過華陰平舒道，有人持璧遮使者曰：「爲
> 吾遺鎬池君。因言曰：今年祖龍死。」使者問其故，因忽不見，置
> 其璧去，使者奉璧具以聞。始皇默默良久，曰：「山鬼固不過知一歲
> 事也。」退言曰：「祖龍者，人之先也。」使御府視璧，乃二十八年
> 行渡江所沉璧也。

明年，始皇果然駕崩。這是敘寫山鬼豫知始皇命運的神話，沒有傳書，只有
傳話，另外，就是傳了一塊璧。同樣的故事再見於《搜神記》卷四時，已有
若干增益：

> 秦始皇三十六年，使者鄭容從關東來，將入函關，西至華陰，望見
> 素車白馬，從華山上下，疑其非人，道住止而待之。遂至，問鄭容
> 曰：「安之？」答曰：「之咸陽。」車上人曰：「吾華山使也。願託一
> 牘書，致鎬池君所。子之咸陽，道過鎬池，見一大梓，有文石，取
> 款梓，當有應者，即以書與之。」容如其言，以石款梓樹，果有人
> 來取書。明年，祖龍死。〔註1〕

同樣預言祖龍將死，較之前述《史記》所載，《搜神記》非但有使者名鄭容的
增益，而且《史記》中〈持璧遺鎬池君〉的記載也敷衍爲傳書鎬池。另外，
對傳書方法也有明載，由水神故事的歷史發展觀之，這一小段可以說正是〈柳
毅傳〉故事的雛型。

《水經注》卷三十八也有傳書的故事：

> 晉中朝時，中宿縣人有使者至洛。事訖，將還，忽有一人寄其書云：
> 「吾家在觀岐前，石間懸膝，即其處也。但叩膝，自當有人取之。」
> 使者謹依其言，果有二人出外取書，並延入水府，衣不霑濡。言此
> 似不近情，然造化之中，無所不有，穆滿西遊，與河宗論寶，以此
> 推之，亦爲類矣！

和上述鄭容故事相較，則《水經注》這段記載又更進一步，不但代爲傳書，
而且使者還被水神延入水府，似乎又更接近〈柳毅傳〉了。而同類故事見於

〔註1〕李白《古風》五十九篇之三十一：「鄭容西入關，行行未能已，白馬華山君，
相逢平原里，璧遺鎬池君，明年祖龍死，秦人相謂曰：吾屬可去矣，一往桃
花源，千春隔流水。」就是綜合《史記》、《搜神記》、及《搜神後記》桃花源
三事，也可見詩人受稗史的影響。

《南越志》中又附會了其他要素：

> 屋宇精麗，飲食鮮香，言語接對，無異世間也。〔註2〕

對龍宮的內部情形：建築、飲食、言語接對，已有簡要的說明，比起〈柳毅傳〉中龍宮建築的鋪敘〔註3〕、龍族人情的描摹〔註4〕固然顯得素樸，但規模粗具，已不容置疑，較之《水經注》則又進一層。

《搜神記》卷四還有胡母班的故事，寫泰山人胡母班代泰山府君傳書給他的女婿河伯，傳書方法是：

> 適河中流，便叩舟呼青衣，當自有取書者。

胡母班依計行事，果然有一女僕出來，請他去謁見河伯。河伯大設酒食，詞旨殷勤。臨去，還命令左右取青絲履送給胡母班，以答謝他遠道致書。大部分的情節和前面所說大抵相祖述，但是，自龍宮取餽贈品而回則是前述各文所沒有的，因此，又與〈柳毅傳〉更爲近似了。〔註5〕

前此各文有一個共同的特色，就是人類要進入另一個世界層次，都得經過一個特殊的手續，這是因爲水神所主宰的世界與現實世界不同的緣故。《晉書》六十七〈溫嶠傳〉及《異苑》卷七都載有溫嶠燭水族的事：

> 晉溫嶠至牛渚磯，聞水底有音樂之聲。水深不可測，傳言下多怪物，乃燃犀角而照之。須臾，見水族覆火，奇形異狀。或乘馬車著赤衣幘。其夜夢人謂曰：「與君幽明道隔，何意相照耶？」嶠甚惡之，未幾卒。〔註6〕

既然是幽明道隔，則相異世界之間的交通，自然有賴於特殊的手續及有力的媒介。到冥界的媒介最普遍的是「夢」，如〈枕中記〉、〈南柯太守傳〉等；而到水族世界最常見的手續是藉著叩樹、舟、橋等，鄭容取文石來叩梓、中宿

〔註2〕見《太平廣記》卷二九一引〈觀亭江神〉。

〔註3〕關於龍宮的建築，〈柳毅傳〉中記載，計有靈虛殿、玄珠閣、凝光殿、凝碧宮、清光閣、潛景殿等，臺閣相向、門戶萬千，奇草珍木，無所不有。靈虛殿尤其豪華：「柱以白璧，砌以青玉，床以珊瑚，簾以水精，雕琉璃於翠楣，飾琥珀於虹棟。」可謂美不勝收。

〔註4〕洞庭龍女受難消息傳入宮中，左右皆流涕，書入內宮，更是哭聲一片。而洞庭龍王爲愛女而以袖掩面哭泣，叔父錢塘君憤而擘青天而飛去，龍母爲女兒痛心……在在都流露出濃郁的人情味。

〔註5〕柳毅所得餽贈品甚多：「洞庭君因出碧玉箱，貯以開水犀；錢塘君復出紅珀盤，貯以照夜璣。……宮中之人，咸以綃綵珠璧，投于毅側。重疊煥赫，須臾埋沒前後。」

〔註6〕見《太平廣記》卷二九四引〈異苑〉。

縣使者叩滕、胡母班叩舟呼青衣、柳毅解帶三叩橘樹等都是，而媒介則是「書信」。李復言《續玄怪錄》卷三另有〈蘇州客〉一文，寫洛陽劉貫詞代龍子蔡霞傳書渭橋下的龍母，也經過「合眼叩橋柱」的手續。

與〈柳毅傳〉故事最為接近的，是《廣異記》中的〈三衛〉：

開元初，有三衛，自京還青州。至華嶽廟前，見青衣婢衣服故惡，云白雲娘子欲見。因引前行，遇見一婦人，年十六七，容色慘悴，曰：己非人，華嶽第三新婦，夫婿極惡。家在北海，三年無書信，以此尤為嶽子所薄。聞君遠還，欲以尺素仰累，若能為達家君，當有厚報。遂以書付之。其人亦信士也，問北海於何所送之。婦人云：海池上第二樹，但扣之，當有應者，言訖訣去。及至北海，如言送書。扣樹畢，忽見朱門在樹下，有人從門中受事。人以書付之入。項之出云：大王請客入。隨行百餘步後，入一門，有朱衣人長丈餘，左右侍女數千百人。坐畢乃曰：三年不得女書。讀書大怒曰：奴輩敢爾。乃傳召左右虞侯，須臾而至。悉長丈餘，巨頭大鼻，狀貌可惡，令調兵五萬，至十五日乃西伐華山，無令不勝。二人受教走出，乃謂三衛曰：無以上報，命左右取絹二疋贈使者。三衛不說，心怨二疋之少也，持別，朱衣人曰：兩絹得二萬貫方可賣，慎無賤賣與人也。三衛既出，欲驗其事。復往華陰，至十五日既暮，遙見東方黑氣如蓋，稍稍西行，雷震雷掣，聲聞百里。須臾，華山大風折樹，自西吹雲，雲樹益壯。直至華山，雷火喧薄，遍山涸赤，久之方罷。及明，山色焦黑，三衛乃入京賣絹。買者聞求二萬，莫不嗤駭，以為狂人。後數日，有白馬丈夫來買，直還二萬，不復躊躇。其錢先已鏹在西市，三衛因問買所用。丈夫曰：公以渭川神嫁女，用此贈遺。天下唯北海絹最佳，方欲令人往市。聞君賣北海絹，故來爾。三衛得錢，數月貨易畢。東還青土，復至華陰，復見前時青衣云：娘子故來謝恩。便見青蓋犢車，自山而下，左右從者十餘輩，既至下車，亦是前時女郎。容服炳煥，流目清眄，迥不可識。三衛拜，乃言曰：蒙君厚恩，遠報父母，自闖戰之後，恩情頗深，但愧無可仰報爾。然三郎以君達書故，移怒於君，今將五百兵於潼關相候，君若往，必為所害。可且還京，不久大駕東幸，鬼神懼鼓車，君若坐於鼓車，則無慮也。言訖不見，三衛大懼，即時還京。後數十日，

會玄宗幸洛，乃以錢與鼓者，隨鼓車出關，因得無憂。〔註7〕

〈三衛〉與〈柳毅傳〉相類似之處有五：

一、道逢女子，自言遇人不淑，請求男主角代為傳書給父母。

二、主角都是信義之士，慨允遠赴神異世界。

三、叩樹而入。水神接信大怒，引發大戰。

四、使命完成，接受禮物而回，並高價出售。

五、後來又與該女子重逢。

〈三衛〉一文出自《廣異記》，《廣異記》作者為戴孚。《文苑英華》卷七三七有顧況作〈戴氏廣異記序〉，顧況是七五七年進士，序裡曾說與戴氏為同年進士，那麼，和李朝威應該是同時代的人。〈三衛〉與〈柳毅傳〉孰先孰後，由於文獻不足，無法下定論。但是，我們由它們的文字結構來看，也許可以稍見端倪：

〈三衛〉

其人亦信士也，問北海於何所送之？

〈柳毅傳〉

吾義夫也。聞子之說，氣血俱動，恨無毛羽，不能奮飛。是何可否之謂乎！然而洞庭，深水也，吾行塵間，寧可致意邪？

〈三衛〉

婦人云：海池上第二樹，但叩之，當有應者。

〈柳毅傳〉

女曰：洞庭之陰，有大橘樹焉，鄉人謂之社橘。君當解去茲帶，束以他物，然後扣樹三發，當有應者。

由「後出轉精」及「由短篇而鉅製」的文學發展原理來衡量，則〈三衛〉一文似乎較〈柳〉文為先，這是從敘述結構方面而言。由文章內容來看，〈三衛〉雖然和〈柳毅傳〉有上述五點相似之處，但後半和〈柳〉文則大不相同。三衛後來和女主角再度相逢，女子忠告他將有大難，並幫助他脫逃，所寫始終沒有脫離鬼神世界，這種質樸色彩毋寧更接近六朝志怪。而〈柳毅傳〉寫柳毅辭別後，出賣所得珍寶，財因盈兆，而搖身一變，成為淮右富族，經過三娶而與龍女重逢，共同組織家庭，並同赴理想仙境。這種由鬼神世界導入人間愛情的精彩描寫，可以說業已脫離「叩樹、入水府」的志怪文學及「得寶物、獲幸福」的民間故事要素，而逐漸發展為成熟的小說了。

〔註7〕見《太平廣記》三百卷所引。

二、珍寶的獲得

自從《搜神記》卷四〈胡母班〉收受青絲履以後，珍寶的獲得，幾乎成了此類小說的通則。前述〈鄭容〉、〈中宿使者〉、〈觀亭江神〉，甚至〈胡母班〉，重點都是在揭示古代原始的思想，即透過媒介得以進入另一個世界。自〈胡母班〉以後，文章重點便逐漸轉移為接受餽贈、回到人世後的結局，這種志怪小說因此而披帶上民間故事的色彩。如《搜神記》卷四〈河伯婿〉〔註8〕寫餘杭縣人被河伯招為女婿，後數日，以「禮既有限，發遣去。」河伯女以金甌、麝香囊和丈夫敘別，又給他十萬錢和三卷藥方。此人回家後，不肯再婚，便辭親出家作道人，以所得周行救療，非常靈驗。

另外，《錄異傳》所載的〈如願〉更是此中典型：

> 昔盧陵邑子甌明者，從容賈道，經彭澤湖，每輒以船中所有多少投湖中，云：以為禮。積數年，後過，見湖中有大道，道上多風塵，有數吏乘車馬來候，云是青洪君使要，明知是神，然不敢不往，甚怖。問吏，恐不得還。吏曰：無可怖，青洪君，以君前後有禮，故要君，必重送君者，皆勿收，獨求如願。爾去，果以繒帛送，明辭之，乃求如願。神大怪，明知之意甚惜，不得已，呼如願，使隨去。如願者，青洪婢也，常使之取物。明將如願歸，所欲輒得之。數年，大成富人，意漸驕盈，不復愛如願。歲朝雞一鳴，呼如願，如願不起，明大怒，欲捶之，如願乃走。明逐之於糞上，糞上有昨日故歲掃除聚薪，如願乃於此得去。明不知，謂逃在積薪糞中，乃以杖捶使出。久無出者，乃知不能困。曰：汝但使我富，不復捶汝，今世人歲朝雞鳴時，轉往捶糞。云：使人富也。〔註9〕

因為得到青洪君的婢女如願，而得以事事如願，大成富人，可以說極富民間故事的色彩。

《仙傳拾遺》及《宣室志》有〈孫思邈〉一文，寫昆明池龍為西域僧人所困，而求援於孫思邈，孫以龍宮仙方三十為挾，後來，孫思邈就以這三十仙方來濟世；《宣室志》還有一文〈任頊〉，寫道士弄乾了湫中水，想吃黃龍，黃龍不得已，請援於任頊，任頊為牠脫禍以後，黃龍便以徑寸珠為酬謝之禮。任頊後來拿寶珠到廣陵寺，胡人以千萬高價買去。而前述的〈蘇州客〉，劉貫

〔註8〕亦見《太平廣記》卷二九五引《幽明錄》之〈河伯〉。
〔註9〕見《太平御覽》卷四七二。

詞傳書完畢後，龍母也以闢國鎮國椀相贈，貫詞取到市上去賣，果然賣到百縞，三衛則獲得價值二萬貫的北海絹，這些都和〈柳毅傳〉中：

> 毅因適廣陵寶肆，鬻其所得，百未發一，財已盈兆，故淮右富族，
> 咸以為莫如。

屬同一基調。這種訪水界得寶物而回的記載，和鍾敬文所云中國民間故事型式中的求如願型十分類似，都同樣屬於對龍王有恩，被迎入宮，龍子或龍女密教他索寶物於龍王，遂得美女或重寶歸。此種民間故事思想的摻入，於《六朝志怪》中很少，而常見於唐代傳奇裡，固然由此可見時人重視富貴的事實，也可由此推知〈柳毅傳〉不止傳承自六朝文學，而且也有當時的思想注入其中。

三、煮　海

張生煮海故事之所以稱為〈柳毅傳〉書之脫化，乃因一為救助海神，一為困擾海神。龍神為人類所困，除前述之〈孫思邈〉（見《太平廣記》卷二十一〈引仙傳拾遺及宣室志〉）中昆明池龍為胡僧所困，〈任頊〉中道士投符竭水以困龍，另《廣異記》中有〈寶珠〉一文，略云：

> 咸陽岳寺後有周武帝冠，上有珠如瑞梅，歷代不以為寶。天后時，
> 一士人過寺取去，以五萬縞售於胡人。胡人邀寺人同往海上觀珠之
> 價，大胡以銀鐺煎醍醐，又以金瓶盛珠於醍醐中，有二老人及徒黨
> 數百人，齎持寶物以贖珠，胡故執不與。數日，復持諸寶山積，胡
> 仍不與。至三十餘日，諸人散去，有二龍女，潔白端麗，投入瓶中，
> 珠女合成膏。士人問之，胡曰：此珠是大寶，合有二龍衛護，群龍
> 惜女，故以珠寶來贖，我欲求度世，寧顧世間之富邪？因以膏塗足，
> 步行水上，捨舟而去。

此文與《張生煮海》俱言東海龍神之事。其中「以銀鐺煎醍醐，又以金瓶盛珠，於醍醐中重煎」，或為《張生煮海》中以銀鍋、金錢、鐵杓各一以煮海之前身。而《幽怪錄》亦有云：

> 葉靜能閒居，有白衣老父來，泣拜曰：職在小海，有僧善術，來喝
> 水，海水十涸七八。靜能使朱衣人執黃符，往投之，海水復舊。白
> 衣老父，乃龍也。（《曲海總目提要》）

凡此皆言以涸水術困龍者。類此仙家涸水之術者，《曲海總目提要》並舉《後漢書》卷一百十二下列傳第七十二方術下〈徐登傳〉為例，文云：

> 徐登者，閩中人也。本女子，化爲丈夫，善爲巫術。又趙炳，字公
> 阿，東陽人，能爲越方，時遭兵亂，疾疫大起，二人遇於烏傷溪水
> 之上，遂詰言，約共出其術療病。各相謂曰：「今既同志，且各試所
> 能！」登乃禁溪水，水爲不流。炳復次禁枯樹，樹即生荑。二人相
> 視而笑，共行其道焉。

「禁溪水，水爲不流」與煮水使竭似略有區別，可否如此上溯而比併相提，
似不無疑問。

四、聽琴與講經

　　〈柳毅傳〉書中，洞庭龍宮金石絲竹不絕於耳；〈張生煮海〉文，亦有龍
女夜半聽琴之事。龍能知音，小說中所載甚多。《博異志》〈許漢陽〉中，許
漢陽誤入龍宮，龍宮中：

> 諸樂弦管盡備。（見《太平廣記》卷四百二十二引）

眾龍女且風雅至極，非但喜吟詩，更善作對。逸史有〈凌波女〉之文：

> 玄宗在東都，晝寢於殿。夢一女子，容色穠艷，梳交心髻，大帔廣
> 裳，拜於牀下。上曰：汝是何人。曰：妾是陛下凌波池中龍女，衛
> 宮護駕，妾實有功。今陛下洞曉鈞天之音，乞賜一曲，以光族類。
> 上於夢中爲鼓胡琴，拾新舊之聲，爲凌波曲，龍女再拜而去。……
> （見《太平廣記》卷四百二十所引）

因護駕有功而乞賜樂曲，眞乃知音者也。而沈亞之〈湘中怨解〉中，龍女與
鄭生相別十餘年後，忽乘畫艫浮漾而來：

> 中爲綵樓，高百餘尺，其上施幃帳，欄籠畫飾。帷裏，有彈絃鼓吹
> 者，皆神仙娥眉……。

凡有龍女出遊，幾皆有樂音相隨，則龍女夜半聽琴亦理之自然矣。

　　《曲海總目提要》以爲《張生煮海》中龍女聽琴乃作者變易韻府所載龍
能聽經之文而貫穿之。韻府之文爲：

> 有僧講經，一叟來聽，曰：「某山下龍也。幸歲旱，得閒來此。」僧
> 曰：「能救旱乎？」曰：「上帝封江湖，有水不得用。」僧曰：「此硯
> 水可用乎？」及吸去，是夕大雨。

龍出而聽經，於〈出神仙感遇傳〉中亦有：

> 釋玄照，修道於嵩山白鵲谷，操行精愨，冠於緇流，常顧講《法華

經》千遍，以利於人，既講於山中，雖洹寒酷熱，山林險邃，而來
者恒滿講席焉。時有三叟，眉鬚皓白，容狀瓌異，虔心諦聽，如此
累日，玄照異之。忽一旦晨，謂玄照曰：弟子龍也。各有所在，亦
頗勞苦，已歷數千百年矣，得聞法力，無以爲報。……（見《太平
廣記》卷四百二十所引）

〈柳毅傳〉中，亦有洞庭龍王與太陽道士講火經之說，可知龍之求知精神實與
人類無異。龍既能聽經，復爲知音之族，則自亦能聽琴，曲海之說可謂得之。

五、河伯與龍王

《雲麓漫鈔》卷十：

《史記・西門豹傳》說河伯，而《楚辭》亦有〈河伯詞〉，則知古祭
水神曰河伯。自釋氏書入，中土有龍王之說，而河伯無聞矣。

可知中國小說中的龍實受印度佛經的啟示，但由此也可見龍王實即中土水神
——河伯的延續。河伯名馮夷，見於《搜神記》卷四：

宋時弘農馮夷，華陰潼鄉隄首人也，以八月上庚日渡河溺死，天帝
署爲河伯。又〈五行書〉曰：河伯以庚辰日死，不可治船遠行，溺
沒不返。

這段話對河伯的籍貫、死期、姓名都有明載，但對河伯的狀貌、屬性則沒有
提及。考諸先秦兩漢諸子，則狀貌不一，屬性各別：

《莊子・大宗師》：馮夷得之，以遊大川。

《淮南子・覽冥篇》：武王伐紂，渡於孟津，陽侯之波，逆流而擊。
高誘注：陽侯，陵陽國侯也，其國近水，休水而死，其神能爲大波，
有所傷害，因謂之陽侯之波。

《楚辭・九歌》河伯：與女遊兮九河，衝風起兮橫波，乘水車兮荷
蓋，駕兩龍兮驂螭。

《山海經・海內北經》第十二：從極之淵，深三百仞，維冰夷恆都
焉，冰夷人面乘兩龍。

《淮南子・原道篇》：昔者馮夷，大丙之御也，乘雲車，入雲蜺，游
微霧。

各書對河伯都作不同的想像和詮釋。《史記・滑稽列傳》還載有河伯娶婦的事，

可知當時民間的水神信仰是河伯。

中國神話中既多水神（河伯），志怪裡又多人與水族的交通，河伯的信仰可謂由來久矣！唐人小說中的龍雖係舶來品，但就水神故事的發展史言之，則〈柳毅傳〉自亦無法自外於中國古代神話的影響。

第二節　佛經中入海求寶故事之影響

中國與印度同屬亞洲文明古國，於地緣言之，乃緊貼之近鄰，故文學之影響實深且鉅。自後漢以至隋唐之六、七百年間，佛經大量翻譯，中國文化受印度文化之影響更甚。梁任公〈翻譯文學與佛典〉及〈印度與中國文化之親屬關係〉二文於此頗多指證。而就影響之深度言之，變文及小說、戲曲等俗文學實最為壯闊。佛經翻譯除推進我俗文學中長篇創作之組織化、嚴密化、開創散韻合體之新體裁，導源我近世白話文運動前期樸實平易的文筆外，於內容精神方面更給予我國諸多啟示。胡適先生即云：

> 中國的浪漫主義的文學是印度的文學影響的產兒。（《白話文學史》
> 第十章佛教的翻譯文學）

梁任公更專就小說方面之影響云：

> 小說，受《大乘華嚴經》影響，我什有九相信。《華嚴經》是把「四
> 阿含」裡頭所記佛弟子的故事加上文學的風趣搬演出來，全書用幾
> 十段故事記成，體裁絕類我們的《今古奇觀》。我國小說從晉人的《搜
> 神記》……等類作品，漸漸發展到唐代叢書所取之唐代小說。依我
> 看，大半從《華嚴經》的模子裡鎔鑄出來。（《飲冰室文集》中華版
> 第十四冊）。

六朝志怪小說故多脫胎自佛經故實者，如梁吳均《續齊諧記·許彥鵝籠》之源出《雜譬喻經》、《太平寰宇記》所引晉干寶《搜神記·焦湖玉枕》之源自《雜寶藏經》文、《莊嚴論經》等。唐代幅員廣大，異國故事傳入者更多，因之唐人小說內容，有得之印度傳說如〈杜子春〉出自〈烈士池〉、〈白猿記〉得之〈拉馬耶那〉；有雖本中國題材，卻因佛經及俗講之流行而擴大其體，如〈紅線〉〔註10〕、〈長恨歌傳〉〔註11〕；亦有其思想傳承自佛經及變文者，如

〔註10〕紅線故事，《淮南子》中雖有，然至唐代乃大為拓展，如盜盒節，其容止與敦
　　　　煌壁畫之飛仙圖極肖似，而紅線所云前生故事，亦由佛經中來。

〈枕中記〉、〈南柯太守傳〉(《雜寶藏經・沙羅那之夢》)等，可謂不一而足。

佛經中有系列入海求寶故事，分見於《生經》、《大智度論》、《摩訶僧祇律》、《佛說大意經》、《四分律》、《報恩經》、《賢愚經》、《經律異相》、《法苑珠林》……等，其中情節各有增益刪減，亦各有承襲之處，其中最直接影響及中國文學者，莫若變文《雙恩記》殘本。《雙恩記》內容講述善友、惡友二王子兄弟入海求寶故事，潘師重規云：

> (《雙恩記》)最爲突出，將生死離合、善惡悲歡，描寫得淋漓盡致，
> 情瀾壯闊，眞是動天地、泣鬼神的傑作。這種作品出現，不但發展
> 成平話小說，韻語彈詞。內容方面，更有促進後起作家多方嘗試的
> 啓發作用。〔註12〕

以此證諸其後之寶卷、彈詞、諸宮調、戲文、平話、通俗小說等的發展，確爲至論。而就其本事來源，第二卷所引經文，出自《大方便佛報恩經・序品》第一；第七卷、第十一卷則出自《佛說報恩經・惡友品》第六，實爲佛經通俗化的產物。〔註13〕除此直接、確然的影響外，佛經中諸多入海求寶故事，更間接導引我國傳奇小說中有關龍宮故實。以下，謹就佛經中入海求寶故事中之「龍之形象刻劃」、「進入龍宮之法」、「龍宮多珍寶」、「寶物之價值及作用」、「抒海求珠」等五點，探討其影響。

一、龍之形象刻劃

我國古代以龍爲鱗蟲之屬〔註14〕，《詩經・小雅・蓼蕭》取之以喻君子之

〔註11〕孟棨《本事詩》記張祐嘲白居易云：「曰：『祐亦記得唐人目連變』白曰：『何也？』曰：『上窮碧落下黃泉，兩處茫茫皆不見，非目連變何邪？』故白氏此作恐與佛經變文有關。變文中將愛情寄之靈界者甚多，如「有相夫人升天變文」，該文有云：「王與夫人兩不同，人間天上喜相逢，殷勤顧問當初事，屈曲還至此日功，道是因憑八界力，感枯枯得身敬上天宮，今朝故故來相報，火急修持且莫慵。」(據潘師重規《敦煌變文集新書》下冊頁672，本文又名〈歡喜國王緣〉)和〈長恨歌〉「只要此心似鈿堅，天上人間會相見」豈非極類似？

〔註12〕見潘師重規〈變文雙恩記試論〉(香港：新亞書院學術年刊第十五期)。

〔註13〕有關變文〈雙恩記〉之傳承及其對域外文學之影響，可參見李殿權《敦煌變文雙恩記殘卷及其故事研究》，七十八年師大碩士論文。

〔註14〕以龍爲鱗蟲之屬有：《大戴禮》云：「鱗蟲二百六十，而龍爲之長。」許慎《說文解字》：「龍，鱗蟲之長，能幽能明，能細能巨，能短能長，春分而登天，秋分而潛淵。」

德〔註15〕，龍之爲變化之物則見於《管子・佚篇》〔註16〕，《史記》方言其能爲人所騎〔註17〕，並能人言〔註18〕，然皆未將其人類化。印度佛經中，龍爲西方統治者廣目天之屬下，於佛座下居弟子之列〔註19〕，《法苑珠林》卷十七〈剃髮〉引《感異記》佛說剃刀因緣文，亦云龍歷十大劫數而成人，乃佛大護法。《大寶經》六十四卷〈龍王授品記〉敘寫龍王授記情況，對龍之虔誠禮佛，極盡誇張之能事，而佛涅盤後，龍並於龍宮起寶塔供奉，可見龍與佛關係之密切。故佛典迻譯入中土，天竺龍亦隨之以入，中國龍逐漸失其原面目，而與印度之龍融合爲一，唐人小說取爲題材，遂壯闊其生命。有關中國龍與印度龍之關聯，臺師靜農及王師夢鷗均有專文論及〔註20〕，此不贅述。

佛經入海求寶故事中，龍之形象，大抵平板而缺少變化，或正面，或負面，僅平鋪直敘，未能深入探索其內心：

> 時五百人，心獨堅固，便望風舉帆，乘船入海，詣海龍王，從求頭
> 上如意之珠。龍王見之，用一切故，勤勞入海，欲濟窮士，即以珠
> 與。（《生經》卷第一所引佛說墮海著海中經第八）〔註21〕

《摩訶僧祇律》卷四中，婆羅門失珠後，曾與海神有大段偈言反覆辯難，結果：

> 海神觀彼婆羅門意爲懈怠耶？當實堅固。感其專精，即還其寶。

《譬喻經》九卷〈沙門入海請供得摩尼珠十九〉中，亦敘寫一得頭痛症之龍王：

〔註15〕《詩經・小雅・蓼蕭》：「既見君子，爲龍爲光。」以龍喻寵，與光並列，乃喻君子之德。

〔註16〕《管子・佚篇》：「龍被五色而遊故神，欲小則如蠶蠋，欲大則盈天地，欲上則陵雲，欲沉則伏泉。」

〔註17〕《史記・封禪書》：「黃帝采首山銅，鑄鼎於荊山下，鼎既成，有龍垂胡髯，下迎黃帝，黃帝上騎，群臣後宮從上者七十餘人，龍乃上去。」

〔註18〕《史記・周本紀》：「昔自夏侯氏之衰也，有二神龍，止於夏庭而言曰：『余襃之二君。夏帝卜，殺之與去之與止之，莫吉；卜請其漦而藏之，乃吉。』」

〔註19〕道宣《律師感應記》云：「天人答律師曰：『如來初成道至十三年中，於祇洹精舍時，大梵天王請佛轉法輪十方百億國土諸佛皆悉集於大千界中，菩薩聲聞八部龍神亦集祇洹。』」《涅盤經》亦有云：「世尊，我今已與大龍象菩薩摩訶薩，斷諸結漏，文殊師利法王子等。」

〔註20〕參見臺師靜農〈佛教故實與中國小說〉，香港大學《東方文化》第十三卷第一期。王師夢鷗〈柳毅傳書故事之考察〉，該文收入《傳統文學論衡》一書（臺北：時報出版社）。

〔註21〕以下所引佛經均引自《大正藏》，中華佛教文化館印。

> 龍王請入。頭面禮足曰：「吾得頭痛，九百餘歲求索道人，今乃得之。
> 道人當療我病。」道人曰：「吾不知醫藥，以何相療？」龍王曰：「吾
> 此海中多有神藥，不愈我病，唯未得法藥。」道人說法，須臾之頃，
> 龍王自覺除愈，龍大歡喜，供養道人九十日，白道人言：「久相勞屈，
> 想亦勞悒，前船甫到，今當相送。」龍王選三摩尼珠，一以上佛，
> 一以施眾僧，一與道人。

凡寫龍王多雍容大度，明理寬容，其形象率以人類中之領袖人物爲典範。除
龍王外，海中尚有其他諸龍，其性格則多半不若龍王之豁達能容，大體如人
類社會中之大眾，凡事以己爲念，夾帶少許機心，如：

> 乘船來還。海中諸龍，及諸鬼神，悉共議言：「此如意珠，海中上寶，
> 非世俗人所當獲者。云何損海益閻浮利提？誠可惜之。當作方計，
> 還奪其珠，不可失之，至於人間。」時龍鬼神，晝夜圍遶，若干之
> 匝，欲奪其珠。導師德尊，威神巍巍，諸鬼神龍，雖欲翻船奪如意
> 珠，力所不任。於時導師及五百人，安穩渡海，菩薩踴躍，住於海
> 邊，低頭下手，呪願海神。珠繫在頸，時海龍神，因緣得便，使珠
> 墮海。（《生經》卷一引佛說墮海著海中經第八）

> 過此難已，見有七重寶城，有七重塹，塹中皆滿毒蛇，有三大龍守
> 門。龍見菩薩形容端政，相好嚴儀，能度眾難得來至此，念言：「此
> 非凡夫，必是菩薩大功德人。」及聽令前遶得入宮。（《大智度論》
> 卷十二）

> 諸海龍神見之懷懼，此人威勢精進之力，誠非世有，水久不竭，即
> 持珠來辭謝還之。（《經律異相》卷第九引入海採珠以濟貧苦十）

所寫之龍，或有識人之明，或爲護海寶而奪珠，或識時務而還珠，皆與凡人
習性無異，唯刻劃不深，未見文采。類似之龍，見諸於中國文學，則性格繁
複，亦見各式倫常關係。如《續玄怪錄》中〈劉貫詞〉，洛陽劉貫詞逢龍子蔡
霞秀才，其人：

> 精采俊爽，一相見，意頗殷勤，以兄呼貫詞。〔註22〕

而劉貫詞爲其攜書渭橋下之龍宮：

> 見太夫人者，年四十餘，衣服皆紫，容貌可愛。……俄有青衣小孃

〔註22〕見《太平廣記》卷四二一引《續玄怪錄》。以下所引《太平廣記》文，爲新興
　　　　書局印行。

子來，年可十五六，容色絕代，辨慧過人。既拜，坐於母下，遂命
具饌，亦甚精潔，方對食，太夫人忽眼赤直視貫詞。女急曰：「哥哥
憑來，宜且禮待，況令消患不可動搖。」因曰：「書中以兄處分，令
以百縑奉贈。既難獨舉，須使輕齎。今奉一器，其價相當，可乎？」
貫詞曰：「己爲兄弟寄一書札，豈宜受其賜？」太夫人曰：「郎君貧
遊，兒子備述，今副其請，不可推辭。」貫詞謝之。因取鎮國碗來。
又進食未幾，太夫人復瞪視，眼赤，口兩角涎下。女急掩其口曰：「哥
哥深誠託人，不宜如此。」乃曰：「娘年高風疾發動，祇對不得，兄
宜且出。」（《太平廣記》卷四二一引《續玄怪錄》）

其中，對龍之描寫可謂各具情性，龍子亢爽豪氣，龍女應對得體、聰慧委婉，
龍母則不脫佛書「龍性率暴，瞋恚無常」〔註23〕之本性，對客雖不失常禮，
然二度「瞪視、眼赤」、且甚至「口兩角涎下」，不僅對衣著容貌加以著墨，
言語舉止亦詳予描摹。

《廣異記》中之〈三衛〉，言三衛受北海龍女之託，送書北海：

入一門，有朱衣人長丈餘，左右侍女數千百人。坐畢乃曰：「三年不
得女書」，讀書大怒曰：「奴輩敢爾。」乃傳教召左右虞侯，須臾而
至。悉長丈餘，巨頭大鼻，狀貌可惡，令調兵五萬，至十五日乃西
伐華山，無令不勝。（見《太平廣記》卷三○○引《廣異記》）

顯見龍宮內之龍「悉丈餘，巨頭大鼻，狀貌可惡」，獨北海龍女則「容服炳煥，
流目清眄」。

唐代小說名篇〈柳毅傳〉，於諸小說中雖非上乘之作〔註24〕，然因敘寫龍
女故實，故於龍之描述，可謂極盡鋪張之能事。女主角龍女勇於反抗婚姻、
尋求解決之道；誓心求報柳生之恩，拒絕父母之配嫁；得償心願，獲奉柳生
時之且喜且懼心緒，皆頗具獨特之個性，其大膽、聰慧、堅貞、眞誠、高潔
等複合性性格，具有不可讓渡之獨立性，或正爲唐代士子所衷心嚮往之女性
典範。而洞庭龍宮內，龍王雖神通廣大，亦須柳毅傳書方能得知女兒受難，
而批閱書信後，亦如人類之具七情六慾，「以袖掩面而泣」、「哀吒良久，左右

〔註23〕 見《法苑珠林》卷一○九轉載之《僧祇律》：「龍性率暴，嗔恚無常，或能殺我。」
〔註24〕 王師夢鷗以爲「柳毅篇於唐人諸小說中並非上乘之作：所採情節：既乏獨創
之安排，而敘筆又多生澀，倘非歷代傳抄，時有僞訛，則其難解語句，當屬
強作苟簡之文所致。」見〈柳毅傳書故事之考察〉一文，收錄於《傳統文學
論衡》，（臺北：時報出版社）。

皆流涕」，而宦者將書信送達宮中後，「須臾，宮中皆慟哭」，此種情感之流露，實與常人無二致。而中國龍之神怪及中國人對自然現象之想像解釋，時亦流露其間：如錢塘君一聞女姪遭難，竟擘青天而飛：

> 俄有赤龍長千餘尺，電目血舌，朱鱗火鬣，項摯金鎖，鎖牽玉柱，千雷萬霆，激繞其身。霰雪雨雹，一時皆下。乃擘青天而飛去。(《太平廣記》四一九引《異聞集》)

甚至殺人六十萬，傷稼八百里，並吞噬無情郎，此等能力乃遠超乎凡人之上。

〈柳毅〉盛傳於中唐之後，後人別出機軸，演為〈靈應傳〉，鋪陳龍女九娘子之貞潔美貌，愈為振奇可喜。如寫九娘子：

> 俄有一婦人，年可十七八，衣裙素淡，容質窈窕，憑空而下，立庭廡之間。容儀綽約，有絕世之貌。侍者十餘輩，皆服飾鮮潔，有如妃主之儀。顧步徊翔，漸及臥所。(《太平廣記》四九二引)

而寫九娘子拒事二夫，求援於節度使周寶，其貞靜情操及主動機智，堪稱唐人龍女小說之冠，亦適度反映唐代女子「婚姻自主」意識之抬頭。此文雖係神怪小說，然有關龍族婚姻之刻劃，一則亦根植於當代社會現實生活，深刻反映社會問題，一則亦以飛騰之想像及藝術虛構，豐富故事之情節，加強其感染力。此時之龍，已脫離佛經板滯之形象，而顯得精采奪人。

二、進入龍宮之法

佛經諸多入海求寶故事，於入海方法及艱辛皆有詳明記載，如：

> 海有三難：一者大魚長二萬八千里，二者鬼神羅剎欲翻其船，三者振山故。作此令得無怨。適更令已，眾人皆悔，時五百人，心獨堅固。便望風舉帆，乘船入海。詣海龍王從求頭上如意之珠。(《生經》卷第一引佛說墮珠著海中經第八)

> 轉復到海際求索異物。忽見一大樹高八十由延廣亦八十由延，大意便上樹遙見一銀城宮闕殿舍皆是白銀天女侍側妓樂自然。有一毒蛇繞城三匝，見大意便舉頭視之。大意自念言：人為毒所害者，皆由無善意故耳。便坐思須自思惟定意。須臾頃，蛇即低頭睡臥。大意欲入城，守門者便入白王，言外有賢者欲見於王。王身自出迎之，歡喜而言：唯願仁者，留住此一時三月，得展供養。答言：我欲行採寶，不宜久留。王報言：我不視國事，唯願留住。大意便止留。(《佛

說大意經》)

共行入海求索寶物，各有五百侍從，塗路懸遠，中道乏糧，經於七日去死不遠。是時，善求及諸賈人，咸共誠心禱諸神祇，欲濟飢險。於空澤中遙見一樹，枝條鬱茂，便即趣之。(《經律異相》卷四十三善求惡求採寶經飢樹出所須二)(亦《賢愚經》卷九)

昔五百賈人，一字彌蓮，是最尊老也。五百人共船入海，為魔竭魚觸破其船，五百皆死，彌蓮騎板得活。在鼻摩地，為防魚故東西行走，見一小徑，入見銀城。樹木參天，間有浴池，其城方正，地周匝渠水。(《經律異相》卷四十三彌蓮持齋得樂蹋母燒頭四)(出《彌蓮經》及《福報經》)

閻浮利地有眾多賈客，共相率合入海採寶。正值迴波惡風吹壞大船，復有諸人，乘弊壞船隨風流迸墮羅剎界。羅剎女輩顏貌端正，前迎賈客云：「此間多寶，明珠無價恣意取之。我等無夫，汝無妻妾，可止此間共相娛樂。後得善風良伴歸家，諸君當知若見左，面有道者，慎莫隨從。」時商客中有一智者言：「諸女所說此不可從。」即進左道行數里，中聞一城裡數千萬人稱怨喚呼，云何捨閻浮提就此命終，賈客前詣城下周匝觀察，見城鑄鐵桓牆亦無門戶出入所。去城不遠有尸梨師樹，即往攀樹，見城裡數千萬人。(《經律異相》卷四十三引師子有智免羅剎女三)(出《承事勝己經》)

昔有沙門，隨商人度海，半路船迴，不復得去，眾人僉曰：「船中當有不淨潔者。」探籌出之，道人三得出籌，自投海中。龍王即以七寶蓮華承之入海，乃到龍宮。(《經律異相》卷十九引沙門僧入海龍請供養得摩尼珠十九)(出《譬喻經》卷九)

即如其言，風至而去。既到絕崖，如陀舍語，菩薩仰板索枝，得以自免，置陀舍屍安厝金地，於是獨去如其先教。深水中浮七日，至齊咽水中行七日，齊腰水中行七日，齊膝水中行七日，泥中行七日，見好蓮華鮮潔柔軟，自思惟言：此華軟脆，當入虛空三昧。自輕其身，行蓮華上七日。見諸毒蛇念言：含毒之蟲甚可畏也。即入慈心三昧，行毒蛇頭上七日，蛇皆擎頭授與菩薩，令蹈上而過。過此難已，見有七重寶城，有七重塹。塹中皆滿毒蛇，有三大龍守門，龍見菩薩形容端

政，相好嚴儀，能度眾難，得來至此。念言：此非凡夫，必是菩薩大功德人，即聽令前徑得入宮。（出《大智度論》卷十二）

既到絕崖，如陀舍語。菩薩仰援棗枝得以自免，置陀舍屍安厝金地，於是獨去，如其先教。深水中浮七日，齊咽水中行七日，齊腰水中行七日，泥中行七日，見好蓮花鮮潔柔軟，自思惟言：此花軟脆，當入虛空三昧。自輕其身，行蓮花上七日。見諸毒蛇，念言：含毒之蟲，甚可畏也。即入慈心三昧。行毒蛇頭上七日，蛇皆擎頭授與菩薩，令踰上而過。過此難已，見有七重寶城，有七重塹。塹中皆滿毒蛇，有二大龍守門，龍見菩薩形容端正，相好嚴儀，能度眾難，得來至此。念言：此非凡夫，必是菩薩大功德人，即聽令前徑得入宮。（《經律異相》卷三二引能施王子入海採寶緣一）（出《大智度論》卷十二）

爾時善友太子與盲導師即前進路行一七日，水齊到膝。更復前行一七，水齊到頸，前進一七，浮而得渡，即到海處。……過金山已，見青蓮華遍布其地，其蓮華下有青毒蛇。此蛇有三種毒，所謂齧毒、觸毒、氣噓毒。此諸毒蛇，以身遶蓮華莖，張目喘息而視太子。爾時善友太子，即入慈心三昧。以三昧力，即起進路踏蓮華葉而去。時諸毒蛇而不毀傷，以慈心力故，逕至龍王所止住處。其城四邊有七重塹，其城塹中滿毒龍，以身共相蟠結，舉頭交頸，守護城門。爾時太子到城門外，見諸毒龍，即慈心念閻浮提一切眾生。今我此身，若為此毒龍所害者，汝等一切眾生，皆當失大利益。爾時太子即舉右手，告諸毒龍，汝當得知，我今為一切眾生欲見龍王。（《大方便佛報恩經》卷四引惡友品第六）

汝從是去。前當有城，其城極妙，七寶雜廁。汝到城門，城門若閉，其城門邊，有金剛杵，汝便取杵，以撞其門，城中當有五百天女，各齎寶珠。來用奉汝。更有一女，最特尊勝，所持寶珠，而有紺色，名㮈陀摩尼，此如意珠得便堅持，勿令失脫，其餘與者，亦可取之。攝錄諸根，勿復與語……隨其所教，前進而去，到七寶城，城門堅閉，見金剛杵在其門邊，如語取杵，以撞其門，城門便開。五百天女，各持寶珠，來奉太子。（《賢愚經》卷九引善事太子入海品第三十七）

前述十則佛經故事中，提及入海之法，獨《生經》語焉不詳：「望風舉帆，乘船入海」，至於如何得進龍宮見龍王，則未云及。其餘諸說如下：

- ‧《大意經》：大意上樹遙見一銀城。
- ‧《善求惡求採寶經》：於空澤中遙見一樹，枝條鬱茂，便即趣之。
- ‧彌蓮持齋得樂踏母燒頭四：彌蓮騎板得活，見一小徑，入見銀城，樹木參天。
- ‧師子有智免羅剎女：去城不遠，有尸梨師樹，即往攀樹。
- ‧沙門僧入海龍請供養得摩尼珠：龍王即以七寶華承之入海，乃到龍宮。
- ‧《大智度論》：菩薩仰板棗枝，得以自免。……見好蓮華鮮潔柔軟，自輕其身，行蓮華上七日，見有七重寶城。
- ‧能施王子入海採寶緣：菩薩仰援棗枝自免，其過程與《大智度論》同。
- ‧佛《報恩經》：以三昧力，起進路踏蓮華葉而去。以慈心力，逕至龍王所止住處。
- ‧《賢愚經》：見金剛杵在其門邊，取杵以撞其門，城門便開。

前此各文有一共同特色，即進入另一世界層次，均須借助特殊媒介，或上樹，或踏蓮華，或以七寶華乘之入海，或仰板棗枝，或行毒蛇頭，至《賢愚經》則取杵撞城門，方可進入龍王止住處。此種與相異世界交通須賴特殊手續及有力媒介之佛教故事，大大影響中國之民間故事。如：

> 秦始皇三十六年，使者鄭容從關東來，將入函關，西至華陰，望見素車白馬，從華山上下，疑其非人，道住止而待之。遂至，問鄭容曰：「安之？」答曰：「之咸陽。」車上人曰：「吾華山使也。願託一牘書，至鎬池君所，子之咸陽，道過鎬池，見一大梓，有文石，取款梓，當有應者，即以書與之。」容如其言，以石款梓樹，果有人來取書。明年，祖龍死。（《搜神記》卷四）

> 晉中朝時中宿縣人有使者至洛。事迄，將還，忽有一人寄其書云：『吾家在觀岐前，石間懸膝，即其處也，但扣膝，自當有人取之。』使者謹依其言，果有二人出外取書，並延入水府，衣不霑濡。言此似不近情，然造化之中，無所不有，穆滿西游，與河宗論寶，以此推之，亦為類矣！（《水經注》卷三十八）

> 秦時有中宿縣千里水觀亭江神祠壇，經過有不恪者，必狂走入山，變為虎，中宿縣民至洛，及路，見一行旅寄其書曰，吾家在觀亭廟

前石間懸膝即是也，但扣膝自有應者，乃歸如言，果有二人從水中出，取書而淪，尋還云：江伯欲見君。此人不覺隨去，便睹屋宇精麗，飲食鮮香，言語皆對，無異世間也。（《太平廣記》卷二九一引《南越志‧觀亭江神》）

……諸父怒曰：「小子好詭言，與同行。」貫請具雨衣，於是至泌河浦深處，貫入水，以鞭畫之，水為之分，下有大石，二龍盤繞之。一白一黑，各長數丈，見人沖天，諸父大驚良久，瞻視貫曰：「既見矣，將復還。」因以鞭揮之，水合如舊。（《太平廣記》卷三十二引《紀聞‧王貫》）

胡母班曾至太山之側，忽於樹間逢一絳衣騶呼班云：太山府君召。母班驚愕，逡巡未答，復有一騶出呼之，遂隨行數十步，騶請母班暫瞑，少頃，便見宮室威儀甚嚴，母班乃入閤拜謁，主為設食，語母班曰：欲見君無他，欲附書與女婿耳，母班問女郎何在？曰：「女為河伯婦。」母班曰：「輒當奉書，不知何緣得達？」答曰：「今適河中流，便扣舟呼青衣，當自有取書者。」母班乃辭出，昔騶復令閉目，有頃，忽如故道，遂西行如神言，而呼青衣，須臾，果有一女僕出，取書而沒，少頃復出，云：「河伯欲暫見君，婢亦請瞑目。」遂拜謁河伯。（《太平廣記》卷二九三引《搜神記》卷四〈胡母班〉）

開元初，有三衛自京還青州，至華嶽廟前，見青衣婢，衣服故惡，來白雲娘子欲見，因引前行，遇見一婦人，年十六七，容色憔悴，曰：「己非人，華嶽第三新婦，夫婿極惡，家在北海，三年無書信，以此尤為嶽子所薄，聞君遠還，欲以尺書仰累，若能為達家君，當有厚報。」遂以書付之。其人亦信士也，問北海於何所送之，婦人云：「海池上第二樹，但扣之，當有應者。」言迄，訣去，及至北海，如言送書，扣樹畢，忽見朱門在樹下，有人從門中受事，人以書付之，入，頃之出云：「大王請客入。」隨行百餘步，後入一門。（《太平廣記》卷三〇〇引《廣異記‧三衛》）

女曰：「洞庭之陰，有大橘樹焉，鄉人謂之社橘，君當解去茲帶，束以他物，然後舉樹三發，當有應者。因而隨之，無有礙矣，幸君子書敘之外，悉以心誠之話寄託，千萬勿渝！」毅曰：「敬聞命矣。」……

月餘到鄉還家，乃訪於洞庭。洞庭之陰，果有社橘，遂易帶向樹三擊而止。俄有武夫出於波間，再拜請曰：「貴客將自何所至也？」毅不告其實，曰：「走謁大王耳。」武夫揭水指路，引毅以進。謂毅曰：「『當閉目，數息可達矣。』毅如其言，遂至其宮。（《太平廣記》卷四一九引《異聞集·柳毅》）

霞於是遺錢千萬，授書一緘，白曰：逆旅中，遽蒙周念，既無形跡，輒露心誠，霞家長鱗蟲宅渭橋下，合眼扣橋柱，當有應者，必邀入宅，娘奉見時，必請與霞少妹相見，既爲兄弟，情不合疏，書中亦令渠出拜，渠雖年幼，性頗慧聰，使渠助爲主人百緒之贈，渠當必諾。貫詞遂歸到渭橋下，一潭泓澄，何計自達。久之，以爲龍神不當我欺，試合眼叩之，忽有一人應。因視之，則失橋及潭矣。有朱門甲第，樓閣參差。有紫衣使拱立於前而問其意。（《太平廣記》卷四二一引《續玄怪錄·劉貫詞》）

以上人類進入水界均須經一特殊方法，歸納言之，則：

- 《搜神記》：取文石款大梓。
- 王賈：以鞭畫之，水爲之分。
- 觀亭江神：扣膝。
- 胡母班：扣舟呼青衣
- 三衛：扣海上第二樹。
- 柳毅：解帶束物，叩社橘三發
- 劉貫詞：合眼叩橋柱。

取之與佛書併觀，則佛經中之媒介多偏重蓮華、七寶華、棗枝、金剛杵等佛家物事，受佛書影響之傳奇故事則披帶上較濃厚之民間色彩，扣樹、畫鞭、扣膝、扣舟、扣橋柱……等不一而足，然深究之，實乃佛經系列求寶故事之踵事增華。

三、龍宮多珍寶

龍宮多珍寶，亦見於佛書。《經律異相》第三大引《大海有八德經》云：

海含眾寶，靡所不包，海含眾珍，無求不得。

佛謂海有八德，珍寶竟居其二，臺師靜農因言：

以故中國小說，凡以龍王爲題材的，必涉及龍宮寶物。（〈佛教故實

與中國小說〉）

據入海求寶之佛書記載，至龍宮可求得何種寶物而歸。歸納言之則有：

> 賈人悉採金銀琉璃水精虎珀車渠馬瑙，各取滿船。導師嚴敕，還閻
> 浮利，眾人從命，歸到本土。家室親里，飲食伎樂車馬乘從，悉來
> 迎逆。共相娛樂七日七夜，乃歸家居。各各相問，得何等寶？少智
> 貧乞但得七寶導師，慧侶獲如意珠，師昇高樓手執寶珠，周向四方
> 四隅上下，斯珠之德令雨七寶。尋如所言，則雨七寶，普遍其國，
> 無所不滿。其餘慧侶，分布諸國，四出周行，亦雨七寶。少智貧士
> 乃更呼嗟：我俱入海，恨不值此。導師告曰：吾敕令卿，卿不往取，
> 今何所望。眾人棄寶，更相合會，共還採寶，詣海龍王求如意珠，
> 即悉得之。還閻浮利，亦雨七寶。（《正法華經》卷五引授五百弟子
> 決品第八）

> 大海，百千億該眾生豪賤。處海深淵無底之源，採致金銀雜珠明月，
> 如意寶珠水精琉璃車渠馬瑙珊瑚虎魄載滿船寶。（《正法華經》卷十
> 引光世音普門品第二十三）

> 佛世尊遊王舍城竹園迦蘭陀所，爾時長者樹提遣子弟入海採寶，得
> 牛頭旃檀一枚，還來詣家。（《鼻奈耶》卷第六）

> 若有百千萬億眾生為求金銀琉璃車渠馬瑙珊瑚虎珀真珠等寶，入於
> 大海。（《妙法蓮華經》卷第七）

> 龍王選三摩尼珠，一以上佛，一以施眾僧，一與道人。（《經律異相》
> 卷十九沙門入海龍請供養得摩尼珠十九）（出《譬喻經》卷九）

> 有一泉水，善求及眾悉共求哀，樹神現身語之：斫去一枝，所須當
> 出，諸人歡喜，便斫一枝，美飲流出。斫第二枝，種種食出，百味
> 俱足。咸共承接，各得飽滿。斫第三枝，出諸妙衣，種種備具。斫
> 第四枝，種種寶物，悉皆具足。裝馱悉滿，所須盡辦。（《經律異相》
> 卷四十三，善求惡求採寶經飢樹出所須二）

> 聞王有一明月珠，願以相惠。（《佛說大意經》）

> 詣海龍王，從求頭上如意之珠。（《生經》卷第一引《佛說墮珠著海
> 中經》第八）

> 得純金三十二段，摩尼珠十四枚。（《摩訶僧祇律》卷第四）

求龍王頭上如意寶珠。(《大智度論》)

求龍王耳中摩尼如意寶珠(《經律異相》卷三十三〈善求好施求珠喪眼還明二〉)

得摩尼寶珠還閻浮提(《大方便佛報恩經》)

如此則入海求寶，主要乃求「金銀琉璃車渠馬瑙珊瑚虎珀眞珠」等，其中尤以明月摩尼珠最爲珍貴。此種明月摩尼珠曾見諸《經律異相》卷三引：

> 明月摩尼珠，多在龍腦中。若眾生有福德者，自然得之。猶如地獄，自生治罪之器。此寶亦名如意珠，常出一切寶物，衣服飲食，隨意所欲。得此珠者，毒不能害，火不能燒。或云：是帝釋所執，金剛與阿修羅鬥時，碎落閻浮提。又言：諸過去久遠佛舍利，法既滅盡，變成此珠以爲利益。(出《大智度論》第五十九卷)

看來十分珍貴。大海中另有眾寶所從生之「生寶珠」：

> 大海中有四寶珠，一切眾寶皆從之生。若無四珠，一切寶物漸就滅盡，諸小龍神不能得見。唯娑伽羅龍王密置深寶藏中。此深寶藏有四種名，一名眾寶積聚，二名無盡寶藏，三名遠熾然，四名一切莊嚴聚。(出《華嚴經》第三十卷)

另外，更有所謂「光明大寶」：

> 大海之中，有四燃熾光明大寶。一名日藏光明大寶，二名離涸光明大寶，三名火珠光明大寶，四名究竟無餘光明大寶。若大海中無此四寶，四域天下金剛圍山，乃至非想非非想處皆悉漂沒。日藏光明，能變海水爲酪，離涸光明，能變海酪爲蘇，火珠光明，能燃海蘇，究竟無餘光明大寶，能燃海蘇永盡無餘。(出《華嚴經》第四十卷)

佛經中既多寶珠，則以摩尼珠、眞珠造作珠塔，用盛世尊缽〔註25〕、以明月寶珠及摩尼珠等以爲塔燈〔註26〕，或以摩尼寶珠蓋塔頭，以爲功德〔註27〕等

〔註25〕《法苑珠林》卷一一七〈法滅篇·佛缽部〉有云：又告天魔，汝施我七寶，又告娑竭龍王：汝施我摩尼珠。帝釋天龍等即奉珠寶，於三七日中併集戒壇，所造作珠塔，用七寶莊嚴，上安摩尼珠，以佛神力，故於三七日中，一時皆成，合得八寶億眞珠七寶塔，以盛如來瓦缽。……」

〔註26〕《法苑珠林》卷二十〈千佛篇〉結集之餘有云：「……爾時，佛告四天王：汝施我瑪瑙。又告帝釋：汝施我金銀。又告魔王梵王：汝施我天工師。又告修吉龍王羅睺阿脩羅等：汝施明月寶珠及摩尼珠等，用爲塔燈。……」

〔註27〕《法苑珠林》卷五十〈唄讚篇·感福部〉引《百緣經》云：「佛在世時，迦毗

記載，不勝枚舉。唐人故多以明珠爲題材之小品，《太平廣記》卷四○二〈寶類〉所載即有九篇，少城珠、青泥珠、徑寸珠、水珠、上清珠等各色寶珠，琳瑯滿目。因之臺師靜農云：

> 中國文人所寫的寶珠故事，幾乎都是外來的母題。龍與寶珠都是荒誕的神話，其傳入中國的原因，當然由於佛書傳入中土的關係，不是由於當時商業交通的關係。而在文人筆下，卻將佛書上的故實，混合以當時外國商人的交易，且以神祕的情節寫出，這又是中國文人的構想。至於龍與寶珠的觀念，雖爲中國所舊有，卻單純而無故事性，由單純以至詼諧多方，不能不承認是中土與天竺文化交流的果實。（〈佛教故實與中國小說〉）

由於佛書之東傳及外商之交易，確使傳統寶珠觀念蒙上神祕且詼諧色彩。如《紀聞》中〈水珠〉文：（《太平廣記》卷四○二）

> 大安國寺，睿宗爲相王時舊邸也，即尊位，乃建道場焉，王嘗施一寶珠，令鎮常住庫，云：直億萬。寺僧納之櫃中，殊不爲貴也。開元十年，寺僧造功德，開櫃閱寶物，將貨之，見函封曰：此珠直億萬，僧共開之。狀如片石，赤色，夜則微光，光高數寸。寺僧議曰：此凡物耳，何得直億萬也。試賣之於市中，令一僧監賣，且試其譍直。居數日，貴人或有問者，及觀之，則曰：此凡石耳，瓦礫不殊，何妄索直，皆嗤笑而去，僧亦恥之。十日後，或有問者，知其夜光或譍價數千，價益重矣。月餘，有西域胡人閱寺，求寶，見珠大喜，偕頂戴於首，胡人貴者也。使譯問曰：珠價值幾何？僧曰：一億萬。胡人撫弄，遲迴而去。明日又至。譯謂僧曰：珠價誠直億萬，然胡客久，金有四千萬求市可乎？僧喜，與之。謁寺主，寺主許諾。明日，納錢四千萬貫，市之而去。仍謂僧曰：有虧珠價，誠不多貽責也。僧問胡從何來，而此珠復何能也。胡人曰：吾大食國人也，王貞觀初，通好來貢此珠後，吾國常念之。募有得之者，當授相位，求之七八十歲，今幸得之。此水珠也，每軍行休時，掘地二尺，埋珠於其中，水泉立出，可給數千人。故軍行常不乏水。亡珠後，行

羅衛城中有一長者，財寶無量，其婦懷妊生一男兒，容貌端正，世所希有，然其生時，頂上自然有摩尼珠寶蓋遍覆城上……供養之時，有商入海採寶，安穩歸來，即以摩尼寶珠蓋其塔頭，發願而去。……」

軍每苦渴之。僧不信，胡人命掘土藏珠。有頃，泉湧，其色清泠，

流汎而出，僧取飲之，方悟靈異。胡人乃持珠去，不知所之。

水珠狀如片石，赤色，夜則微光，光高數寸，可使水泉立出，其中言賣珠經過，由凡石而漸至數千萬之價，寫來迂曲，及至文後，方始揭曉水珠之來歷及價值，果然平添若干神祕色彩。又如《宣室志‧嚴生》（《太平廣記》卷四○二引）：

馮翊嚴生者，家於漢南，常遊峴山，得一物，其狀若彈丸，色黑而大，有光，視之潔徹，若輕冰焉。生持之以示於人。或曰：珠也。生因以彈珠名之，常置於箱中，其後生遊長安，乃於春明門逢一胡人，叩馬而言。衣囊中有奇寶，願有得一見。生即以彈珠示之。胡人捧之而喜，曰：此天下之奇貨也，願以三十萬爲價。曰：此寶安所用？而君厚其價如是哉！胡人曰：我西國人，此乃吾國之至寶，國人謂之清水珠。若置於濁水，泠然洞澈矣。自亡其寶且三歲，吾國之井泉盡濁，國人俱病，故此越海踰山來中夏以求之，今果得於子矣。胡人及命注濁水於缶，以珠投之。俄而其水澹然清瑩，纖毫可辨。生於是以珠與胡，獲其價而去。

唐人小說中以明珠爲題材者甚多，而其中凡得鑑識珠寶者皆爲胡人，且所記之珠，多來自異域及水府，凡此皆以佛經故事爲母題而加附會者，如《宣室志‧任頊》文，云道士竭湫水中，欲食黃龍，黃龍求援於任頊，任頊爲其脫禍後，黃龍以徑寸珠爲酬：

頊後持之廣陵寺，有胡人見之，曰：「此眞驪龍之寶也，而世人莫可得。」

《廣異記‧寶珠》文裡，有周武帝冠上綴珠，歷代不以爲寶，唯胡人視之珍貴，以重價求之。《幽怪錄‧鬻餅胡》裡，舉人求售彈丸之珠，三歲無人問者，及胡客至，方依五十萬之價酬之，《廣異記‧三衛》裡，三衛獲北海絹爲禮，三衛入京賣絹：

買者聞求二萬，莫不嗤駭，以爲狂人。後數日，有白馬丈夫來買，直還二萬，不復躊躇。

《續玄怪錄》中〈劉貫詞〉，當劉貫詞爲龍宮傳書畢，龍母以闐國鎮國碗相遺：

（劉貫詞）視手中器乃一黃色銅碗也，其價只三、五鐶耳，大以爲龍妹之妄也。執鬻於市，有酹七八百者，亦酬五百者，念龍神貴信，

不當欺人，日日持行於市。及歲餘，西市忽有胡客來，視之，大喜。
問其價，貫詞曰：二百緡。客曰：物宜所直，何止兩百緡，且非中
國之寶，有之何益，百緡可乎。貫詞以初約只爾，不復廣求，遂許
之。

另外，前引《紀聞》之〈水珠〉、《宣室志》之〈嚴生〉所獲寶珠，皆須待胡
人至而方識其貴重。

佛經中入海求寶，所求之寶珠，多爲明月摩尼珠，至唐人傳奇則所攜自
龍宮之寶珠則花樣愈益繁複，如〈柳毅〉：

洞庭君因出碧玉箱，貯以開水犀；錢塘君復出紅珀盤，貯以照夜璣，
皆起進毅……後宮中之人，咸以綃綵珠璧，投於毅側，重疊煥赫，
須臾埋沒前後。

而柳毅辭別之時：

贈遺珍寶，怪不可述。

甚至，從海中求得之寶，亦不限定寶珠。如〈靈應傳〉中，九娘子酬答鄭承
符之恩，則：

聘幣羅於階下，鞍馬器甲錦綵服翫橐鞬之屬，咸布列於庭。

別賜戰馬二匹，黃金甲一副，旌旗旄鉞珍寶器用，充庭盈目，不可
勝記。

〈胡母班〉取回者爲青絲履；《搜神記》卷四中有〈河伯〉（見《太平廣記》
卷二九五）：

婦以金甌麝香囊與婿別，涕泣而分，與錢十萬、藥方三卷。云可以
施功布德，復云：十年當相迎。此人歸家，遂不肯別婚，辭親出家
作道人，所得三卷方：一卷詠經、一卷湯方、一卷丸方。

自水府取回之物，有金甌、麝香囊、錢十萬、藥方三卷。而前述〈孫思邈〉
文，言昆明池龍爲西域僧所困，求援於孫思邈，孫乃以龍宮仙方三十爲挾。〈李
衛公靖〉中，龍母爲答李靖代爲行雨之勞：

然而勞煩未有以報，山居無物，有二奴奉贈，摠取亦可，取一亦可，
唯意所擇。（《太平廣記》卷四一八引《續玄怪錄》）

《錄異記》所載〈如願〉，則攜回一女婢：

昔盧陵邑子甌明者，從容賈道，經彭澤湖，每輒以船中所有多少投
湖中，云以爲禮。積數年，後過，見湖中有大道，道上多風塵，有

數吏乘馬來候，云是青洪君使要，明知是神，然不敢不往，甚怖。問吏，恐不得還，吏曰：「無可怖，青洪君，以君前後有禮，故要君，必重送君者，皆勿收，獨求如願。」爾去，果以繒帛送，明辭之，乃求如願。神大怪，明知之意甚惜，不得已，呼如願，使隨去。如願者，青洪婢也。常使之取物。明將如願歸，所欲輒得之。數年，大成富人，意漸驕盈，不復愛如願。歲朝雞一鳴，呼如願，如願不起，明大怒，欲捶之，如願乃走。明逐之於糞上，糞上有昨日故歲掃除聚薪，如願乃於此得去。明不知。謂逃在積薪糞中，乃以杖捶使出，久無出者，乃知不能困。曰：「汝但使我富，不復捶汝。」今世人歲朝雞鳴時轉往捶糞。云：「使人富也。」（見《太平御覽》卷四七二引）

因得青洪君婢如願，而得事事如願，大成富人，可謂極富民間故事色彩。

以上所云訪水界，得寶歸之記載，與鍾敬文所云中國民間故事型式中求如願型十分類似，皆對龍王有恩，被迎入宮，龍子或龍女密教其求索寶物於龍王，遂得美妻或重寶歸。此種民間故事思想之滲入，於六朝志怪中甚少，而多見於唐人傳奇中，故可知時人重視富貴之事實，亦可由此推知此類作品深受佛經入海求寶故事之影響。尤其前述《譬喻經》九卷沙門入海請供得摩尼珠十九所載道人為龍王療頭疼之疾，獲贈：

三摩尼珠，一以上佛，一以施眾僧，一與道人。

顯然與上述唐代傳奇故事關係最密切。

四、寶物之價值及作用

海中龍王與寶珠、善友入海求寶，皆象徵貧苦眾生潛意識中歸依神祕大海，追求精神安慰及物質富裕。佛書中入海求寶故事之求寶動機多為施給天下、救濟人民。例如：

吾從無數劫以來，精進求道，初無懈息。愍傷眾生，欲度脫之，用精進故，自致得佛，超越九劫，出彌勒前，我念過去無數劫時，見國中人，多有貧窮，愍傷憐之。以何方便而令豐饒？念當入海獲如意珠，乃有所救，撾鼓搖鈴，誰欲入海採寶。（《生經》佛說墮珠者海中經第八）

父母財物雖多，猶不足我用，唯當入海採七寶，以給施天下人民耳。

（《佛說大意經》）

我念過去時，國人貧窮，生憐愍心，乃欲入海求如意珠。（《經律異相》卷九入海採珠以濟貧苦十）

見閻浮提人貧窮辛苦，思欲給施而財物不足，便自啼泣。問諸人言：作何方便，當令一切滿足於財。諸宿人言：我等曾聞有如意寶珠，若得此珠，則能隨心所索，無不必得，菩薩聞是語已，白其父母，欲入大海，求龍王頭上如意寶珠。（《大智度論》卷十二）

我今應當自求財寶，給足眾生。我若不能給足一切眾生，衣被飲食稱意與者，云何名爲大王。太子即集諸臣百官共議言：大求財利，何業最勝？或言田種，或言畜養。有一大臣言：世間求利，莫先入海採取妙寶，若得摩尼寶珠者，便能稱意給足一切眾生。（《經律異相》卷三十二引善友好施求珠喪眼還明二）

我今應當自求財寶給足眾生，我若不能給足一切眾生，衣被飲食稱意與者，云何名爲大王太子。即集諸臣百官共論議言：夫求財利，何業最勝？中有第一大臣言：世間求利，莫先耕田者，種一萬倍。復有一大臣言，世間求利，莫先畜養眾生，放牧滋息，其利最大。復有一大臣言：世間求利，莫先入海採取妙寶，若得摩尼寶珠者，便能稱意給足一切眾生。（《大方便佛報恩經》卷三惡友品第六）

我當云何，得於財寶，給施一切，令無有乏，作是念已，即問諸人：今此世間，作何事業，可得多財，稱意用之？有一人言：不避劇難，遠出販賣，可得多財。有一人言：墾治田畝，不避寒暑，廣種五穀，可得多財。有一人言：多養六畜，隨時將護，時節蕃息，可得多財。有一人言：爲不顧命，能入大海，至龍王宮求如意珠，斯事成辦，最得多財。於時，太子聞眾人語而自念言：行估種田，畜養六畜，且非我宜，得利無幾，唯入大海，詣龍王宮，此入我意，當勤求是事。（《賢愚經》卷第九善事太子入海品第三十七）

……意今普令含織（識），無事安寧，著自然之衣；食天賜之飧（飯）。破貪嗔痴之窟宅，出離塵勞；重戒定惠之身軀，圓通法行。莫如入大海內，拜謁龍王，求摩尼寶珠，與眾生利益。（變文《雙恩記》）

〔註28〕

綜上所述，入海求珠之動機皆爲「稱意給足一切眾生」。入海既爲濟眾，則入海所求之寶，必具神奇威力，始可滿足此慾求。

「摩尼」，漢語乃「如意」之意，佛典中所云寶物甚多，然以「摩尼寶珠」最爲尊貴。慧琳撰〈一切經音義〉云：

> 此寶光淨，不爲垢穢所染也。

良賁〈仁王經疏〉云：

> 此云思惟寶，會意翻云如意寶珠，隨意所求，皆能滿足故。

據胡同床〈莫高窟早期龍圖像研究〉中說，第二四九窟（西魏）窟頂東坡，畫面上部「天」部分，二肩有羽之勇健力士，捧舉蓮花摩尼珠，意謂諸神以此光潔無垢、隨意皆能之寶以供養佛。〔註29〕由是可知，摩尼寶珠，因隨意所求，皆能滿足之威德，民眾所敬，常採取佛教教義之宣揚，唯有福者能得之。

諸書中對寶物求回後的作用，俱有詳明之敘述，如：

> 求願使雨七寶，以供天下，莫不安穩。爾時導師則我身是，五百賈客，諸弟子者是，我所將導即精進行。入於大海，還得寶珠，救諸貧窮。於今得佛，竭生死海，智慧無量，救濟群生，莫不得度。佛說如是，莫不歡喜。（《生經》卷一）

> 大意得珠，過取婆羅門女。還其本國恣意大布施。自是之後，境界無復飢寒窮乏之者。四方士民皆去其舊士，襁負歸仁。如是布施歷載，恩逮蜎飛蚑行蠕動，靡不受潤。其後壽終上爲帝釋，或下爲飛行皇帝，積累功德，自致成佛三界特尊，皆由宿行非自然也。（《大意經》）

> 珠當如我意願，出一切寶物，隨人所須，盡皆備有。是時，陰雲普遍雨種種寶物，衣服飲食臥具湯藥，人之所須，一切具足，至其命盡，常爾不絕。（《大智度論》卷十二）

> 在彼土中，太子還得寶珠。往父母前跪燒眾妙香，即呪誓言：此珠是如意寶者，令父母兩目明淨如故，尋時平復，見子歡喜。太子於月十五日朝，淨自澡浴著鮮潔衣燒妙寶香，於高樓上手捉香爐，頭

〔註28〕 見潘師重規〈變文雙恩記校錄〉，《幼獅學誌》第十六卷第一期。
〔註29〕 見《敦煌研究》1988年第一期。

面頂禮摩尼寶珠。立誓願言，我爲閻浮提一切眾生，忍此大苦，求
是寶珠。時東方有大風起，吹去雲霧，皎然明淨。并閻浮提所有糞
穢，大小便利灰土草莽，清風吹蕩，悉令清淨。以珠威德，於閻浮
提，遍雨成熟，自然粳米，香甘軟細，色味具足，溝渠盈滿，積至
于膝，次雨衣服珠環釵釧，次雨七寶眾妙伎樂，眾生所須皆悉充足。
（《經律異相》卷三十二）

爾時善友太子，於月十五日朝，淨自澡浴著鮮潔衣燒妙寶香，於高
樓觀上，手捉香爐，頭面頂禮摩尼寶珠。立誓願言，我爲閻浮提一
切眾生故，忍太辛苦求是寶珠。爾時東方有大風起，吹去雲霧，虛
空之中，皎然明淨，並閻浮提所有糞穢，大小便利灰土草莽，涼風
洞已，皆令清淨。以珠威德，於閻浮提，遍雨成熟，自然粳米，香
甘軟細色味具足，溝渠盈滿，積至于膝，次雨名衣上服珠環釵釧，
次雨金銀七寶眾妙伎樂，舉要言之：一切眾生所須樂具，皆悉充足。
菩薩修大慈悲行檀波羅蜜，給足眾生，一切樂具，其事如是。（《大
方便佛報恩經》）

於時太子香湯洗浴，豎立大幢，以珠著頭，著新淨衣，手執香爐，
向四方禮，口自說言：若其實是如意珠者，便當普雨一切所須。求
願已迄，四方雲霧，即有風來。吹除糞穢，及餘不淨，悉自除去。
次復雨水，用掩塵土，次復雨於百味飲食種種美味，次雨五穀，次
雨衣服，次雨七寶，積滿天下。爾時人民，稱慶無量。視諸珍寶，
猶如瓦石，於時，太子廣布宣令：汝等已得一切所須供身之事，無
所乏少，若能感識如是之恩，當攝身口意修十善道。爾時一切，閻
浮提內，感念太子無極之施，人聞其令，剋勵其心，奉行十善，不
犯眾惡，命終之後，皆得生天。（《賢愚經》卷九）

帝釋以名寶滿其舟中，千倍于前，即還本土。九親相見，靡不歡悅。
賙窮濟乏，慧遠眾生。顯宣佛經，開化愚冥。其國王浮菩薩德詣稟
清化，君仁臣忠，率土持戒，家有孝子，國豐毒歇，黎庶歡欣，終
生天上，長離眾苦，菩薩累劫，精進不休，遂至得佛。（《經律異相》
卷九坐海以救估客卷十一）

可見入海求珠多爲救濟大眾。而中國傳奇中寶物之獲得常是因緣於解除龍宮
困境之報酬。佛經中對寶珠神效之如此恣肆誇張之描寫，落實於小說，則顯

得較為素樸且著重實用性，並逐漸以金錢之多寡來衡視寶物之價值，亦見出其時人類重富貴而輕視精神慰安及品德淬礪之事實。佛經中，猶再三強調「君仁臣忠率土持戒家有孝子」、「奉行十善，不犯眾惡」、「積累功德」……等，唐代傳奇則率皆避談精神慰安，而逕言寶物價值。如：

〈任頊〉裡，任頊因援救黃龍而得徑寸珠為酬，以數千萬為價而市之；〈寶珠〉中之四人得寺廟中周武帝冠上之綴珠，胡人合錢以五萬緡市之；〈鬻餅胡〉中之舉人偶得鬻餅胡之彈丸寶珠則索價五十萬；〈三衛〉中之北海絹亦得兩萬貫；〈柳毅〉得贈之後：

> 因適廣陵寶肆，鬻其所得，百未發一，財已盈兆，故淮右富族，咸以為莫如。

〈劉貫詞〉得罽賓國鎮國碗，亦售百緡之資。〈如願〉中，甌明得婢如願，數年，大成富人。〈李衛公靖〉裡，李靖因得怒奴，而「以兵權靜寇難，功蓋天下」。其中唯〈河伯〉中，河伯婿雖亦得錢十萬，然另得藥方三卷：

> 周行救療，皆致神驗。

〈孫思邈〉中，孫因為昆明池龍解困，得龍宮仙方三十，亦行濟人，二者尚有濟世之功，其餘皆為私利，與佛經中有意探摩尼珠威德，宣揚有福德之人，方可得寶以弘法傳教之觀念，可謂相去日遠矣！

五、抒海求珠

佛經中系列入海求珠故事，幾經演變潤色，早期寶珠墮海部分，已逐漸為盲眼、彷徨、開眼等富民間色彩的情節所取代，然此種寶珠墮海，菩薩抒海求珠的故事卻在某種程度上影響及中國小說、戲曲的發展。首先，先羅列有關抒海求珠之說於下：

> 海中諸龍，及諸鬼神，悉共議言：此如意珠，海中上寶，非世俗人所當獲者。云何損海益閻浮利提，誠可惜之，當作方計，還奪其珠，不可失之，至於人間。時龍鬼神，晝夜圍遶，若干之匝，欲奪其珠。導師德尊，威神巍巍，諸鬼神龍，雖欲翻船奪如意珠，力所不任。於時導師及五百人，安穩渡海，菩薩踴躍，住於海邊，低頭下手，呪願海神。珠繫在頸，時海龍神，因緣得便，使珠墮海。導師感激，吾行入海，乘船涉難，勤苦無量，乃得此寶，當救眾乏。於今海神，反令墮海，敕邊侍人捉持器來，吾酌海水，至於泥底，不得珠者，

終不休懈。即器斸水，以精進力，不避苦難，不惜壽命，水自然趨，悉入器中。諸海龍神，見之如是，心即懷懼，此人威勢精進之力，誠非世有。若今斸水，不久竭海，即持珠來，辭謝還之。吾等聊試，不圖精盡力勢如是，天上天下，無能勝君導師者，獲寶齎還，國中觀寶。(《生經》卷第一佛說墮珠著海中經第八)

大意念言：吾本來求寶，今已如志，當從是還。便尋故道，欲還本國。經歷大海，海中諸神王，因共議言：我海中雖多眾珍名寶，無有如此輩珠，便敕使海神要奪其珠，神便化作人，與大意相見，問言：聞卿得奇異之物，寧可借視之乎？大意舒手示其四珠，海神便搖其手，使珠墮水中。大意念言，王與我言時，但道此珠難保，我幸已得之，今為此子所奪，非趣也。即謂海神言：我自勤苦，經涉嶮岨得此珠來，汝反奪我，今不相還，我當抒盡海水耳。海神知之，問言：卿志何高乃爾，海深三百三十六萬由延，其廣無涯，奈何竭之。譬如日終不墮地，大風不可攬束，日尚可使墮地，風尚可攬束，大海水終不可抒令竭也。大意笑答之言：我自念前後受身生死壞，積其骨過於須彌山，其血流五河四海，未足以喻，吾尚欲斷是生死之根本，但此小海，何足不抒，復說言：我憶念昔供養諸佛誓願言，令我志行勇於道，決所向無難。當移須彌山，竭大海水，終不退意。便一其心，以器抒海水。精誠之感，達於第十四天。王來下助大意，抒水三分，已抒其二。於是海中諸神王皆大振怖，共議言：今不還其珠者，非小故也，水盡泥出，子便壞我宮室。海神便出眾寶，以與大意，大意不取，告言：不用是輩，但欲得我珠耳。促還我珠，終不相置也。海神知其意感，便出珠還之。(《佛說大意經》)

(婆羅門)不勝歡喜，便捉寶物手中挑弄不止，即失寶物落海水中，時婆羅門甚大憂惱，我極辛苦得是寶物，如何一旦忽然落水，我要當抒海求覓此寶，即便上岸求得好木，持詣木師所語言：煩君為我做木魁。木師為作已，鏇師為鏇之，鐵師為鍱之，得木魁已，持詣海，次褰衣袒臂欲抒海水。……抒著岸上水還入海，是時海神觀彼婆羅門意為懈怠耶，當實堅固，觀已，見婆羅門志意專精，永無退期，時海神便作是念：假使百年抒此海水，終不能減如毛髮許，感其專精，即還其寶。是時，海神為婆羅門而說偈言：

精勤方便士　志意不休息　專精之所感　雖失復還得（《摩訶僧祇律》卷第四）

渡海既畢，菩薩踴躍住於海邊，低頭下手呪願海神。以珠繫頸，時海龍神因緣得便，使珠墮海，導師感激吾行入海，乘船涉難，勤苦無量，乃得此寶，當救眾乏，於今海神反令墮海，敕邊侍人捉持器來，吾卷海水令至泥底，不得珠者終不休懈，即便卷水不惜壽命，水自然趨悉入器中，諸海龍神見之懷懼，此人威勢精進之力，誠非世有，水不久竭，即持珠來辭謝還之，吾等即爾相試，不圖精盡力勢如是，天上天下無能勝君，導師獲寶，齎還國中。（《經律異相》卷第九入海採珠以濟貧苦十）

諸神王因共議言，我海中雖多眾珍名寶，無有如此輩珠，便敕使海神要奪其珠，神便化作人與大意相見，問言：聞卿得奇異之物，寧可借視之乎？大意舒手示其四珠，海神便搖其手使珠墮水。大意自念：王與我言道，此珠難保，我幸已得之，今爲此子所奪非趣也，即謂海神言：我自勤苦，經涉嶮阻得此珠來，汝反奪我，今不相還，我當抒盡海水耳。海神知之問言：卿志奇高，海深三百三十六萬由延，其廣無涯，奈何竭之，如日終不墮地，大風不可攬束，日尚可使墮地，風尚可攬束，大海水終不可抒令竭也。大意笑答之言：我自念前後受身生壞敗，積骨過於須彌山，其血流五河四海未足以喻，吾尚欲斷是生死之根本。但此小海，何足不抒，我昔供養諸佛誓願言，令我志行勇於道決所向無難，當移須彌山竭大海水終不退，意便一心以器抒海水，精誠之感，四天王來助大意，抒水三分已二，於是海中諸神王，皆大振怖，共議言：今不還其珠者，非小故也，水盡泥出，壞我宮室。海神便出眾寶以與大意，大意不取，告言：不用是輩，但欲得我珠耳，從還我珠，終不相置也，海神知其意盛，便出珠還之。（《經律異相》卷四十二居士子大意求明月珠）

此五則記載，俱言抒海求珠事。歸納言之，有兩重點：一爲墮珠，一爲抒海。墮珠部分不論大意失珠，或海神刻意奪取，皆寫來傳神靈動。抒海則爲尋回墮珠，抒海之法，亦各自有異：

（一）敕邊侍人捉持器來，舋海水至於泥底，不得珠者，終不休懈。水自然趨，悉入器中。

（二）當移須彌山，竭大海水，終不退意。便一其心，以器斟海水，精
　　　誠之感，達於第十四天，王來下助大意。

（三）上岸求得好木，持詣木師，煩做木魁，鏇師爲鏇之，鐵師爲鍱之，
　　　得木魁已，持詣海。次褰衣袒臂欲抒海水，海神感其志意專精，
　　　即還其寶。

三則記載，由簡而繁，隨時代之演變而欲益細膩。

類似之困擾海神以脅取寶物者，於六朝志怪及唐傳奇中亦不少見，或正
得自佛經之影響。今羅列於後：

開元中，復有人見隱於終南山。與宣律師相接，每來往參請宗旨。
時大旱，西域僧請於昆明池，結壇祈雨，詔有司備香燈凡七日，縮
水數尺，忽有老人夜詣宣律師求救。曰：「弟子昆明池龍也，無雨時
久，匪由弟子，胡僧利弟子腦將爲藥欺天子，言祈雨命在旦夕，乞
和尚法力救護。」宣公辭曰：「貧道持律而已，可求孫先生。」老人
因至思邈，謂曰：「我知昆明龍宮有仙方三十首，若能示予，予將救
汝。」老人曰：「此方上帝不許妄傳，今急矣，固無所惜。」有頃，
捧方而至。思邈曰：「爾但還，無律胡僧也。」自是池水忽漲，數日
溢岸，胡僧羞恚而死。（《太平廣記》卷二十一引《仙傳拾遺》及《宣
室志・孫思邈》）

……項遂往山西，果有大湫。及作於湫旁以伺之，至當午，忽有片
雲自西冉冉而降於湫上。有一道士自雲中下，頎然而長，約丈餘，
立湫之岸，於袖中出墨符數道，投湫中。頃之，湫水盡涸。見一黃
龍帖然俯於沙。項即屬聲呼，天有命殺黃龍者死。言訖，湫水盡溢，
道士怒，即於袖中出丹字數符投之，湫水又竭，即震聲呼如前詞。
其水再溢，道士怒甚，凡食頃，乃出朱符十餘道，向空擲之，盡化
爲赤雲入湫，湫水即竭。呼之如前詞，湫水又溢，道士顧謂項曰：「吾
一千年始得此龍爲食，奈何子儒士也，奚救此異類耶！」怒責數言
而去，項亦還山中。（《太平廣記》卷四二一引《宣室志・任項》）

……及邀士人同往海上觀珠之價，士人與之偕行東海上，大胡以銀
鐺煎醍醐，又以金瓶盛珠於醍醐中，重煎甫七日，有二老人及徒黨
數百人，齎持寶物，東至胡所，求贖，故執不與，後數日，復持諸
寶山積，云欲贖珠。胡又不與，至三十餘日，諸人散去，有二龍女

潔白端麗，投入珠瓶中，珠女合成膏，士人問所贖悉何人也。胡云：
此珠是大寶，合有二龍女衛護，群龍惜女，故以諸寶來贖，我欲求
度世，寧顧世間之富耶？因以膏塗足，步行水上，捨舟而去。諸胡
各言共買此珠，何為獨其專利，卿既往矣，我將安歸？胡令以所煎
醍醐塗船，當得風便還家，皆如其言。大胡竟不知所之。（《太平廣
記》卷四○二引《廣異記‧寶珠》）

葉靜能閒居，有白衣老父來，泣拜曰：「職在小海，有僧善術，來喝
水，海水十涸七八。」靜能使朱衣人執黃符，往投之，海水復舊。
白衣老父，乃龍也。（《幽怪錄》）

有舉人在京城，鄰居有鬻餅胡，無妻。數年，胡忽然病，生存問之，
遺以湯藥，既而不愈。臨死告曰：「某在本國時大富，因亂遂逃至此。
本與一鄉人約來相取，故久於此，不能別適，遇君哀念，無以奉答，
其左臂中有珠寶，惜多年，今死無用矣，特此奉贈，死後乞為殯痤，
郎君得此，亦無用處，今人亦無別者，但之市肆之間，有西國胡客，
至者即以問之，當大得價。」生許之。既死，破其左臂，果得一珠，
大如彈丸，不甚光澤。生為營葬訖。將出市，無人問者，已經三歲，
忽聞新有胡客到城，因以珠市之。胡見大驚曰：「郎君何得此寶珠？
此非近所有，請問得處。」生因說之。胡乃泣曰：「此事某鄉人也，
本約同問此物，來時海上遇風，流轉數國，故憊五六年到此。方欲
追尋，不意已死。」遂求買之。生見珠不甚珍，但索五十萬耳。胡
依價酬之，生詰其所用之處，胡云：「漢人得法取珠於海上，以油一
石，煎二斛，其則削以身入海不濡，龍神所畏，可以取寶一六度也。」
（《太平廣記》卷四○二引《原化記‧鬻餅胡》）

〈孫思邈〉文中，胡僧縮水以利屠龍，〈任頊〉中道士投符涸水以禍龍；〈寶
珠〉裡，大胡以銀鐺煎醍醐、用以求護珠之龍女；《幽怪錄》中，僧人善涸水
之術以困龍；〈鬻餅胡〉中，以油煎二斛以身入海脅取寶物。凡此應皆直承佛
經抒海求珠之影響，殆無疑義。

類此仙家涸水之術，《後漢書》卷一一二下列傳第七十二〈方術〉下〈徐
登傳〉有云：

徐登者，閩中人也。本女子，化為丈夫，善為巫術。又趙炳，字公
阿，東陽人，能為越方，時遭兵亂，疾疫大起，二人遇於烏傷溪水

之上，遂詰言，曰共出其術療病。各相謂曰：「今既同志，且各試所
能！」登乃禁溪水，水為不流。炳復次禁枯樹，樹即生荑。二人相
視而笑，共行其道焉。

「禁溪水，水為不流」與抒海水使水竭似略有區分。故〈孫思邈〉等四文中
之涸水術，與《後漢書》之禁水術應關係較少。其後元雜劇作者更因之創作
《張生煮海》雜劇，謂書生張羽為求婚於龍宮，得道姑之助，以銀鍋一只、
金錢一枚、鐵杓一把，令舀海水，投錢於銀鍋煮之，煮至鍋中水淺，則海水
亦淺，龍王大窘，不得已而允婚。其本事應直接承襲自前述〈寶珠〉中以銀
鐺煎醍醐以求龍女，而間接傳承於佛典中之抒海求珠。

六、結　論

　　綜上之述，我國古代以龍為鱗蟲之屬，雖亦有記載其能人言，能為人所
騎，然皆未將其人類化。但佛典迻譯入中土，中國龍漸失其原始面目，而與
印度之龍融合。佛經中入海求寶故實中，龍之形象泰半平板而缺少變化，未
能作深入之刻劃，然受影響之中國龍則非但性格日益繁複，且披帶各式人倫
色彩，亦多人間恩怨，至後期有關龍之傳奇故事，則對龍之描述極盡鋪張之
能事，尤其對龍族婚姻之刻劃，頗能反映唐代之社會狀況，此時，已脫離佛
典中之板滯形象，顯得精采活潑。

　　佛經中，凡人入海求寶，皆須仰賴大樹、蓮華、七寶華或棗枝、蛇頭，
或取杵撞門等過程。因之，中國有關進龍宮傳書或取寶之小說，亦多受其影
響，須經扣樹、畫鞭、扣滕、扣舟、扣橋柱等手續，然已明顯脫卻宗教色彩，
沾染民間傳說之特色。而入海所求之寶，佛書中多為明月摩尼珠，至唐人小
說則非但寶珠花樣繁複，且所求亦不限為寶珠，藥方、金甌、錢、麝香囊、
戰馬、黃金甲、旌旗旄鉞……等皆有，甚且亦有怒奴、如願女婢，內容日益
活潑。

　　另外，佛書中入海求寶之動機，皆為施給天下、救濟大眾；傳奇中之寶
物多來自協助龍宮脫困之報償。因此，寶物之為用，佛書中偏重經世濟民，
傳奇小說則著重寶物之經濟效用及求售之價格，顯然寶珠之為用，已由佛書
之偏重大我的實現轉移為唐傳奇之小我的滿足，亦見出其時人重富貴而輕精
神慰安及品德淬礪之事實。

　　取佛經中抒海求珠與後世小說、戲曲中之「縮水」、「涸水」、「煮水」以

困龍同觀，則可見其相互因襲之跡，顯見我傳奇小說中類似情節實與我《後漢書·徐登傳》中所載「禁溪水」關聯不大。

總之，由佛經中之入海求寶故事以視我唐代流行甚廣之有關龍之小說〔註30〕，可見其深刻之影響，換言之，龍之為物，雖為中國所固有，然中國小說中之龍實取材自佛經中龍之故實，而摻入民間之理想及現實之生活體驗。

〔註30〕唐人有關龍之小說，除前述所引外，尚有〈柳子華〉(《太平廣記》四二四引)、〈湘中怨解〉(《太平廣記》卷二九八引)、〈萬昕〉(《太平廣記》卷四二一引)、〈五臺山池〉……等甚多。

第三章　柳毅傳書與張生煮海故事之演進及合流

第一節　作者與本事考略

一、〈柳毅傳〉

　　本文作者李朝威，字不詳，隴西人，生平不可考，約西元七五九年前后在世，當爲唐玄宗肅宗時人，著有《傳奇柳毅傳》。

　　〈柳毅傳〉略云：有落第書生柳毅路過涇陽，見一少婦牧羊道旁，有殊色而形容憔悴。自言乃洞庭龍君小女，父母配嫁涇川次子，爲婿厭薄，又得罪於舅姑，故毀黜至此。因託毅致書於洞庭君。毅至洞庭龍宮，洞庭君弟錢塘君聞其女姪遭遇，直往涇陽，殺其婿，接女歸。毅遂爲龍宮上賓，錢塘君爲女姪求婚於毅，毅拒之以大義，迨毅辭別，贈以珍寶，毅歸家，先後娶妻，並亡，三娶盧氏，爲洞庭君女，即昔年牧羊路旁者，龍女化身居人間，毅初不之知，後，毅與龍女相偕仙去。其表弟薛嘏嘗遇之于湖中，得仙藥五十丸，嘏后亦不知所往。

　　按：唐人稗史取材，于仙怪狐鬼之外，尤喜言龍女靈異之事。此文，《太平廣記》四百十九，引《異聞集》，題曰〈柳毅〉，無傳字。王師夢鷗《唐人小說研究》二集陳翰《異聞集考》釋云：

　　　　……此文有名於唐世，《裴鉶傳奇》之〈蕭曠篇〉引此，則稱柳毅靈
　　　　姻。宋世話本，如《醉翁談錄辛集》所錄，則名爲〈柳毅傳書〉。其
　　　　事出於唐高宗之世，爲唐人言龍女故事之嚆矢，與〈古鏡記〉之言

古鏡故事者，同具祖本地位。篇末錄「隴西李朝威敘而歎曰」云云，是其作者自言。然李朝威生平無可考，反不若其所敘之〈柳毅〉得以留名千載，而爲詩人詞客所艷傳也。

王師夢鷗云〈蕭曠篇〉爲《裴鉶傳奇》中之作，而據《太平廣記》卷三一一所引則出自《傳記》，「傳奇」或爲「傳記」之誤植。文云：

> ……蕭曠因語織娘子曰：近日人世或傳柳毅洞庭靈姻之事，有之乎？

《傳記》一書爲劉知幾之子劉餗所作（見《唐書藝文志》），一名《國史異纂》。劉餗字鼎卿，乃天寶初年集賢院學士兼知史官右補闕。由此可知，天寶前後，柳毅事已廣爲流傳矣！王師夢鷗以爲其事出於唐高宗之世，信不誣也。而汪氏校錄《唐人小說》云：

> 就本文開元末毅表弟薛嘏謫官東南，經洞庭見毅，殆四紀，嘏亦不知所往等句觀之，則李固掇拾傳聞，其筆諸篇籍，恐亦在貞元元和之間矣。他無可徵，殊難碻定。至柳毅事盛傳於時，唐末復有本此文而作《靈應傳》。元尚仲賢更演爲《柳毅傳書》劇本。翻案而爲《張生煮海》。李好古亦有《張生煮海》。明黃說仲又有〈龍簫記〉。勾吳梅花墅又有《橘浦記》。皆推原此文而益爲傅會者也。

柳毅洞庭靈姻之事，始則口誦於唐高宗之世，朝威繼於貞元元和間掇拾傳聞，筆諸篇籍，其說可信也。

柳毅文流傳至廣，後世戲曲因襲者已如汪氏所言，其爲詩歌、小說所借典附會者亦多。明胡應麟曾云：

> 唐人小說如柳毅傳書洞庭事，極妄誕不根，文士亟當唾去，而詩人往往好用之。夫詩中用事，本不論虛實，然此事特誕而不情。造言者至此，亦橫議可誅者也。何仲默每戒人用唐宋事，而有「舊井潮深柳毅祠」之句，亦大鹵莽。今特拈出，以爲學詩之鑒。黎惟敬本學仲默詩，而與余遊西山玉龍洞，有「封書誰識洞庭君」之句。暗用柳毅而不露，而語獨奇俊，得詩家三昧。總之不如不用爲善。然二君用事，偶經意不經意耳。（《二酉拾遺》卷中）

何仲默、黎惟敬俱於詩中用柳毅典；小說除《靈應傳》深受其影響外，褚人穫《堅瓠戊集》卷一並有〈柳毅井〉文：

> 洞庭東山有井，云是當年柳毅時所鑿，週迴橘樹參差。月夜常見龍女與毅雙雙出遊。天啓辛酉，田子菼與王子同遊，酒酣賦詩云：橘

花垂陰碧闌干，此地曾經柳毅傳，卿亦有書吾肯寄，轆轆腸斷碧絲煙。時林月漸明，隱隱見橘樹中美人掩映，若隔煙霧，卻前遙吟云：橘花如雪晚風清，迢遞關山春夢驚，明月一天涼似水，不堪重省舊時情。

亦〈柳毅傳〉之附會也。

又《綠窗新話》之〈柳毅洞庭龍女〉，《情史》之〈洞庭君女〉、《醉翁談錄》所輯話本〈柳毅傳書遇洞庭水仙女〉等篇，皆演述此事，而詳略各有不同，蓋皆出於李作也。

二、《柳毅傳書》

作者尚仲賢，名佚，真定人（今河北正定縣。官江浙省務提舉，約元世祖中統初前後在世（公元 1260 年左右）。所作劇本凡十種：漢高祖濯足氣英布、洞庭湖柳毅傳書、尉遲恭三奪槊、陶淵明歸去來兮、鳳凰坡越娘背燈、王魁負桂英、受顧命諸葛論功、沒興花前秉燭旦、崔護謁漿、張生煮海等，今僅存洞庭湖柳毅傳書、漢高祖濯足氣英布、尉遲恭三奪槊〔註1〕三本，此外，陶淵明歸去來兮一本，《正音譜》、《博山堂北曲譜》、《廣正譜》、《雍熙樂府》中，尚殘存遺文，《鳳凰坡越娘背燈》一本，《正音譜》、《博山堂北曲譜》、《廣正譜》中可見殘文；《王魁負桂英》一本，於《雍熙樂府》、《廣正譜》裏亦有殘文，其餘各本皆佚。《崔護謁漿》及《張生煮海》二本與白樸、李好古所作同名，《續錄鬼簿》都以尚作為次本。丹丘評其曲如山花獻笑。（見《太和正音譜》、《北詞廣正譜》、《雍熙樂府》、《博山堂北曲譜》、《錄鬼簿》、《續錄鬼簿》）

尚氏《柳毅傳書》取材自李朝威〈柳毅〉，此略而傳詳，僅小節稍異。元人雜劇之取材唐人小說者，以此為最忠於本傳。而戲曲之取〈柳毅傳〉者，亦以本劇最肖原作。

〔註1〕尚有尉遲公《單鞭奪槊》一本，《元曲選》，蓋山圖書館影印本《元明雜劇》及明陳與郊編新安徐氏刊行《古名家雜劇》及其續編並署尚仲賢撰，恐係因與前敍之《三奪槊》題名類似而致誤。《三奪槊》元鍾嗣成《錄鬼簿》，明寧獻王朱權《太和正音譜》俱著錄為尚作。以元刊《三奪槊》與元曲選《單鞭奪槊》本相較，則曲白關目迥異，羅錦堂《元雜劇本事考》疑《單鞭奪槊》為後所改者，當隸無名氏之上。

三、《張生煮海》

作者李好古，名佚，《錄鬼簿》明鈔本云東平人，通行本則以爲保定人或西平人。約宋慶宗咸淳末前后在世，鄉貢免解進士，好古工詞，著有《碎錦詞》一卷傳於世。〔註2〕所作雜劇三本：《沙門島張生煮海》、《巨靈神劈華岳》、《趙太祖鎮凶宅》等，僅《張生煮海》一本留存，餘二本皆佚，丹丘評其曲如孤松掛月。（見《錄鬼簿》通行本及明鈔本，《四印齋彙刻詞》、《太和正音譜》）。

《張生煮海》略云：潮州人氏張羽，自幼父母雙亡，飽讀詩書，以功名未遂，閒遊海上，寓居石佛寺。清夜撫琴遣悶，有東海龍女瓊蓮者，竊聽琴音，琴絃忽斷，羽知有異，出門視之，乃一美女。遂延入室，歡談竟夕，兩相愛慕。相約於中秋之夕至海上，將招爲婿，並出鮫綃帕爲憑。及期，羽持帕至，大水茫茫，莫之所之。忽遇一道姑，乃秦時毛女，女謂龍性暴燥難犯，恐不許婚。乃以銀鍋一隻、金錢一枚、鐵杓一把授羽，令舀海水，投錢於鍋煮之，煮至鍋中水淺，則海水亦淺；龍王覺之，必來告哀，事庶可諧也。羽如法施行，海水果淺且將涸，龍王大窘，覘知羽意，乃挽石佛寺長老代爲說項，願招羽爲婿。長老引羽入龍宮成婚。時東華仙忽至，謂二人乃瑤池金童玉女，因一念思凡，謫罰下界，今夙契已償，當離水府，重返瑤池，共證前因，遂相攜離海上昇，同歸仙位。

按：此劇亦自唐傳奇〈柳毅〉脫出。中國水神故事多以內陸河川湖泊爲背景，本劇之所以借浩瀚海洋爲資材，一則乃居住渤海沿岸民眾受人死歸海之海神山傳說〔註3〕之影響，以海爲題材寫作小說戲曲，具體表現作者對海洋之憧憬；一則乃近世海洋交通之頻繁所致，交通發達遂擴大人類之世界觀。

沙門島，據嘉慶重修《一統志》卷一七三登州府所載，位「蓬萊縣之西北六十里」。宋建隆三年內外之軍凡不律者皆充配該地，而元劇《酷寒亭》中鄭孔目殺蕭娥，亦遭流配沙門島。據云該處風景如畫，且時有海市蜃樓顯現，《張生煮海》故事，神異出塵，其以沙門島爲背景，不亦宜乎？

〔註2〕另有一李好古，字敏仲，見趙聞禮陽春白雪，疑非此李好古也。

〔註3〕海神山傳說，成立于齊宣王時，騶衍、列子湯問中記載有岱輿、員嶠、方壺、瀛州、蓬萊五神山，有調解海水增減功能。自秦始皇命徐福至海上求仙藥，海神山傳說即廣爲流傳，蓬萊、方丈、瀛洲等渤海中之仙山，遂爲人類永遠不滅世界之寄託。

四、《龍綃紀》

作者黃維楫，字說仲，台州人，黃惟棟之弟，工部尚書綰之孫。明神宗萬曆八年前后在世（約公元 1580 年）。文有奇思，試有司，輒高等，晚年客遊燕趙間，名噪公卿。說仲詩清拔，多與王世貞、區大任等唱酬，有《詩草》十八卷。亦善作曲，著有傳奇《龍綃記》一本，亦演柳毅傳書事，《今樂考證》及《曲錄》皆有著錄，今已佚。（見《浙江通志》、《明詩綜》、《列朝詩集小傳》、《明詩記事》，復道人《今樂考證》、《曲錄》、《四庫總目》）

五、《橘浦記》

作者許自昌，字玄祐。江蘇吳縣人。以貲授中書舍人，好奇文異書。所交遊皆當代名士，與陳繼儒諸人往來。構梅花墅，聚書連屋；又好刻書，手自讎校，懸之國門。暇則闢圃通池，樹藝花竹，水廊山榭，窈窕幽靚，不減輞川平泉。而又製為歌曲傳奇，令小隊習之，竹肉之音，時與山水映發，其諸郎君則翩翩競爽，軼書下帷，足不窺戶。登其堂，歌鐘饌玉，履舃交錯，豪華之氣，熏然灼人，如遊金張之庭。而披其帷則圖書盈架，丹鉛雜陳，哦諷之聲，不絕於耳。又如入董夏之室。衣冠文物，蔚為令族，無問素封，即奕葉鼎貴之家，或不逮焉。

所刻有《韓柳文集》及《太平廣記》等。工樂府，有《樗齋漫錄》十二卷、《詩鈔》四卷、《捧腹談》十卷並傳於世。擅作曲，所作傳奇有《水滸記》、《橘浦記》、《靈犀珮》、《弄珠樓》及《報主記》等，惟《水滸記》流傳最廣。《橘浦記》傳奇有萬曆四十四年穢道比丘之序，且《陳眉公集》〔註4〕梅花墅記上載「吾友秘書許玄祐所居，為唐人陸龜蒙甫里。」則與陳眉公同時人也。當為明神宗萬曆中（約公元 1595 年）人。性孝，母陸氏，天啓三年母卒，尋哀傷病卒。（見《檀園集・許母陸儒人行狀》、《陳眉公集》卷二十三，〈橘浦記序〉）

許氏《橘浦記》略云：涇川人氏柳毅與母同居，家甚貧。母病欲食魚，乃至水邊購白黿於漁翁，後憐而放之。其後，復行水邊，見一少婦牧羊，蓋

〔註4〕陳眉公，陳繼儒，字伸醇，號眉公、麋公，諸生隱居崑山之陽，後築室東佘山，杜門著述。工詩善文，短翰小詞皆極風致，書法米蘇，兼能繪事，名重一時。或刺瑣言僻事，詮次成書，遠近爭相購寫。屢奉詔徵用，皆以疾辭。卒年八十二，有《眉公全集》。

即洞庭君之女，嘗嫁涇縣龍王之子，因不堪虐待，欲致書其父，傾訴苦狀，乃化牧者以待托書之人也。柳生許諾。女因以婚姻相答。柳生依龍女指示赴橘浦，叩橘樹三，白黿扮渡夫搖船來，載柳生至洞庭。適洞庭君之弟錢塘君遊戲發雷電，柳生驚恐，托書白黿而逃歸。洞庭君與錢塘君得女書既驚且怒，錢塘君急起兵，直攻涇陽救女姪還。因此戰，起洪水。白黿以船載柳毅母子避難。而柳毅於洪水中救白蛇一、猿一、人一，後猿報恩贈靈藥治柳母病。其先，丞相虞世南蒙天子賜玉帶，囑其女湘靈藏之，白蛇爲求報恩，乃偷出玉帶私置柳生井中，俾汲起之。然所救之人曰丘伯義，乃常誘虞丞相公子遊蕩之小人也，與柳生素不相識，及見玉帶，以柳生偷虞丞相玉帶，告密於虞府，柳生遂繫於獄。白黿歸報此事於洞庭君，洞庭作假玉帶以易眞物，暗以眞物依舊還置虞家。因之嫌疑大白，柳生將出獄，然虞公子嘗因托柳生代作試題被拒而懷恨，故矯令以阻其出獄。白蛇再入虞府後園，吹毒氣於茉莉花上，丞相之女欲摘之，觸毒氣患大病。白蛇乃托夢柳母，授之靈藥，使至虞府治湘靈病。初湘靈之病也，丞相懸賞曰：「能治之者以女公子嫁之。於是與其母約，以湘靈嫁柳毅，又命柳毅出獄。而洞庭龍女亦欲與柳生婚配，其父爲之備船。適柳生應舉上京，要之途中，計賺柳生締結婚約。既而柳生高中狀元，任洞庭縣令，遂得虞丞相女爲正夫人，以龍女爲側室，併行婚禮。

　　按：本書上下卷計三十二齣。前有慧山葉晝〔註5〕醉筆題記、穢道比丘敘，后有節山學人跋，中並有精巧繪圖二十幅。跋云：

> 夫龍水物，爲神靈之精，而唐李朝威所撰柳毅傳書之事，尤奇艷稱
> 於一時。宋雜劇有《柳毅大聖樂》、金院本有《張生煮海》、及元人
> 雜劇尚仲賢撰《柳毅傳書》、李好古撰《張生煮海》竝行於世。至笠
> 翁合此二曲爲《蜃中樓》傳奇遂掩古今。而《橘浦記》偶見於御府
> 文庫中，勾吳梅花墅所編，首有萬曆丙辰穢道比丘題敘，穢道比丘
> 不知何人，梅花墅即許自昌也。……爲萬曆年間刊行無疑，而諸家
> 藏書目錄未曾見其名，可知久佚於彼而纔存於我者，豈非學界之至
> 寶耶！乃與靜齋學士相謀，付之影印，以公於江湖云。

青木正兒《中國近世戲曲史》云：

〔註5〕 葉晝，明無錫人，字文通，又自號錦翁，或稱葉五葉，或稱葉不夜，最後名
　　　梁無知，謂梁溪無人知之也。多讀書，有才情，故有詭異之行，有《四書》
　　　第一第二評，《水滸》、《琵琶》、《拜月》之評。

《橘浦記》雖未見著錄於諸家戲曲書目中，然近年爲我（指日本）
宮內省圖書寮發見藏本而著名。卷首署「勾吳、梅花墅編」，梅花墅
爲許自昌之別墅。……此記所譜即爲柳毅與龍女事，其源發於唐李
朝威之短篇小說〈柳毅傳〉。

可知《橘浦記》久佚，昭和己巳孟春乃由日人節山學人與靜齋學士發現藏本
於宮內省圖書寮，尋交日本九皐會影印發行。其穢道比丘敍云：

夫吳楚相去數千里，而吾郡中有柳毅橋、柳毅祠、洞庭山有橘社，
無非因楚之洞庭湖而傳吳之洞庭山，以訛傳訛，好事者詫爲龍宮異
蹟，神僊姻眷云耳，何必問其有無哉。

誠爲神怪作品之最佳註腳。而其中所增添之角色如白黿、魚、蝦、蟹等皆爲
水族動物，白黿之物，楚辭九歌河伯中有之，云：

乘白黿兮逐文魚，與女遊兮河之渚。

朱熹注云：「黿音元，大鱉爲黿。」是白黿實乃大鱉也。

六、《蜃中樓》

作者李漁，初字笠鴻，一字謫凡，隨菴主人，自號湖上笠翁，新亭客樵，
寫小說則署覺道人、笠道人、覺世稗官，精於曲譜，人稱「李十郎」。浙江金
華府蘭谿縣下李村人；明萬曆三十九年辛亥（西元 1611）生，清康熙十八年
己未（西元 1679 年）或十九年庚申（西元 1680 年）卒，享年約七十。（見《風
箏誤》虞鎮序，《光緒蘭谿縣志》卷五文學門《李漁傳》、《玉搔頭》黃鶴山農
序、李漁《一家言釋義》、《芥子園畫傳初集》卷一跋、《十二樓》鍾睿水序、
《無聲戲》、李桓《國朝耆獻類徵》卷四二六載王廷詔作《李漁傳》。）

漁本宦家書史，幼時聰慧，以五經受知學史，補學士弟子員。少壯擅詩
古文詞，有才子稱，好遨遊。自白門移居杭州西湖上，自喜結鄰山水，因號
「湖上笠翁」。作詩文甚敏捷，求之可立待以去，而率臆構思，不必盡準於古。
最著者詞曲；其意中亦無所謂高則誠，王實甫也。有《十種曲》盛行於世。
當時李卓吾、〔註6〕陳仲醇名最噪，得笠翁爲三矣。論者謂近雅則仲醇庶幾，
諧俗則笠翁爲甚。（見《蘭谿縣志》卷五文學門〈李漁傳〉、《曲海總目提要》

〔註 6〕 李卓吾，晉江人，萬曆中爲姚安知府。士大夫好禪者，往往從贄游。小有才
辨。一旦自去其髮，冠服坐堂皇。上官勒令辭職，居黃安，日引士人譚字，
雜以婦女，常崇釋氏，卑侮孔孟，爲張問達所劾，逮死獄中。

卷二十一《一種情》傳奇下，《國朝耆獻類徵》四百二十六。）

　　論者雖皆推崇笠翁之才情橫溢，造詣過人，然對其爲人則頗多微詞，《曲海總目》云其「游蕩江湖，人以俳優目之。」已覺鄙薄，更甚者爲清康熙劉廷璣〔註7〕《在園雜志》卷一所載及袁于令〔註8〕「娜如山房說尤」卷下所記，實幾近唾罵矣。儘管時人對李漁之爲人，甚多譏評，然其作品之富、成就之高，卻亦有目共睹。大抵李漁作品皆質樸自然，不事雕琢，遣詞造語，亦以平淺妥適見稱，作品中成就最大者乃戲曲，曲詞賓白皆用通俗口語，不雜方言，戲劇情節多出臆撰，排場關目，更見巧思。寫作時最重自出機杼，不襲窠臼，不拾唾餘，此種一新詞場耳目之作風，衡諸當日曲壇，誠爲一重大革命也。

　　李漁作品除有《十種曲》（《憐香伴》、《風箏誤》、《意中緣》、《蜃中樓》、《凰求鳳》、《奈何夫》、《比目魚》、《玉搔頭》、《巧團圓》、《慎鸞交》）、《一家言》（文集、詩集）、《資治新書》外，尚有史論《笠翁增定論古》四卷，詞集《耐歌詞》四卷，小說《無聲戲》（又稱《蓮城璧》）、《十二樓》（又稱《覺世名言》）又詩集《齠齡集》。另又編選《古今尺牘大全》、《尺牘初徵》（書未見）、《尺牘二徵》（書未見）、《名詞選勝》（書未見）、《四六初徵》二十卷，《新四六初徵》二十卷、《笠翁詩韻》五卷、《笠翁詞韻》四卷、《綱鑑會纂》（書未見）、《明詩類苑》（書未見）、《列朝文選》（書未見）、《古今史略》（書未見）、《千古奇聞》十二集。

　　笠翁《蜃中樓》略云：東海龍王之女與洞庭龍王之女，本係堂姊妹；張羽與柳毅爲友。洞庭女於蜃樓上與柳毅私訂婚約，柳且爲東海龍女推薦張羽。後洞庭女爲叔父錢塘君錯配涇河龍王之子，誓死不從。涇河龍王怒，命洞庭女赴涇河牧羊。柳生偶遇之，洞庭女訴其受苦，請爲傳書於父以求救。柳生持歸龍女書，語張生以此事。張生憤慨，代柳傳書洞庭。錢塘君怒，起兵攻涇河滅之，救洞庭女還。然以女與柳生不待雙親許可，密訂婚約爲不義，不許與柳生。於是張羽以東華上仙所授之法，於海門島煮海水。海水漸熱漸乾，水族不堪其苦。龍王遂降伏，許婚事，柳生得洞庭女，張生得東海女。

〔註7〕　劉廷璣，清漢軍鑲紅旗人，字玉衡，號在園，有在園雜志，葛莊分類詩抄。其餘雖結集不廣，但《在園雜志》卻獨樹一幟，包羅萬象。

〔註8〕　袁于令，字令昭，精于音律，奕棋，唱曲，執骰聲盈署中，監司怒，免其官。于令工曲，所作雜劇有《雙鶯記》，傳奇《西樓記》《金鎖記》《玉符記》《珍珠記》《肅霜裘》五種，合稱《劍嘯閣傳奇》。

　　按：《蜃中樓》上下卷計三十齣，孫治〔註9〕宇台氏題序：曡菴居士評。並有繪圖六幅。乃笠翁《十種曲》中唯一改作前人劇作者。序云：

> 古今以來，恍忽瑰異之事，何所不有，齊諧志怪流傳人間，非盡誣
> 也，而亦有賢人君子好爲寓言者，如江妃伎女之辭，要皆感憤之所
> 作。如唐人所傳柳毅事甚奇，人艷稱之。但涇河小龍夫也，一旦而
> 誅，極之妄，一男子無故而爲伉儷，要於大道不可謂軌於正也。李
> 子以雕龍之才，鼓風化之鐸，幻爲蜃樓，預結絲羅，而後錢唐之喑
> 鳴睊眦、柳生之離奇變化，皆不背馳於正義。又合張生煮海事附焉，
> 於乎，亦奇觀矣！昔藻武之時，文成樂大之屬。以爲祀竈，而黃金
> 可成、河決可治。今天下財用日匱，黃河之變又甚於宣黃時，世儻
> 有其人乎，又不止爲交甫贈珮，作一段奇緣觀矣。

是知本劇乃合柳毅傳書與張生煮海二事，並應劇情之需，稍作添飾，以蜃樓之幻設爲全劇線索，雖云襲舊，實乃創新也。

七、《乘龍佳話》

　　作者何鏞，清末人，身世不詳。善鼓琴，光緒辛卯（西元 1891）寄跡申江，與陳世驥究心指法（見陳世驥琴學初津自序）。所作乘龍佳話略云：湘中人氏柳毅因上京應試不第，欲往涇川縣衙投刺同鄉趙老爺。中途邂逅洞庭龍女，龍女央求代爲傳書其父，以解其遇人不淑之苦，柳毅應允，隨即奔赴洞庭，龍女之叔錢塘君性氣剛烈，聞言大怒，即刻興師，親往擒拿涇川小龍，並迎女姪歸。其後，欲以其女姪匹配柳毅，柳毅辭以大義，回歸故里。其先，柳妻聞其夫爲巡湖夜叉所拿，氣絕而死，柳生還家懊惱不已，經書僮苦勸，方才央媒再娶盧氏，洞房之夜，始知盧氏乃洞庭龍女，遂與之同赴洞庭，共享長生之樂。

　　按：本劇原載「點石齋畫報」，其前有光緒十七年自序云：

> 自有京調梆子腔，而崑曲不興，大雅淪亡，正聲寥寂。此雖關乎風
> 氣之轉移，要亦維持挽救者之無其人也。崑班所演，無非舊曲，絕
> 少新聲。京班常以新奇彩戲炫人耳目。以紫奪朱，朱之失色也宜矣。
> 三雅崑班，近年來無人過問。去年秋，諸同志有欲振興正雅者，招

〔註9〕孫治，清錢瑞人，字宇台，諸生，敦行誼，其詩長於華古，與丁澎等指西泠李，著有《鑑庵集》。

崑班來滬開演。初時亦不乏顧曲之人，兩月以後，座客漸稀，生涯落寞，漸將不支。班中人以為舊戲不足娛目，爰將舊稿翻新，而卒無補於事。余慨夫雅樂之從此一蹶恐難復振，因自撰「乘龍佳話」傳奇一本。取唐代叢書「柳毅傳」中事點綴成立，與李笠翁所著「蜃中樓」絕不相蒙。惟曲文取其少而易，排場取其奇而新，凡燈彩腳色，悉心處置，不使有重複牽強之弊。雖不敢自詡知音，然以較諸京班中之新戲，全係鋪排，別無意義者，覺迥乎不同。奈以填譜者濡遲時日，且老伶工皆不知通變，但知守舊，不欲謀新，至今年二月，崑班停歌，此曲仍未付氍氀，意頗惜之。及門黃儉生茂才亦為扼腕，因慫恿附入畫報，並為各繪一圖，庶幾不能實見之於歌臺者，猶得虛擬之於報簡，並使見此戲者，不僅海上諸同志，其聲音笑貌直可播諸萬里而外，傳之百世之遙，亦一大快意事。而正聲之所維繫者。亦將以是為千鈞之一髮焉。遂許之，而敘其緣起如此。

是知何氏乃因「自有京調梆子腔、崑曲不興」，恐大雅淪亡，正聲寥寂，因取唐傳奇柳毅事而作此劇，以期振興崑雅，維繫正聲。

第二節　故事之演進及合流

柳毅傳全文之段落凡五：

一、柳毅邂逅龍女，憐其落難涇川，應允代為傳書。

二、柳毅傳書洞庭，錢塘君聞言，憤而血流涇川，迎女姪歸。

三、錢塘為女姪求婚於毅，毅以大義拒之，辭歸。

四、毅歸後，先後二娶皆亡，三娶盧氏，則龍女也，後乃相偕仙去。

五、毅表弟薛嘏遇之於湖中，毅贈以仙藥五十丸，后嘏亦不知所往。

故事起於涇河之畔，終於渺渺洞庭，中層層遞進，高潮迭起，可謂唐人傳奇中之雋品，其後諸劇作家取之以為戲劇之藍本者，信非偶然。然小說之所以感人，除內容外，端視文字技巧，而戲劇則著重動作與對話，故小說之改編為戲劇，誠如俞大綱先生所說：

小說以文字為表達工具，可以多方運用心理分析方法，來表現人物的感情、思想，戲劇卻不能。文字所能表達的人物心理狀況，戲劇只能借重於動作……所謂心理狀況是指情況突變時，人物的感情和

環境失去平衡，所產的的內在精神狀況，而非情緒的傾瀉。遇到這
類情況，編劇者不能不把動作來表示，而這一動作即為劇中人內在
的感情和思維交蘊下所發出的動作。這類動作，和劇情發展有著嚴
密的關聯，我們可稱之為「劇情動作」。準此，把小說改編成戲劇，
對故事情節的處理，不得不加以適當的選擇和重點的安排，必要時
甚至對原作加以刪汰或更改。（見《戲劇縱橫談論戲小札》。）

因之，刪汰更改之過程，實乃小說改編時不可或缺者。

　　尚本《柳毅傳書》係數本改編劇作中最忠於原著者，非但情節大體相類，
部分賓白甚且原本襲用，未曾稍改。如首折柳毅白云：「我乃義夫也，聞子之
言，氣血俱動。」次折洞庭君云：「水府幽深，賓人暗昧。」等，而傳奇中洞
庭君與錢塘君所歌之曲，亦置第三折中。雖云肖似，然於部分情節亦曾略作
更改。刪汰贈藥薛嘏一節，並於開場加添楔子，將龍女牧羊之緣由實際搬諸
場上，而最重要者乃於二折附加電母回紇傳書種種及廝殺場面，由〈越調鬪
鶴鶉〉至收尾計十一曲，俱由正旦改扮之電母所唱，此乃傳奇中所無。吉川
幸次郎以為：

也許為了湊足雜劇的四折，雜劇作者才加上了這個場面，因而使原
來故事的情節也發生了變化，尤其前後三折及楔子，正旦是龍女，
只有這一折的正旦是電母，更使人加深這種想法。（《元雜劇研究》
下篇〈元雜劇的文學〉）

電母之添紇，或為湊足四折之故，然精思巧妙，文字錚錚鏦鏦，將緊鑼密鼓
之迫促情節表露無遺，真乃神來之筆也。再者，尚氏並不待柳毅三娶，而改
為歸家即娶范陽盧氏，且洞房之夜，龍女即透露身份，與傳奇之待產子而後
言明相較，未免草率而無餘味矣！而易錢塘君提親為洞庭君，亦有失蘊藉。

　　人物方面，尚本為完成情節，特增添涇河老龍與柳毅之母二人，以確立
三家族之完整性，並將小說中虛寫之涇河小龍請出幕前，以加強戲劇之真實
性，而為刪汰繁枝，提綱挈領，亦減省柳毅二位夫人張氏、韓氏及盧氏女之
父母盧浩、鄭氏及毅之表弟薛嘏等角色。使全劇眉目疏朗，一氣直下。

　　許自昌《橘浦記》雖亦改編自〈柳毅傳〉，然此記使人界與水府分立，結
構分兩頭，極形錯亂。劇中以柳毅與盧丞相女湘靈之情緣為重心，龍宮靈姻
遂淪為附屬地位，傳書事僅一筆帶過，而本係主角之龍女亦因之屈居配角，
洞庭君、錢塘君等亦流為滑稽之尷尬角色。實為〈柳毅傳〉改編之劇作中最

劣者。

《橘浦記》全書計三十二齣，僅第五齣「覓鯉」、第七齣「報德」、第九齣「完璧」、第十二齣「邀盟」、第二十二齣「遺珮」、第二十九齣「追歡」、第三十二齣「團圓」等七齣與小說柳毅傳相涉，餘二十五齣皆憑空敷衍，其起伏照應之處雖無罅隙可尋，然頭緒繁多，令人生厭！笠翁劇論有云：

> 頭緒繁多，傳奇之大病：作者不清根源，單籌枝節，謂多一人可增一
> 人之事，事多則關目亦多，令觀場者如入山陰道中，人人應接不暇。

且所安排之波折過多，反使人產生突兀之感。改編自小說部分，完全失却原有含蓄典雅之情致，尤其人物部分，柳毅於二十二齣〈遺珮〉中一派輕薄子弟模樣；龍女於第五齣「覓鯉」及第二十二齣「遺珮」中皆一反其端莊嫺雅氣質而充滿風塵氣習，直與牆花敗柳無異；而洞庭君亦撤下其懇摯蕭穆情操，和龍女串演計賺把戲；而錢塘君於「第七齣」「覓鯉」、第九齣「完璧」尚保留小說之豪放不羈，然至二十九齣「追歡」又不免拘謹過甚。情節部分，本屬嚴肅之錢塘提親場面，至本劇而一變為龍女自薦枕席，洞庭君堂堂水府之王亦降格計賺，其格調之卑弱，殆類兒戲；而二女同嫁一夫，又屬厭套。且所添加之情節，份量亦過重，血脈強行相連，改編劇作如此，可謂捨本逐末，勉強湊合，誠如青木正兒所云：

> 自白蛇竊帶事發端，又以白蛇授藥事結束，關目虛構之法，庸劣殆
> 類兒戲，其他關目排場，亦冗漫而缺緊張，多不足觀。(《中國近世
> 戲曲史》第九章〈崑曲極盛時代之戲曲〉)

關目排場之所以冗漫鬆散，乃因傳奇搬演，動輒數日始畢一劇。因之情節務求事事交待，轉折必欲誇張鋪陳，其結果乃徒增觀眾負荷。戲劇雖不受時空限制，場景流動性大，然過分利用此種自由，所編之劇層次必然凌亂，《橘浦記》之弊端在此。

柳毅之生活背景，前此二文俱無言及，本劇第二齣「逐貧」，以柳毅與母二人相依為命，因家業凋零，兼之功名偃蹇，備嘗世態炎涼之苦，惟其事母至孝，故有第四齣放生之舉，因而引發全劇之轉折承遞。龍女姻緣既退居次位。虞丞相之女湘靈遂取而代之。《橘浦記》所增添之人物不勝枚舉，柳毅既與湘靈有婚姻之盟，則柳母與虞父固當隨之而出，笠翁劇論言出腳色云：

> 本傳中有名腳色，不宜出之太遲，如生為一家，旦為一家，生之父
> 母隨生而出，旦之父母隨旦而出，以其為一部之主，餘皆客也。

父母既出，兄弟亦不得少，虞家公子遂因之上場。濶家公子自當有幫閒之丑角，則丘伯義是也。二人狼狽爲奸，胡行無賴，專與柳毅爲敵，因而引起水族之憤起援手，原〈柳毅傳〉中之水族人物已不敷串演，白黿、白蛇因而躍居不可或缺之關鍵角色。而柳母分量之重亦遠凌駕《柳毅傳書》雜劇之上，凡此，皆係與前二文不同之處，人云「後出轉精」，實不然也。

李漁《蜃中樓》乃合《柳毅傳書》與《張生煮海》二事而成，以柳生事爲主，以張生事爲副，巧爲融合，不令頭緒兩端，係〈柳毅傳〉改編諸作中之最上者。其序有云：

> 至如唐人所傳柳毅事甚奇，人艷稱之，但涇河小龍夫也，一旦而誅，
>
> 殛之妄，一男子無故而爲伉儷，要於大道不可謂軌於正也。

柳生之遇合誠屬離奇，而涇河小龍一旦遭誅，益爲不經，故笠翁鼓風化之鐸，幻爲蜃樓，使柳生、舜華預結絲羅，然後以錢塘君之鹵莽逼婚涇河爲衝突，掀起無數高潮。蜃樓雙訂巧融二龍女之姻緣，使柳生之離奇變化不背馳於正義；「婚諾」刻劃錢塘之莽撞武夫情性，「惑主」描摹涇河小龍之荒唐無知，而後錢塘之喑噁叱咤，涇河小龍之遭誅方見合情合理。另以張生反代柳毅傳書，確有老手敏妙之機智也。柳毅傳起首之男女主角二人相逢場面，一化而爲第六齣「雙訂」之湘波訂情與第十八齣「傳書」肝腸驚碎之重逢。一旖旎，一勞悴，遙相照應，較之朝威原作，毫不遜色。笠翁曾云：

> 吾觀今日之傳奇，事事皆遜元人，獨於埋伏照應處，勝彼一籌。

洵非虛言。如第二齣「耳卜」，以掛枝兒一支揭示二人湖海姻緣，伏下其後無數關目；如以「惑主」、「怒遣」引出激怒、龍戰後果；如以「授訣」埋伏試術、起爐、驚焰、煮海等仙家道術，俱善用虛實相倚手法，化實爲虛，點虛爲實，造成幻象叢生，層波叠瀾境界，引人無限遐想，笠翁眞不愧爲場上高手也。

劇中，柳毅與張生同爲四海無家之人，二人同室而處，不啻同胞骨肉，因值摽梅之年，乃四出探親、訪友，以期早諧秦晉，蜃中樓便以此起首，而以東華上仙擲杖成橋聯結此兩段姻緣。劇情便由此漸入情思綿邈、錯綜幻化。人物方面，柳母始見於《柳毅傳書》，再見於《橘浦記》，於此卻爲笠翁所刪削；龍女舜華之家族人物顯著增加，除其母洞庭夫人外，尚有伯父母東海龍王龍母及堂妹瓊蓮，涇河小龍之母亦自幕後闖出，而爲實涇河小龍「爲婢僕所惑」，則添加一女丑涇荷，以映襯涇河小龍之愚痴混沌，此皆應劇情之需而設，誠屬必要。

　　數本有關柳毅傳書之小說及戲劇，僅《乘龍佳話》一本中言柳毅早有妻室韓氏。柳毅傳書至洞庭，其書僅見其爲水卒所擄，誤以柳生已死，歸家回報大娘，韓氏因之悲慟而絕，柳生再娶而與龍女重逢，《乘龍佳話》之情節，除上述「歸里」部分與柳毅傳略有出入外，餘皆大體相類。

　　雜劇自明中葉後，大量吸取傳奇規格，於元雜劇科範頗多破壞，且淸雜劇乃直接承繼明南雜劇、短劇而來，故於體製上與元雜劇亦頗多差異，《乘龍佳話》與《柳毅傳書》雖同屬雜劇，然不拘四折，且各角皆有任唱機會，實較元雜自由多矣！鄭振鐸於《淸人雜劇初集》序云：

> 蓋六七百年來，雜劇一體，屢經蛻變。若由蠶而蛹而娥，已造其極，弗復能化。同光一期，雜劇成娥將殭之時也。然殭而未死，間有生意。韻珊〔註10〕凌波，窈窕多姿。玉獅〔註11〕十種，不少雋作。瞿園、〔註12〕坦園，〔註13〕時見性靈。善長、〔註14〕薊雲，亦有新聲，是雜劇之於淸季，實亡而未亡也。

寥寥數語，於淸代末葉之雜劇演進情勢勾畫甚詳。《乘龍佳話》之作，時當此際，其韻律排場誠或有所失，然文字淸越，多有可觀。如第二齣「牧龍」中

〔註10〕韻珊，黃燮淸（1805～1864）晚淸詩人、劇作家。原名憲淸，字韻甫，號韻珊，又號吟香詩舫主人。浙江海鹽武原鎮人。道光十五年（1835）舉人，後屢試不第，晚年始得宜都縣令，調任松滋，未幾卒。少工詞曲，中年以後始致力於詩文。其詩多抒寫個人不平遭遇及人民的生活疾苦，詠史弔古之作深沉豪放，頗具特色。有《倚晴樓詩集》及《倚晴樓七種曲》傳世。

〔註11〕玉獅堂，陳烺，陽湖人，字叔明，號潛翁，精于音律，有《玉獅堂五種》傳奇行世。

〔註12〕瞿園，袁蟬，淸戲曲家，字小倩，太湖人。光緒間官銓曹。著有《瞿園雜劇》分別爲《仙人感》《藤花秋夢》、《金卒夢》《長人賺》《東家颦》《江西雪》《神山月》《玉津園》諸目。光緒排印本，收前五種，另增《暗藏鶯》《釣夫樂》《一線天》《望夫名》《三割股》五種。

〔註13〕坦園，楊恩壽，淸代戲曲家。字鶴儔，號蓬海，別署蓬道人。同治九年（1870）中舉，長期在各地課讀或作幕賓。光緒初年授鹽運使銜，爲候補知府。作有傳奇《鴛鴦帶》、《姽嬺封》、《桂枝香》、《理靈坡》、《桃花源》、《麻灘驛》、《再來人》等，除《鴛鴦帶》未刊外，合稱《坦園六種曲》。戲曲論著有《詞余叢話》、《續詞余叢話》，內容分爲《原律》、《原文》、《原事》三卷。楊恩壽的論劇主旨，強調內容"垂世立教"，偏重以詩詞律曲，忽視舞臺演出。

〔註14〕許善長，淸末浙江仁和（今杭州）人。戲曲作家。同治年間曾在江西河口鎮牙釐局、湖口牙釐局任職，光緒年間升任江西建昌知縣、廣信府知府。著有傳奇《瘞雲岩》、《風雲會》、《靈媧石》、《神山引》、《胭脂獄》、《茯苓仙》，合稱《碧聲吟館六種》。另有筆記《談麈》。

龍女泣訴遇難，哀絲急管，淚痕漬紙，足使聞者動心，觀者下淚。而第四齣屠龍於涇河小龍之荒唐行徑亦多刻劃，此當受《蜃中樓》之啓示，作者何鏞雛云：

> 取唐代叢書〈柳毅傳〉中事點綴成之，與李笠翁所著《蜃中樓》絕
> 不相蒙。

然細審其情節變化，受笠翁作品影響之迹實甚明也。

《張生煮海》雖自《柳毅傳》脫出，同寫龍女與書生之姻緣，然一傳書、一煮海，情節實迥然不同。《張生煮海》之段落凡四：

一、落第書生張羽借寓石佛寺，夜半撫琴遣悶，爲龍女瓊蓮所竊聽，二人一見鍾情，遂同約中秋海上結盟。

二、張羽乘興至海上，巧遇仙姑，仙姑予銀鍋、金錢、鐵杓各一，以便降服東海龍王。

三、張生於沙門島煮海，石佛寺長老爲東海龍王所託，前往勸化，並允婚。

四、二人團圓。

本劇屬旦末合唱本，雖分四段，然可顯明見出勉強牽就雜劇四折體製之迹。第二折仙姑突臨，實嫌太過巧合，而第三折長老勸化，亦不免過分鋪張，然李好古文字精銳軒昂，筆力恣肆，全劇充滿顛倒迷離氣氛，因之筆墨盡處，乃饒有餘味。雖故事缺乏衝突，男女主角二人婚姻受阻之情由亦嫌薄弱，然全文糾繚縈拂之詩意亦足掩其關目之缺失矣。

《蜃中樓》綰合此劇與《柳毅傳書》。取材自本劇者，已多所竄改，爲免頭緒繁多，笠翁忍痛割愛龍女於石佛寺聽琴之優美關目，誠屬可惜。而張生與瓊蓮僅互聞其名，未曾相見，然二人之離情別淚甚且不下柳毅與舜華，未免牽強。此乃《蜃中樓》稍遜原作之處。

然笠翁畢竟老手，以「述異」牽連紅絲，「授訣」點破前緣，手法俱極高妙。尤以「望洋」中張生之情痴映襯「闈鬧」中瓊蓮之矢志守節，足見二人之心堅似石。而第二十二齣「寄恨」中兩支〈醉扶歸〉數落舜華，字字尖峯，言言利刄，漢高數羽千罪，亦不過此痛快也，誠此劇中精彩之作。至如《蜃中樓》刪却石佛寺長老勸化一節，使張生與水族直接折衝，亦加強戲劇之張力也。

第四章　作品評騭

第一節　小說之評騭

明胡應麟曾云：

> 凡變異之談盛於六朝，然多是傳錄舛訛，未必盡幻設語。至唐人，
> 乃作意好奇，假小說以寄筆端。（見筆叢三十六）

故唐人小說雖根據六朝以來之基礎發揮，然其光輝實掩蓋前代。周氏《中國
小說史略》因云：

> 傳奇者流，源蓋出於志怪，然施之藻繪，擴其波瀾，故所成就乃特
> 異。其間雖亦或託諷喻以紓牢愁，談禍福以寓懲勸，而大歸則究在
> 文采與意想，與昔之傳鬼神、明因果而外無他意者，甚異其趣矣。

所謂「施之藻繪」乃指文學上之表現技巧；所謂「擴其波瀾」係指內容與結
構之充實；而「託諷喻以紓牢愁，談禍福以寓懲勸」則為文章之主題。文章
既已擺脫「記載」性習慣，創作時，必能揉合作者之思想與情感以反映時代
之現實風貌，而人生之悲歡離合與喜怒哀樂自能躍然紙上。且唐代由於古文
運動已掙脫唯美文學之羈絆，藝術表現上亦不同於六朝之殘叢小語，文字易
樸質為華艷，敘述由直截而宛轉，較之漢魏六朝以來傳統之小說風格，實有
長足之進展。

〈柳毅傳〉雖非唐人傳奇中最上乘之作，然其合靈怪與艷情為一文之題
材，實志怪文學至志人文學過渡期之典型作品。我國人類與異類聯姻之故事

甚多，〔註1〕其結構大抵可分如下四階段：

　　一、人助異族，異類感恩而下嫁。

　　二、女性異類以超俗之能力致富，並產子。

　　三、因男性之偷窺而違犯禁忌。

　　四、分離。

　　此種異族婚姻故事之所以以悲劇作結，乃因異類人間轉化失敗，〈柳毅傳〉則不然，〈柳〉文之故事結構前二段與此大體相類，然其得以免除分離之結局者，乃因李朝威運用超自然之人間轉化，使全文後半柳毅與龍女之結合，具人間婚姻之形態，非但柳毅之科舉落第生身分十分現實化，且人與異類之婚娶亦依人間婚姻之形式，必待媒約之言而後可得，非如一般異類婚姻之由龍女自薦。〈柳毅傳〉實具異類婚姻與一般人間婚姻之雙重結構。錢塘提親遭拒，〔註2〕柳毅致富而歸，前此皆屬異類婚姻之特質，柳毅與龍女之婚姻所以得由破滅而回生，端賴龍女之人間轉化──託身清河張氏之孀婦，此種結構上之妙思，自然而靈動，實朝威過人之處。由此亦足見其志怪至志人之寫作演變途徑。

　　李朝威寫作〈柳毅傳〉，除文法變化、波瀾曲折，有雷雨一過，波平如鏡之觀外，其最成功處，乃在人性與龍性之自然而具體之結合。洞庭水族之人間化，除見於龍宮建築之如人間宮廷外，他如洞庭君雖神通廣大，亦須柳毅傳書方能得知女兒受難；而披閱書信後，亦如人類之具七情六慾，「以袖掩面而泣」、「哀咤良久，左右皆流涕。」而宦者將書信送達宮中後「須臾，宮中皆慟哭。」此種情感之流露，實與常人無二致。然「人間化」卻非李氏寫作之唯一目的，中國龍之神性及中國人對自然現象之想像解釋，時亦流露其中，如錢塘君一聞女姪遭難，竟擘青天而飛去，殺人六十萬、傷稼八百里，並吞噬無情郎，此等能力乃遠超乎凡人之上。錢塘君發怒乃「錢塘潮」之成因，作者於此適時加入此錢塘沿岸居民所共認之傳說，頗有「畫龍點睛」之妙，亦可見作者心思之細密矣。

　　人物之刻劃實〈柳毅傳〉中最具特色者。〈柳毅傳〉中之人物計有柳毅、

〔註1〕異族聯姻故事，據關敬吾之歸納可分七類型。一、始祖、誕生型；二、氏神型；三、離別型；四、致富型；五、養女型；六、難題求婚型；七、婚姻型。

〔註2〕日人乾一夫以為一般人間相互之婚嫁，皆由男方求娶，而異族婚姻則多由女方請嫁，柳毅傳中錢塘君請婚失敗，即異族婚姻之破滅。

龍女、洞庭君、錢塘君、雨工、武夫、洞庭君之左右、宦人、紅粧千萬、張氏、韓氏、上方、薛嘏、舟人、李朝威，而自龍女、錢塘君之敍述復引出涇川次子、涇川龍王、龍母、涇川婢僕、上帝、盧浩、鄭氏、張氏及錢塘於涇川所殺之六十萬生靈等，角色不可謂之不多，然因以全知觀點從事描述，取材極為潤便，且刪削得宜，故無焦點混亂之病。全文究其主腦，乃為柳毅一人而設，而自始至終之起承轉合皆由湘水之濱巧遇龍女一事而生，其間無限情由，無限關目，皆環繞此一人一事推衍，究其要角，則柳毅、龍女、錢塘君也，餘皆活動之道具耳。

　　全文人物塑造最成功者首推錢塘君，其始登場則：

　　　……大聲忽發，天拆地裂，宮殿擺簸，雲煙沸湧。

人未至而天地先為之色變，其勢之勇猛過人已初露端倪，而：

　　　俄有赤龍長千餘尺，電目血舌，朱鱗火鬣，項掣金鎖，鎖牽玉柱，

　　　千雷萬霆，激繞其身。霰雪雨雹，一時皆下。乃擘青天而飛去。

其狀貌之雄偉更無以復加，讀者藉柳毅之眼驚識其磅礴之氣勢未已，而其燥烈之情性復進逼前來：救援女姪歸後，回告其兄洞庭君云：

　　　向者辰發靈虛，已至涇陽，午戰於彼，未還於此。中間馳至九天，

　　　以告上帝。

四時辰間，由靈虛而涇陽，由涇陽而九天，由九天而回歸洞庭，譬若電影之快速鏡頭，錢塘於此鏡頭內迅捷去來，瞬息萬里，此種快速鏡頭之運用及場景之跳躍前進，非但予讀者以心驚魄動之快感，且強化錢塘之烈烈英風。

　　李朝威於對白之處理最具匠心。洞庭君垂詢涇陽之災，與錢塘君之對話如下：

　　　君曰：「所殺幾何？」曰：「六十萬。」「傷稼乎？」曰：「八百里。」

　　　「無情郎安在？」曰：「食之矣。」

歷盡滄桑之時空變遷，壓縮於如此精簡之對白中，錢塘豪放不羈之個性遂躍然紙上。而最傳神者莫若錢塘為女姪請婚云：

　　　不聞猛石可裂不可捲，義士可殺不可羞邪？愚有衷曲，欲一陳於公。

　　　如可，則俱在雲霄；如不可，則皆夷糞壤。足下以為何如哉？

於錢塘之鹵莽剛烈及其自卑自尊之心理矛盾描摹可謂生動已極。而其勇於認罪、聞過則喜之襟抱亦最能刻劃其明白如畫之率直。錢塘於文中原屬甘草性質之配角，然究其所佔分量却足與柳毅、龍女鼎足三立，且因其造型獨特、

個性分明，於人物刻劃言，實凌駕二位主角之上。

龍女亦爲李氏所刻意處理之人物，故於其數度登場皆頗費經營。首以「鳥起馬驚，疾逸道左」之異象導引柳毅奔赴六、七里外之未知世界，此時所傳達於讀者之腦海者，必以爲將有一雷霆萬鈞之勢呈現，然六、七里之盡頭所呈現者僅一弱質婦女：

> 蛾臉不舒，巾袖無光，凝聽翔立，若有所伺。

眞乃大出讀者之意料。作者以場景與人物間之對比手法處理主角人物龍女之登場，而其下場也：

> 語竟，引別東去。不數十步，迴望女與羊，俱亡所見矣。

與登場時之「鳥起馬驚、疾逸道左」雖同爲神奇之異象，然一則熱鬧凌亂，一則杳然無跡，場景與場景間亦遙相比襯，足見作者之匠心！而龍女之二度登場，已恢復其貴族身份，故場景萬分飄渺堂皇，頗切合其異類貴族之尊榮：

> 俄而祥風慶雲，融融怡怡，幢節玲瓏，簫韶以隨。紅粧千萬，笑語熙熙，後有一人，自然蛾眉，明璫滿身，綃縠參差。迫而視之，乃前寄辭者。然若喜若悲，零淚如絲。須臾紅烟蔽其左，紫氣舒其右，香氣環旋，入於宮中。

於龍女之形貌雖著墨不多，然以祥風慶雲、笑語熙熙，反襯零淚如雨；以幢節、簫韶、明璫、綃縠映襯其自然蛾眉；以紅烟、紫氣、香氣縮合一若喜若悲之情懷，其無限辛酸、萬般無奈與刼後復歸之欣喜，千頭萬緒，遂自然形於筆墨之外。

龍女之三度出場係於潛景殿之宴，洞庭夫人使其「當席拜毅以致謝」，其時滿宮悽然，毅亦有歎恨之色，獨於龍女之心境讀者無由知悉，此乃作者懸疑手法之運用，直至二人結爲夫婦，柳毅自明心志云：

> ……然而將別之日，見君有依然之容，心甚恨之。

讀者始豁然明白其時龍女泫然欲涕之形貌。

龍女之四、五度出現，乃爲柳婦之後。由於「銜君之恩，誓心求報」之信念，龍女拒絕父母之另行配嫁，終得機緣，一償宿願，然「他日歸洞庭，幸勿相避」之語雖分明有意，而錢塘請婚遭拒亦爲不爭之事實，「君乃誠將不可邪？抑忿然邪？」之愁懼兼心，不得自解，龍女亦如人間女子般，好奇而疑慮。直至柳毅陳詞：

> 從此以往，永奉歡好，心無纖慮也。

方才寬解其心。

　　它如勇於反抗婚姻，尋求解決之道、誓心求報柳生之恩，拒絕父母之配嫁，得償心願、獲奉柳生時之且喜且懼之心緒，皆頗具獨特之個性，而此種具體個性之賦予，除前述各項對比、旁襯、懸疑等寫作技巧外，更有賴語言運用之活現；始遇柳生之泣訴，于歸後之情探，皆婉轉哀感、動人心肺，其大膽、聰慧、堅貞、真誠高潔等複合性性格，因之更具不可讓渡之獨立性。此乃李朝威之成功處。

　　主角柳毅於全文中，實屬媒介性人物，讀者得悉事件之始末端賴此人之眼，始則江濱應允傳書，次則獨闖洞庭，繼之享宴龍宮，再而歸鄉三娶，終於仙歸洞庭。讀者之目光皆隨其遭際運轉，除因之得以了解柳生之機緣外，並了然龍宮建築之堂皇富麗、水族之多情感恩。然於柳毅個人之情性則所知不多，除由涇河濱之自言義夫及拒婚時之詞嚴，得知其頗重義氣外，餘則無所知矣！故柳毅雖為全文之重心，實乃一單純平面之剪影人物而已。

　　至若〈柳毅傳〉所顯示之主題，約言之有如下三點：

（一）對愛情自由之期望

　　封建社會中，男女為嚴格禮教之束縛，既無戀愛與婚姻自由，更無正常交往之自由。唐代則不然，非但「愛情自由」意識擡頭，且進而有爭取自由之行動。柳毅傳中龍女自述其遭遇云：

> 夫婿樂逸，為婢僕所惑，日以厭薄。既而將訴於舅姑。舅姑愛其子，
> 不能禦。迨訴頻切，又得罪舅姑。舅姑毀黜，以至此。

夫婿樂逸，已自不堪，訴之舅姑，還遭毀黜，古弋婦女之地位由此可見。李氏藉龍女之口道出女性所遭受之不幸，而李朝威對此所持之看法若何？

> 吾義夫也，聞子之說，氣血俱動，恨無毛羽，不能奮飛，是何可否
> 之謂乎？

李氏認為，是義夫則當「氣血俱動」，足見其義憤！而洞庭君覽信之後，掩面泣云：

> 老父之罪，不診堅聽，坐貽聾瞽，使閨窗孺弱，遠罹搆害。

或即李氏對傳統婚姻具體之忠言：「父母之命」，仍須當心，免使「閨窗孺弱，遠罹搆害」。而錢塘為女姪討罪，竟至殺人六十萬、傷稼八百里，並吞噬涇川龍子，可謂聳人聽聞。然因龍女含冤受曲，即使錢塘君如此過分，上帝亦「諒其至冤」，不予追究，可見其所深致之同情。為貫徹此一思想，柳毅雖有「歠

恨之色」，却抵死不從錢塘君所安排之婚姻，而龍女亦謹守心誓，拒絕父母另行配嫁，凡此種種皆反映時人追求愛情自由之期望。而龍女與涇川次子，一為南方貴族之女，一為北方貴族次子，二人聯姻可謂「門當戶對」，然由婚姻失敗之事實觀之，則其時「門當戶對」之婚姻未必美滿，此亦足反映其時社會之婚姻現象。

（二）對長生之執著

唐之世，實儒、道、釋三教匯流之時代。唐初崇尚儒教，砥礪經學，而又皈依佛教，尊崇道教。歷世君主，雖時有異尚，而罕有專崇一教者，此反映於小說者益顯。「柳毅傳」除揭櫫英風高義之儒教外，並自釋書中取材，然所反映者卻多道教思想。洞庭君與太陽道士講火經、柳毅春秋積序、容貌不衰、後與龍女同歸洞庭併為神仙，贈仙藥五十丸予其表弟薛嘏……等，凡此皆與道教神仙之學〔註3〕相關聯。即如洞庭龍宮之宮室，靈虛、玄珠等殿閣之名，亦滿佈玄學色彩，道教至唐而突起高潮，唐初君臣對道教之信仰幾近瘋狂，此可由太宗、憲宗、穆宗、武宗、宣宗之死於丹藥見出，小說既以表現時代風貌為目的，則〈柳毅傳〉之反映濃郁道教思想，信非偶然。此亦即同屬神仙道化之小說，何以中唐沈既濟〈枕中記〉之盧生、晚唐李公佐〈南柯太守傳〉之淳于棼，多措意於出將入相之功名追求，而柳生落第之後，即絕意於宦途，專意於神仙之術者。「柳」文中對長生之嚮往最具體者乃毅與嘏之對語：

> （毅）持嘏手曰：「別來瞬息，而毛髮已黃。」
>
> 嘏笑曰：「兄為神仙，弟為枯骨，命也。」

薛嘏見毅立於宮室之中，前列絲竹，後羅珠翠，物玩之盛，殊倍人間，已自艷羨，而見毅詞理益玄，容顏益少，更添其恨不為神仙之歎憾，其「命也」二字實包涵無限慨歎！而毅因出藥五十丸遺嘏，曰：

> 此藥一丸，可增一歲耳。歲滿復來，無久居人世，以自苦也。

以久居人世為自苦，不啻對道家出塵之想之極度嚮往。而必待食五十藥丸後，方得登神仙境界者，與道教主張必經修煉乃得成仙之觀念大體一致。且柳毅激於義憤，應允傳書，唯恐道途顯晦，不相通達，故請教龍女入水之術，以

〔註3〕中國小說因漢代方士之說盛行，故多仙島神異之說。戰國時，已盛行不死之藥，至秦始皇使人入東海求之，儒者已與方士相揉合。加之戰國時鄒衍海外九洲之說，亦為一般儒者所樂道，故小說多寫仙島奇異現象。

為只要深諳法術，即能進入另一世界層次，亦足顯示當時道教思想之深入人心，傳書水族之事，雖非起始於唐代，然神仙之學亦由來已久，傳書事之受其影響，其迹亦明矣。

（三）高義之表彰

唐代因藩鎮跋扈，除暴安良之義俠逐多見於小說作者之筆端。〈柳毅傳〉雖非俠義類小說，然柳毅仗義傳書水府，亦俠士之儔也。其仗義之舉所得之豐厚回報，固可見朝威之旌義思想，而柳毅之所以辭婚者，乃：

> 夫始以義行為之志，宵有殺其婿而納其妻者邪？

涇川龍王之次子有負龍女，自應論罪，然柳毅若於其時應允婚事，一則難免奪人妻之譏；二則亦不免挾恩求報之嫌，以柳毅之高義，固當婉拒，此種始乎義、終乎義之行為、意識，實朝威之最傾心者，故柳毅雖懷抱歉恨而去，為表彰其高義，朝威終以重逢解其憾恨之情。

〈柳毅傳〉所表達之主題，於今日觀之，雖乏嚴肅之蘊涵，要皆反映其時代之風貌，吾人由此亦可見當代思想意識之一斑也。

第二節　劇作之評騭

一、主　題

戲劇初非有意於教訓也，惟若專圖娛人，一無寄寓，則亦乏深度。其導人以正途，非如教士之說教，昭昭然以訓誨為事，當寓意於言外，褒貶於無形。故其主題，可寄託遙深，卻須表達平實，可事涉荒唐，卻須言外見意。元雜劇大抵為民間娛樂，尚不知揭櫫主題，如尚氏《柳毅傳書》改編自唐人小說「柳毅傳」，其情節結構固多承襲，其主題意識亦悉數移植，未嘗稍改。而《張生煮海》屬道教劇，元代有關道教之作，皆以解脫塵俗，逍遙物外為歸趨，仰道德之崇高，視富貴如浮雲，痛斥人世之爭名奪利，專寫空闊無礙之神仙高致，《張生煮海》中此種神仙思想至為濃厚。首折東華仙上場即云：

> 海東一片暈紅霞，三島齊開爛漫花，秀出紫芝延壽算，逍遙自在樂仙家。

借東華仙之口道盡海上仙島之逍遙自在。而金童玉女因有思凡之心，遂罰往下方投胎，亦足顯示其厭世思想。其中，對瑤池仙境嚮往最切者莫若第四折

正旦唱：

> 待著俺辭龍宮、龍水府、上碧落、赴雲衢，我和你同會西池見聖母，
>
> 秀才也，抵多少跳龍門應舉，攀仙桂、步蟾蜍。

功名富貴難抵同會西池。而張生費盡心機方得與龍女共諧秦晉，却寧可拋却比翼連理之喜悅，則人間至情亦難償神仙之趣。龍女欲赴瑤池前並云：

> 願普天下曠夫怨女，便休教間阻，至誠的一個個皆如所欲。

可見其時人人之「所欲」者，莫過於得道成仙。此乃元代社會所反映之苦悶不平。元代乃中國政治史上大變動時期，亦爲民族最苦難之時代，異族壓迫、仕路閉塞、文人失意，消極之避世思想因之風起雲湧，神仙遂成爲文人逃避之角落、幻想之慰安。現存元人雜劇一百六十一本，此類道釋劇即佔二十二本之多，涵虛子《太和正音譜》分雜劇爲十二科，亦以神仙道化居首，可見其時超然出世冥想風行之一斑。此種思想雖太過消極，於世道固然無補，然究屬全民思想情感，於人心之抒發，可謂頗具成效。

明代之後，古典戲劇轉爲倫理教化工具。吳梅《顧曲麈談》即云：

> 傳奇之作，用之代木鐸。因世間愚夫愚婦，識字知書者少，勸之爲善、戒之爲惡，其道無由，乃設此種文字，借優人說法，與大眾齊聽，意謂善者如此，惡者如彼。而文人才士亦各出其心思才力，以成此錦繡之文，是藥人壽世之方，救苦彌災之具也。（見《顧曲麈談》第二章製曲第一節論作劇法）

既旨在勸善懲惡，故題材雖爲相襲，主題思想却隨作者個人之胸懷運轉。《橘浦記》之寫作可明顯見其諷世之意，其題記云：

> 讀《橘浦記》罷，拍案大叫曰：人耶畜生？畜生耶人？人畜生耶劣畜生？畜生人耶勝人，畜生勝人耶畜生？人劣畜生耶人咳。

而穢道比丘紱亦云：

> ……涇陽之事，描寫殆盡，中間黿蛇等，頗知感恩一段真心，奈人爲萬物之靈，反生忮害，作記者其感於近日人情物態乎？是可慨也。

二者皆特拈出其諷世之旨。文中柳毅於第四齣買黿放生，後錢塘君一怒而欲洗蕩涇川，白黿惟恐柳家不免，遂預整輕舟搭救，其所以如此費心，乃因：

> 庚生德可嘉，折簡勞尤大，恩仇難混雜。（第七齣報德撲燈蛾）

禽獸知所感恩者，並見於第十一齣「禍始」。柳毅於洪水巨浪中引手救援丘伯義及猿、蛇各一，猿蛇時時思報，後猿猴見柳母病篤，乃贈金丹一粒以起死

回生，白蛇亦竊玉帶一條以爲隋侯之報，並云：

> 我們雖是眾生，豈可不知以恩報恩、以德報德？

俱言禽類之多情重義。丘伯義，人也，爲柳生所救，非但不知感恩，甚且搆
難相害：

> 他雖救我于水中，暫離患難，今日又供我於家裏，聊免饑寒。只是
> 一件，他本是個窮措大，只可借爲活命之資，終非進身之策。我見
> 他前日在井裡撈起一條玉帶來，也該與我平分，他却欺我，公然獨
> 自收了，我正氣他不過，如今恰好虞丞相府裡玉帶被盜，著各處府
> 縣日夜緝拿，眼見得這帶是他昔年處館時節偷的，假意在我眼前說
> 井中撈起來的也未可知，不若我悄地到府間出首，……（第十三齣
> 搆難）

難怪柳生要慨歎：

> 丘伯義！我怎麼樣看待你來，你倒反面無情，誣我做盜，天理何在？
> （第十三齣搆難）

> 解衣推食相周庇，射影含沙反噬臍，三思料韓灰，豈易相欺？（第
> 十三齣搆難八聲甘州）

作者並藉洞庭君、錢塘君、柳母等劇中人之口對人類作無情之批判：

> 這都是你洗蕩涇陽時節，柳生一同救他兩個，一個嘲帶與他，一個
> 把帶來出首，果然人倒不如畜生！（第十四齣謀救）

> 恁記當年，傳那橘浦書致臨岐，後把荊口洗，白黿潛駕扁舟濟，靈
> 丹報德猿能計，玉帶嘲恩蛇有知。可惜那人心異，恁須信道風波非
> 險，禽獸無私。（第二十六齣赴任二煞）

> 獸心人面人難料，獸面人心獸可交。（第十五齣冤感玉芙蓉）

> 人情信比山川險，便虺蜮猶知恩怨，謾較人禽偏與全。（第二十九齣
> 追歡尾聲）

> ……那無知禽獸感提攜時拯淪喪，可惜人心嶮巇恣行伎倆。……（第
> 卅二齣團圓錦衣香）

眞罵盡天下無情無義之人。於此種素行不良者，許自昌之撻伐可謂不遺餘力，
口誅筆伐猶嫌不足，故於十六齣「計賺」中特安排覆船風浪，將丘伯義痛打
一陣，「與那負心的做個榜樣。」（十六齣計賺）如此猶且無法快其心意，三

十齣中甚且將其逼下水底，以為懲戒。由是觀之，許自昌乃深感人情澆薄、世態炎涼，特於異族世界高標豪傑義士，以啟人節義之思，正所謂借戲曲以闡揚教化也。

除諷刺人世之無情外，於富家之紈袴子弟亦頗多譏誚。虞世南雖位居丞相，其子却吃喝嫖賭無一不染，其首次上場即唱：

> 趙錢孫李，胸無一句，之乎者也，目無一字。青緗奕葉，已成盧白屋，公卿拚讓取。（第六齣佚遊哭岐婆）

對己身之荒唐行逕敍述最明者為其後之賓白：

> 公子從來是白丁，醜驢性格自天生，友朋相結幫嫖賭，枉費趨庭一片心。自家虞公子的便是，愚魯性，生恣肆，習慣胡行無賴，枉生富貴人家。吃飯著衣，幸藉祖宗蔭庇，借虎以翼像意施為，沐猴而冠，學人做作，有勢且使，那管勢敗人欺，有財且施，那管財窮家破，正所謂今朝有酒今朝醉，明日愁來明日愁。（第六齣佚遊）

對紈袴子弟之嘲諷最為入骨。雖胸無點墨，偏求功名，只得處處央人代考，柳毅因拒絕代試，虞公子即百般刁難、軟硬兼施，始則除館穀一年，使其無糊口之資，並矯令陷其入獄，繼則委曲求全，禮遇有加：

> 呀！原來是柳兄，柳兄緣何你改了名字，叫我再沒處尋你，如今撞見得正好。前日是我衝撞了你，你今朝看平日相處分上，一定要替我做一做，銀子加倍奉償。（第二十四齣應試）

前倨後恭之醜態，實可笑復可憐。劇中於虞公子之不學無術、無知可笑描摹最傳神者莫如第二十四齣試場風光：

> 雜：諸生看題！
>
> 淨：啊呀！試官的題目出差了。
>
> 雜：題目那裡有差的事？
>
> 淨：我昨日買的，不是這個題目，豈不是出差了？

可見其時亦有買題情事，試題既與前所買者有異，其難逃繳白卷之命運必矣，然此紈袴子弟偏做最後掙扎：

> 淨：這等把題目講一講與小弟聽何如？
>
> 生：題目是極平易的，何消講得？
>
> 淨：孔子破他做什麼好？
>
> 生：破他做聖人了。

　　淨：人字小弟曉得寫的，聖字一時間忘記了，怎麼樣寫的？

其昏昧愚蠢，實無以復加。自昌藉淨丑之形貌身手，暗寓褒貶於其間，其諷
世警俗之用心亦明矣！

　　《橘浦記》於官場荒唐景象亦時有譏刺。總捕官緝查虞丞相御賜玉帶，
丘伯義出首柳毅云：

　　　　老爺，小人與虞公子極厚，那柳毅前年虞公子請他在家裡讀書，就
　　　　要他代考，他不肯應允，虞公子極恨他的。老爺，你若乘此事情大
　　　　大問他個罪名，雪了公子的氣，老爺的官在小人身上，包得就高陞
　　　　哩！

總捕官聞言，心下早有主意，却假怒云：

　　　　哎，那柳毅倘若人贓的實，這是律法所在，誰敢有私，要你把官來
　　　　動我。

言訖，作回頭竊笑介。蠹吏之諂媚勢家貴族，和中國數千年「禮不下庶人、
刑不上大夫」之社會意識，實不無關聯，窮民與勢家何得平等對薄公堂？總
捕官因之濫用職權、虛張威勢以淹留柳生，孰知丞相以柳母起病有功，因回
文聘柳生應試，本以覊繫無辜逢迎當道，反落橫恣暴虐之名，心下惶恐不已，
乃百般趨承：

　　　　前日爲虞公子與他做仇家，今日爲虞丞相與他呵卵胞便是。叫左右
　　　　快些拿我新做的衣服到監裏去與柳相公穿了，請柳相公上堂來講話。
　　　　論儒懷席上珍，在侯門寵上賓。可惡那丘伯義不在這裏，拿他來打
　　　　死了他繞是，他鑠金仇口眞堪憎。先生到丞相跟前，若問及下官，
　　　　千萬方便一聲，一向是下官唐突。（第二十一齣出獄沙雁揀南枝）

言之不足，乃下跪請罪，難怪柳毅要譏其「後先恭倨何其甚？」眞乃「言可
憎、情可憫，既堪憐，又堪哂。」也。

　　類此諷刺官場文字亦見諸《蜃中樓》，臣僚之貪佞面目一覽無餘：

　　　　朝綱獨擅尊無右，撇不下銓衡利藪，把人間奇貨一齊收，那管萬年
　　　　遺臭。下官左僕射兼攝吏部尚書李義府是也。威權震主，勢焰薰人，
　　　　笑處藏刀，毒性有如蜂蠆，柔能害物，別名呼作貓兒，正是牛馬一
　　　　聽人呼，富貴終還我享。下官由吏部尚書入相，已經數載，我想宰
　　　　相倒是個虛名，不如吏部反有些實際，我如今用個名實兼收之法，
　　　　雖爲僕射，仍掌銓衡，那海內的錢財，不怕不盡歸於我。今歲乃大

比之年，是我教朝廷破格，將二甲前十名，除授御史，這分明是個
半送半賣，怎奈這些新進小子，不達世務，一些禮物也不來餽送，
今日該點他們出巡，難道又不來料理不成。叫選司官！

在！

這些新御史，可有幾個來謀差的麼？

一個也沒有！

這等可惡，難道御史白送了你，差使又白送你不成！我若不點，外
面的人要說我需索，如今將頭上一名，把個沒帳的差，打發他出去。
其餘只說沒有缺出，待下次點，刁頓他刁頓便了。……（第十六齣
點差）

朝廷點差竟淪爲貪吏歛財之道，錢通鬼神，道義蕩滌，爲官若此，夫復何言？
文官之貪婪無厭固爲笠翁諷刺攻擊之目標，武官之怯懦，笠翁亦藉龍王之鼈
蝦將領予以尖酸之譏誚：

鼈：列位不要見笑，出征的時節，縮進頭去，報功的時節，伸出頭
　來，是我們做將官的常事，不足爲奇……。

蟹：不瞞列位講，我做將官沒有別樣本事，只學得個會走。

蝦：列位豈不知道，我外面是個空殼，裏面沒有一根骨頭，若不鞠
　躬盡禮，怎麼掙得這口氣來？

謔浪中深致慨歎之意。文官貪得，武將怯懦，國家焉得不亡？李笠翁目睹明
朝之顛覆，親嘗亡國之悲痛，作品中因而充分反映其對有明何以滅亡之追究，
此種寄懷寫恨，雖鋒利刻毒，却大有言者無罪，聞者足戒之功效。

　　至若乘龍佳話之作，乃恐雅樂之一蹶難振，非關風化之旨，其所改編，
多襲前人，實無深意在焉！

二、人　物

　　舞臺藝術乃模擬現實人生以表達作者之思想意志者，然現實人生千情百
態，實非舞臺人物所得盡括，是以戲劇之表現輒就某種行爲模式予以專意模
擬刻劃，作者之思想意念遂賴劇中人物以傳達。我國古典戲劇爲象徵性表現
方式與自道身份、性情之敍事手法所圍，具鮮明個性之舞臺人物殊不多見，
縱觀《柳毅傳書》等前述五劇，唯錢塘君一角，可當之無愧。

　　各本劇由於錢塘君之刻劃皆各具特色，鹵莽、火性者如《柳毅傳書》與

《乘龍佳話》：

> 原來這等，頗奈涇河小龍無禮，著俺龍女三娘在于涇河岸上牧羊，
> 辱沒我的面皮。哥哥你便瞞我，我却忍不得了也，則今日點就本部
> 下水卒，我頓開鐵鎖，直奔天堂，親見上帝，訴我衷腸，說他無義
> 業畜，怎敢著俺龍女牧羊，忙將水卒點，不索告龍王，管取涇河岸，
> 翻作漢洋江。（《柳毅傳書》第二折）

> 頓觸批鱗怒，乘雲快奮鬐，噴烟吐火施靈異，烈轟轟自是平生志，
> 氣沖沖頃刻旌旗指。（《乘龍佳話》第三齣傳書江兒水）

同寫錢塘聞女姪遇難，憤然前往涇陽理論，《柳毅傳書》中由錢塘君自道其嫉
惡如仇之烈性，《乘龍佳話》則藉洞庭君之口，以明其迫不及待之憤慨，皆筆
勢奔騰，神勇無敵，與唐人小說中之造型可謂相祖述，尤其傳書後之提親，
二本亦各得神髓。錢塘一角，小說、劇作率皆誇張其有勇無謀，獨《橘浦記》
不然。其未出場前之一場遊戲，已使傳書洞庭之柳生「霹霹轟轟車魂飛魄散難
禁駕。」（第七齣報德駐馬聽），《橘浦記》之刻劃錢塘君，除分別由其屬下白
黿、兄長洞庭君之評語中見出其為人，並由其言談舉止描摹。白黿對其批評
乃作者予讀者之首次印象——為人負氣多奇，短短六字本無法饜足讀者之好
奇，因之，洞庭君繼出引介：

> 有弟錢塘君，烈烈英風蓋世，昂昂義膽包身，近因註誤，休致在家。
>
> （第七齣報德）

二人間接之形容終隔一層，錢塘君終於兵革聲中出場，挾帶聳人耳目之威勢
而來。《橘浦記》所寫錢塘君已非昔日有勇無謀之輩，其足智多謀可見諸第十
四齣謀救。丘伯義出首玉帶，陷害柳生，總捕官令其與府中差人至京師丞相
處會個真假，事為龍族所悉，洞庭君主張：

> 那廝到京師，少不得經由洞庭，賢弟你可率領神眾，暗伏湖心，待
> 那丘伯義到來，浪覆其舟，劍梟其首，豈不為快！

錢塘君却不然其說，另出妙計：

> 哥哥，我們若要殺那丘伯義，這有何難，只是柳生終無以自脫了。
> 今日我們拿他來打罵他一場，暗地裡把他真玉帶換了，先叫白黿依
> 舊拿去放在虞丞相府中，隨後拿一條茅山石的與丘伯義拿去。那時，
> 虞丞相既見玉帶依舊在家，那出首的又是條假玉帶，柳生自然放了，
> 丘伯義不怕他不反坐其罪。哥哥，你道此計如何？（第十四齣謀救）

此種偷天換日之計果然高妙，白黿稱其負氣多奇，誠非虛譽也。許自昌並刪汰錢塘君提親一節，免使「俱在雲霄」、「皆夷糞壤」之衝動、粗鹵言論模糊其所塑造人格之一貫性，此實明智之舉也。

　　錢塘君乃所有劇情人物中之最上者，而《蜃中樓》中之錢塘君尤為此中翹楚。笠翁楷端之錢塘君乃一嫉惡如仇、專逞血氣之勇者。聞說女姪舜華於蜃樓之上與柳生私訂終身，當即大怒，拔劍便欲斬首；見行宮壁上題詩，便厲聲云：

> 嗳，可惜他不曾落款，若我錢塘君知道他姓名居處，即刻領了雷公電母興雲駕霧前去，不但把那畜生研為虀粉，連那一帶居民都沈為魚鼈，方消吾恨！（第十七齣鬩鬩）

其後，張羽代舜華傳書，洞庭、錢塘二君感其心意，俱奉之為上賓，待得知張羽乃前題詩之人，立即反面拔劍便斬：

> 尋伊無地，法網自投將，一任你鐵面銅肝御史霜，敢教你骨為虀粉肉為漿，休悵，這不是閉戶關門禍從天降。（第二十四齣辭婚貓兒墜）

依其意，私訂終身、題詩寫情皆為淫行，犯此淫行者，合當格殺勿論，即此一端，亦足見其思想之迂、嫉惡之甚矣！此等有勇無謀之輩，多不堪唆弄，一經煽動，便逞血氣之勇。張羽深識此理，傳書之後，便假涇河老龍蔑視錢塘君之失勢，百般挑撥，錢塘果然勃然大怒：

> 我言不信行須見，看我這三尺青峰，埋沒千年空懸，喜今日纏得與人頭相見。分付宮中，只消辦酒不消備餚，待我取那賊子的頭來與尊客下酒，俺自有龍肝嗄飯，龍睛當果，龍腦薰筵。（第二十齣激怒山麻楷）

鳴金擂鼓，挑兵直搗涇陽。其後奏凱歸來，當真以仇家頭顱為飲器，以洩其恨。錢塘君於《蜃中樓》中非但嫉惡如仇、逞血氣之勇，且性情剛烈、不畏強權，第三齣「獻壽」其兄長調侃其鹵莽償事，致令削去呵風叱雨之地，悔之晚矣。然錢塘却云：

> 大哥，你說那裏話，大丈夫做事，雷厲風行，未來的不須逆慮，過去的何用追求，這也是俺命該如此。

雖為抑鬱不伸之落魄英雄，然其氣宇軒昂之擔當，實無人能出其右也。而張羽得仙家授訣煮海，龍宮一片熾熱，羣龍無奈，俱主張和親解難，獨錢塘君期期以為不可：

　　　　若要把女兒和親，就是大哥、二哥送去，小弟也要奪了回來。（第二
　　　　十七齣驚焰）

　　　　煮！便等他煮死，我決不去投降。（第廿八齣煮海）

即使最後敗北請降，依然強辭奪理：

　　　　看家兄面上，讓你些罷了，那裏肯降！（第廿八齣煮海）

眞剛烈不屈者也，其兄洞庭君於首次出場時對其品評「雖然也是些浩然之氣，
只是剛勇太過，近於囂張，害事不淺。」實最得其神采。錢塘君雖鹵莽、自
負、不屈，然性格中亦有其多情之處。第廿一齣「龍戰」於悲笳戰鼓中見女
姪持竿驅羊，亦不禁泣下，而怒斬涇河老龍、小龍及涇荷三人時，老龍喊介：

　　　　大王，看數千年相與之情，留了一個罷！

如此哀號乞求，聞者當爲之鼻酸，錢塘因云：

　　　　我錢塘君一生極愛的是朋友，極重的是交情，他提起相與二字，又
　　　　軟了我一半心腸。也罷！寧可人負我，不可我負人，左右！斬了那
　　　　一男一女，饒了這個老賊！

錢塘君實不愧性情中人也。總之，笠翁筆下於錢塘一角之驅策，直如鬼斧神
工，戲劇舞台人物之造型如此活潑靈動者，殆不多見矣！

　　《柳毅傳書》與《張生煮海》相較，柳生之摹寫實較張生深刻。然《蜃
中樓》中張生之刻劃却較柳生神采。尚本《柳毅傳書》中，柳毅雖名爲義夫，
然其若干行止，仍不免人性弱點，如第三折洞庭君欲招其爲婿，柳生思忖：

　　　　想著那龍女三娘在涇河岸上牧羊，那等模樣憔悴不堪，我要他做什
　　　　麼？

然回話却云：

　　　　尊神說的什麼話，我柳毅只爲一點義氣，涉險寄書，若殺其夫而奪
　　　　其妻，豈足爲義士？且家母年紀高大，無人侍奉，情願告回。

嫌棄貌醜，却託言高義，無乃矯情，然此亦人性之必然也。及見龍女，容色
精麗，雖心下懊悔：

　　　　這個是龍女三娘，比那牧羊時全別了也。早知這等，我就許了那親
　　　　事也罷！

然官冕堂皇之推託已出之於前，丈夫出言，駟馬豈追？雖有眷戀之意，亦只
得歎前生緣薄矣！其內心轉折之種種，皆假筆端，纖毫畢露。李本《張生煮
海》中之張生及笠翁《蜃中樓》中之柳毅所表現者乃一派書生本色，溫順多

情而無特殊個性。然較之橘浦記中之柳生實又略勝一籌。許自昌《橘浦記》寫柳毅之個性極形錯亂。於第二齣「逐貧」、第四齣「放生」中乃一篤於孝行者，第五齣「覓鯉」、第八齣「拯溺」顯示其人溺己溺、人飢己飢之襟抱，乃一義夫也，然至卷下第二十二齣「遺佩」，却一變而爲一輕薄男子，其對龍女之挑逗，如：

> 小娘子，你看這等好月，忍得就去睡了？

> 小娘子，你一發說得迂濶了，如今形影相憐，一刻也難待在此，若
> 直待媒妁既行，然後成就這段姻緣，豈不索我于枯魚之肆。

輕狂言語，與前卷之端正舉正，判若二人，此係自昌之失誤處。

張生一角於李本《煮海》劇中雖僅稱平實，然至笠翁筆下，卻頗爲入神，「述異」齣中之驚詫，「望洋」時之魂迷，「義舉」中之氣揚，「寄書」時之機敏，皆各具風采，而對錢塘君之激將挑兵，尤見其人之卓爾不羣。

龍女嬌羞柔弱、情思內蘊於《柳毅傳書》及《張生煮海》二雜劇中所見甚爲分明，二龍女雖亦知傳書寄恨、私訂終身，然回宮之後，並無具體爭取婚姻之行動，其曠放、坦率實遠不及橘浦記中之龍女，此轉變當和傳統對女性形體美之好惡恥尚有關。宋代所見之女性典型乃教坊中之愁腸弱質「翠銷紅減、雙帶長拋擲」或「玉骨爲多情、瘦來無一把」；元代之統治階層雖矯健無比，其女性亦較曠放，然元曲作家多爲漢人，且多以漢人爲描述之對象，因之，元雜劇中所見之龍女，猶是宋詞傳統，所呈現者乃纖弱蘊藉之姿，此乃傳統宮廷戲曲所反映之中國女性，而民間通俗戲曲則逐漸著意於塑造王寶釧、白娘子、穆桂英等幾種反傳統之女性典型。《橘浦記》中之龍女亦是此種類型，其牧畜江濱並非爲勢所迫，乃：

> 不免假以牧畜爲名，走到人間世去擇個俊雅丈夫、慷慨男子，央他
> 寄這封書信便了。（第五齣覓鯉）

非如雜劇中乃爲舅姑所黜，而係牧羊以自遣，並趁此覓鯉傳書。當柳毅應允致書洞庭，龍女隨即以婚姻相許，並不待父母擇配：

> 相公高姓，待奴家日後好來相訪，以踐姻盟。

其後，更和洞庭君串演遺佩一場，以迫使柳生就範，其爲爭取愛情實用心良苦也，此和《白蛇傳》中白娘子於大環境之纏縛下表現其反抗與超越精神，實無二致。改變情性後之龍女，自改編之角度視之，固有褻瀆原作之嫌，然於《橘浦記》之角色安排言之，誠屬必要，正旦已有柳湘靈，固無二正旦之

理，乃以一花旦調劑冷熱，不亦宜乎！

至若《蜃中樓》中之舜華與瓊蓮，一歷盡滄桑、含蓄倔強，一不諳世情、天眞樸直，二人之塑造皆各有擅場。寫舜華之寥落春愁有「雙訂」、「離愁」，寫其貞烈不屈則有第十二齣「怒遣」，洞庭君逼婚涇陽，舜華唱：

> 你教我割紅絲、分彩鳳、烈盟山、翻誓海，別抱琵琶，獨不怕海神唾罵，波臣誚讓，做了個逢人比目笑殺魚蝦。

言辭沛若千里奔濤。而第十四齣「抗姻」之大段唱詞，詞正義嚴：

> 俺不是漢朝情願嫁王嬙，都只爲狠叔將人強，他和親矯詔無謙讓，俺爹行，情原手足難強項，因此上把兒女柔腸變做了英雄雅量，權做個涕泣女吳王。（小桃紅）

> 羅敷自有兒郎，宋弘定下糟糠，漫道生前不忘，便死後東西分葬，也做個鬼團圓地府成雙。（天淨沙）

畾庵居士評曰：

> 此等傳奇，不必當場看演，始覺其妙，只快讀一過，亦令人色飛意揚。

洵非溢美之辭。寫舜華之情痴另有「傳書」一齣，精彩至極！柳毅、舜華相逢涇河之濱，因容色迥異昔日，二人俱未相認，舜華拜請傳書云：

> 貴人，你見了柳郎，千萬教他不要思念奴家，你道奴家如今形容枯槁，鬢髮蓬鬆，全不似當初的容貌，莫說不能夠見面，就見了面，看見這樣鬼魅形骸，他也要遠遠相避了。教他另選高門，早諧姻眷，奴家今生不能夠操箕帚，來生定與他偕伉儷，書去之日，就是奴家命盡之期。他若有情，教他攜一陌紙錢，來到涇河邊上，望空一祭，他叫一聲舜華的妻呵，奴家在陰間就應一聲道：柳郎的夫呵！這就是夫唱婦隨了，此外，不必再萌痴想。

眞乃字字血淚，語語傷心，此實《蜃中樓》刻劃舜華之最深刻者。而敍瓊蓮之至文，莫若第二十二齣之「寄恨」。瓊蓮誤以舜華變節改嫁，遂以書信嘲諷：

> 一問你蜃樓中，誰逼諧秦晉，二怪你海山邊，苦勸締姻盟，三慕你抱琵琶，腳小過船輕，四服你販鮫鯖，本大逢人贈，五齰你硬心腸，割得斷這赤絲繩，六愛你厚臉皮，拘得過這紅顏命。七詫你惡清巧合涇河性，八料你尋芳羞向柳邊行，九妬你名頭香似鮑魚腥，十賀你牌坊高與龍門並，多謝你十全巧婦把人坑，累出我這一生九死的

膏肓病。（駐雲飛）

言辭固太過狠毒尖酸，然一可見其嫉惡之深，一亦可襯其冰霜節操也。

　　數劇中丑角之寫作最上乘者，屬《橘浦記》之丘伯義。李笠翁論人物有云：

> 言者，心之聲也，欲代此一人立言，先以代此一人立心，若非夢往神遊，何謂設身處地。無論立心端正者，我當設身處地，代生端正之想，即遇立心邪僻者，我亦當捨經從權，暫為邪僻之思，務使心曲隱微，隨口唾出。說一人，肖一人，勿使雷同，弗使浮泛。

丘伯義寫作之成功，即在其聲口肖似，其人乃狡兔行藏、雄狐性資之輩，故其言論俱一派勢力小人模樣：

> 人無害虎心，虎有傷人意。自家丘伯義便是，生成狠毒奸雄，附勢如蟻逐羶，趨利似蠅見血，使幾條害人計較，真個腹裏暗藏刀，說兩句騙人言談，果似口中甜似蜜，由你聰明伶俐，出不得我的範圍，任他忠厚老成，禁不住我的算計。

惟其「附勢如蟻逐羶、趨利似蠅見血」，故柳毅雖對其有活命之恩，卻反恩將仇報，出首玉帶。錢塘君見其欺心，遂代天行道，將其狠打洩憤，丘伯義猶然強辭：

> 你看如今世上貴賤貧富幾般樣的，那一個憑著人心天理做事。

其無恥之聲口，實最得其無賴情性。

　　其他丑角如《乘龍佳話》之書僮、《蜃中樓》之奚奴、《張生煮海》之家僮，皆平實可喜，至若《蜃中樓》之涇河小龍及《張生煮海》之石佛寺行者，就不免淺俗卑劣，未足稱述矣！

　　他如《蜃中樓》東海龍母之潑辣要強、《橘浦記》柳母之慈愛善良、《張生煮海》石佛寺長老之諄諄勸化、《乘龍佳話》柳妻之淒惻纏綿，皆獨樹一幟，為劇作平添無數光彩。

三、曲　文

　　中國古典劇曲中，曲文實為全劇骨架，自來作家每以製曲填詞為首要之務，論者亦恒以曲詞之工拙為品評之資，故曲文之高妙與否，實關係全劇之成敗。

　　戲劇之曲詞雖為詞曲之別流，然其貴乎順其自然，本色當行，忌在賣弄

文采、矯揉造作之特質，實與詩詞迥異。其遣詞造句之標準，依曾永義先生之歸納大抵有五：

　　一、述事如其口出，充分表現人物之身份與性情。即生旦有生旦之曲、
　　　　淨丑有淨丑之腔。

　　二、使觀眾耳聞既曉，不假思索，直接感動。

　　三、明淨而不辭費。

　　四、與賓白血脈相連，相生相成。

　　五、表現之韻味機趣橫生，而有清剛之氣流貫其間。

　　作劇如此，方得雅俗得宜、串合無痕。以下謹就《柳毅傳書》等五劇，分別剖析其曲文。

（一）《柳毅傳書》

　　本劇屬旦本，由正旦主唱，正旦為龍女，故曲文於表達龍女之悽惻閨怨者最為悲切感人：

> 則我這頭上風沙臉上土，洗面皮、惟淚雨、鬢鬆髮除是冷風梳，他
> 不去那巫山廟裏尋神女，可教我在涇河岸上學蘇武。這些時，坐又
> 不安、行又不舒，猛回頭，凝望著家何處，只落得一度一嗟吁。（油
> 葫蘆）

> 俺為什麼懶上鳳凰臺，羞對鴛鴦浦，則為那霹靂火無情的丈夫，是
> 則是海藏龍宮曾共逐，世不曾似水如魚謾讚譽，影隻形孤，只我這
> 淚點兒多如那落花雨，多謝你有心腸的雁足，可著我便乘龍歸去，
> 全在這寄雙親和淚一封書。（賺煞）

自憐自憫、掩淚含恨，實道盡龍女之千愁萬恨。而寫龍女之懷春慕情者，亦柔媚而映帶風流：

> 俺滿口兒要結姻，他舒心兒不勘婚，信口兒無回話，劃的偷睛兒橫
> 覷人。我這裏兩眉顰，他則待暗傳芳信，對面的辭了親，就兒裏相
> 逗引，俺叔父敢則嗔，那其間怎得忍，吼一聲風力緊，吐半天烟霧
> 昏，輕喝處，攝了你魂，但抹著可更分了你身，你見他狠不狠，他
> 從來恩不恩。（後庭花）

本劇雖由正旦獨唱到底，然第二折正旦改扮電母，其曲文亦隨角色身分之轉變而趨於詼諧粗俗：

> 他兩箇天北天南，海西海東，雲閉雲開，水淹水衝，烟罩烟飛，火
> 燒火烘，卒律律電影重，古突突霧氣濃，起幾個骨碌碌的轟雷，更
> 一陣撲簌簌的怪風。（越調鬭鵪鶉）

始則以排比文句，狀其浩浩蕩蕩之戰爭場面，繼則以繁複之疊字見其滿場紛
飛之狠鬭，全文一路奔騰，勢如破竹，直如長江巨浪、雄勁異常。元人雜劇
喜用疊字逞才，由《柳毅傳書》第二折中可見，廝琅琅、昏鄧鄧、忽剌剌、
古都都、吸哩哩、滴溜溜、悶懨懨、哭啼啼、鬧茸茸、亂蓬蓬等，不勝枚舉，
俱能各逞其態，各盡其妍，實為元雜劇寫作之特色之一。

（二）《張生煮海》

　　張生煮海乃旦末本，第三折由末唱，餘皆由旦唱。青本正兒以為本劇實
以美辭麗句誇飾，其中尤其一、二折之大肆舖陳海洋景緻，最為壯麗眩目：
今揀幾則如下：

> 墨瀰漫水容滄海寬，高崒嵂山勢崑崙大。明滴溜冰輪山海角，光燦
> 爛紅日轉山崖。這日月往來，只山海依然在。彌八方、徧九垓，問
> 什麼河漢江淮，是水呵，都歸大海。（南呂一枝花）

> 你看那縹渺間十洲三島，微茫處，閬苑蓬萊，望黃河一股兒渾流派。
> 高冲九曜，遠映三台，上連銀漢，下接黃埃。勢汪洋無岸無涯，出
> 許多異寶奇哉，看看看，波濤湧，光隱隱無價珠璣，是是是，草木
> 長，香噴噴長生藥材；有有有，蛟龍偓，鬱沈沈精怪靈胎。常則是
> 雲昏氣靄，碧油油隔斷紅塵界，恍疑在九天外，平吞了八九區雲夢
> 澤，問甚麼翠島蒼崖。（梁州第七）

點簇濃至、層波疊瀾，直如一篇海賦。青木正兒《元人雜劇序說》分元雜劇
為本色與文采二派，以曲辭藻麗、尚用雅言者為文采派，觀《張生煮海》前
二折，則屬文采派無疑，然其第三折末唱部分卻曲辭素樸、多用口語，又近
本色派：

> 這秀才不能勾花燭洞房。卻生扭做香水混堂，大海將來斗升量，秀
> 才家能軟款會安詳，怎做這般這熱忽喇的勾當。（倘秀才）

> 去去去，向蘭閣，到畫堂。俺俺俺，這言語，無虛誑。你你你，終
> 有個酸寒相。他他他，女艷粧。早早早，得成雙，來來來，似鴛鴦
> 並宿在銷金帳。（笑和尚）

是知無論本色或文采，果能隨物賦形，以達自然高妙之境，皆為至文也。

（三）《橘浦記》

北曲力在絃索，多慷慨激切之音，南曲主於簫管，饒纏綿抑揚之韻。故寫閨情密約，以悠揚靡曼之南詞，最可曲盡其柔媚宛轉之風致。《橘浦記》以南曲寫作，於抒情寫景堪稱入神。如寫柳湘靈之閒愁：

> 隔簷高柳咽新蟬，喚起香眠，玉釵墜枕風鬟顫。苦炎蒸倦欲憑闌，
> 向風竹影翩翩，亭午槐陰宛轉。（第十齣風入松慢）

聲情宛然。寫柳毅之驚艷：

> 蘭橈泊處潮聲咽，夜闌人靜天空木脫，風靜縠紋滅，雲斂簫聲歇，
> 看驚飛烏鵲，聽悲哽蛩螿兩三般，共催江月，猛回頭，只見那人兒
> 推蓬看也。（第廿二齣「遺佩」鬧樊樓）

以驚飛烏鵲、悲哽蛩螿對比風靜縠紋滅、雲斂簫聲歇，一動一靜，而萬般寂寥遂同呈江月之下。前數句雖無一字言情，然景中自然有情，情景交融深渾，而後導出主句「猛回頭，只見那人兒推蓬看也。」其驚詫、迷離之氣氛因之益發奇警生動。《橘浦記》中類此之曲文，觸處即是，不暇多舉。

自昌極喜用典，如遺佩折：

> （外）窺臣私蹈東鄰轍，向西廂吟夜月，香閨久矣修帷簿，被元規
> 塵污涅……（旦）我新寡文君也，他是題橋俊傑姿冠玉，語霏屑，
> 適擊終軍〔註4〕楫，豈尚楊雄白，秋風近丹桂折，何不盟向蓮舟設，
> 權當綵樓纈。（耍鮑老）

幾一句一典，妙則妙矣，然辭意晦澀，與貴淺顯之曲旨，實相乖悖。此曲係旦口，尚無大礙，至若搆難折：

> ……老爺，不是小人做中山負義，怕有日殃及池魚，老爺，據那柳
> 毅說井中汲起來的，他也不該攘為己有，小人說兩個古人與他曉得，
> 揮金應與華魚比，讓玉何無子罕思。……（八聲甘州）

以一無行無才之丑角，歌此書卷曲，實大不合其聲口，無怪吳瞿安譏評其貪用死書矣。〔註5〕他如嫁禍折之東甌令曲，噬臍折之禿廝兒，迭遊折之雙灘鵝

〔註4〕終軍，漢濟南人，字子雲，少好學，辯博能文，年十八，上書武帝，拜謁者給事中。後奉使說越南王內屬，越王聽許，請內屬，越相良嘉不從，攻殺王及漢使，軍亦被害，時年二十餘，世謂「終童」。

〔註5〕顧曲麈談第二章製曲論詞采云：「有水滸為吳門許自昌撰，不知何以貪用死書

各摹淨丑口吻，俱過高雅，實未得其情也。

（四）《蜃中樓》

笠翁劇論言詞采主張：貴淺顯，不帶絲毫書本氣；重機趣、有精神、有風致，勿使有斷續痕、道學氣；戒浮泛，說何事、肖何人、議某事、切某事、景書所睹、情發欲言；忌填塞、勿多引古事、勿疊用人名或直書成句等，見解明達中肯。以此質諸其所作曲《蜃中樓》，雖時有眼高手低之失，然處處有如珠之妙語，時時有諧趣之氣氛，較之《橘浦記》傳奇實高明多矣！

其文字淺顯而有風致者如姻阻折：

> 只恁輕便，把個繫足紅絲當紙鳶，一任你收來放去，適目娛心，全不怕墜井沈淵。江山萬里棄如捐，也須點墨爲憑卷，他若要苦苦來纏，試問他誰生誰養誰情願。（駐馬聽）

又如望洋折：

> 那便是鎖二喬的銅雀基，這便是惘雙眸的銷魂地，他在那半空中喚玉郎，俺在這水邊頭施長揖，恨只恨，風流回首便成灰，好教俺過後想，渾如醉，便道是壺公跳入壺中去，那見有黃鶴樓乘黃鶴飛，驚疑水面上，全沒些樓台意傷悲，海當中，只有些浪雪飛。（北雁兒落）

笠翁劇作之曲詞，皆用清代一般通行之語言，既無挖心之詞藻，亦無令人減興之方言，更罕見艱澀拗口之句式，讀之上口流利，聽之入耳易曉，非特演習者無懼乎費力，觀賞者亦輕鬆明白，故廣受演者與觀者之歡迎。而其所寫，最重切事肖人，生、旦、淨、丑各有其聲口，如離愁折：

> 堪歎人天途梗，難通兩下情，漫說道，青鸞難倩，黃犬難憑，雁高飛，不下停，就是這魚在水中生，傳書最有能，怎奈他妒比目，也不肯相承應，空教我愁眉相對顰，汐爲晚啼增，潮隨曉淚平。（朝元令）

句句皆龍女想思，使人套用不得。而抗姻折：

> 現有家中淡菜香，何須又買新鮮鰲，兩味同看嘴一張，喋！只愁惹起油鹽醬。

滑稽突梯、生動風趣，非但博笑，抑且絕倒，實頗切丑角所歌。另寫錢塘君之興師問罪：

> 恁與俺相逢狹路，休將那假慇勤的眷字呼，漫想著口如糖騙去那頭

> 若此。」

顧，誰教你太歲頭來動土，欺吾，須教你誌得俺這無權的逐夫。（第
廿一齣龍戰隊子）

詼諧調笑、痛快淋漓、施諸淨口，最為得宜。此皆切於角色身分者。他如寫
壯烈戰爭場面之龍戰折喜遷鶯，雄渾而健捷；寫離情別恨之傳書折豆葉黃，
述情摹態，絲絲入扣；寫煮海異事之試術折錦纏道，妙思天運，筆力矯健，
俱為千古奇文也。

（五）《乘龍佳話》

作者何鏞於序中曾云：

> 惟曲文取其少而易。……

曲文雖少而易，然亦自得其簡淨之美。訴情如「牧龍」折：

> 奴是水府潛靈，為誤適匪人，橫被欺凌，更翁姑助虐，笞鳳鞭鸞，
> 驅奴江濱。奴欲待輕生，天涯迢遞，奈沒個親人知信，因此且偷生，
> 春鴻秋燕，目斷蒼冥。（降黃龍）

又如「歸里」折：

> 兩年孤守，日盼佳音天際頭，病魔何事久勾留，鎮日珠簾買玉鉤，
> 卜盡金釵，怎生解愁！　（出隊子）

再如「歸里」折：

> 怪道是深院靜，落葉蕭蕭風雨愁，誰知是死別生離兩處休，營齋營
> 奠，往事不堪回首。笑騎鶴潘郎淚枉流。這榮華何堪獨受，細思量，
> 返魂香何從覓，冷落牽牛。（二郎神）

前寫龍女忍淚偷生之淒涼，次敘柳妻望斷天涯之愁腸，后述柳毅不堪回首之
憾恨，皆能略道個中況味。雖則如此，終因過於簡易，未能曲盡其悲涼。全
劇中曲文之最佳者無如「屠龍」折，如：

> 全憑我星移日換，恨他偏與我為難，俺怎肯強制了心性，改變了凶
> 殘，快拔去肉刺眼釘休作梗，那管他花殘玉碎在河干！（混江龍）

雖文字亦略嫌精簡，然其氣勢與口語，皆頗切近錢塘君之身分。

四、賓　白

早期元劇之賓白蓋屬賓位，臧氏晉叔以為元雜劇乃文人填詞，而後伶人補

以賓白〔註6〕，王氏驥德則謂先由優人作白，以爲間架，而後詞家塡之，〔註7〕二氏所論曲、白塡寫之先後雖別。然皆言賓白之不見重於時，故而《雍熙樂府》著錄劇曲概刪賓白，優人搬演之際亦敢於隨意改竄，〔註8〕地位之卑微，殆可概見。元劇由末或旦獨唱，其他角色只施賓白，曲白之關係比較不密切，故每折抹去賓白，單讀曲詞，亦皆一氣呵成。傳奇則不然，傳奇乃曲白相生，妙在連貫，倘吐屬鏗鏘，談言瀏亮，則有醒人耳目，沁人肺腑之效。故笠翁以爲賓白之於曲文，猶經文之傳註、棟梁之榱桷、肢體之血脈，誠未可忽視也。賓白之與曲文，既有相互觸發之效，則賓白之寫作，笠翁以爲必須聲務鏗鏘、語求肖似、詞別繁簡、字分南北、文貴潔淨、意取尖新、少用方言、時防漏孔。

南北戲劇之賓白特質，固所不同，則其所顯現之風格自亦有異。茲就上述五劇各取一例以觀之：

《柳毅傳書》

> 正末扮柳毅云：小生淮陰人氏，姓柳名毅，爲應舉下第，偶然打此處經過。小娘子你姓甚名誰，爲何在此牧羊也？
>
> 正旦扮龍女云：妾身是洞庭湖龍女三娘，俺父親將我嫁與涇河小龍爲妻，頗奈涇河小龍躁暴不仁，爲婢僕所惑，使琴瑟不和，俺公公著我在這涇河岸上牧羊，每日早起夜眠，日炙風吹，折倒的我憔瘦了也。我如今修下家書一封，爭奈沒人寄去，恰好遇著先生，相煩捎帶與俺父親，但不知先生意下肯否？

〔註6〕 臧晉叔《元曲選》序云：或謂元取士有塡詞科，若今括帖然，取給風簷寸晷之下。故一時名士，雖馬致遠、喬夢符輩，至第四折，往往彊弩之末矣！或又謂主司所定題目外，止曲名及韻耳。其賓白則演劇時伶人自爲之，故多鄙俚蹈襲之語。

〔註7〕 王驥德《曲律雜說》第三十九云：元人雜劇，爲曲皆佳，而白則猥鄙俚褻，不似文人口吻，蓋由當時皆教坊樂工，先撰間架說白，却命供奉詞臣作曲，謂之塡詞。凡樂工所撰，士流恥爲更改，故事款多悖理，辭句多不通，不似今作南戲者，盡出一手，要不得爲諸君子疵也。

〔註8〕 吉川幸次郎《元雜劇研究》云：天一閣本《錄鬼簿》，在孔文卿的東窗事犯下，注有「楊駒兒按」字樣（曹本作「一云駒兒」作）。又曹本《錄鬼簿》，在金仁傑的周公旦抱子設朝下，也注有「喜春來按」四字。楊駒兒、喜春來，可能是倡優的名字。我覺得這些注語，也許正表示著我在上面所說文人與倡優合作的事實，具體言之，文人孔文卿與金仁傑原著的雜劇，曾經被俳優楊駒兒與喜春來加以修改過。……恐怕到了眞正上演的時候，俳優還是經常自由地加以變改。……

《張生煮海》

冲末扮張生云：小娘子姓龍氏，我記得何承天姓苑上有這個姓來。
難道小娘子既然有姓，豈可無名？因甚到此？

正旦扮龍女云：妾身龍氏三娘，小字瓊蓮，見秀才彈琴，因聽琴至
此。

張生云：小娘子既爲聽琴而至，這等是賞音的了，何不到書房中坐
下，待小生細彈一曲何如？

龍女云：願往。

《橘浦記》

生扮柳毅云：小娘子，你端詳舉止，定非私奔之文君，消阻容顏，
應是含冤之庶女，願聞其故，乞道其詳。

小旦扮龍女云：奴家生長洞庭，嫁居涇水，不幸兒夫流蕩，不顧家
室，又爲婢僕所憎，嫁僅三年，離已二載，訴之舅姑，護愛其子，
全不相顧。意欲修書寄于洞庭，以援奴家于淪落，道路修阻，苦無
其便，抑鬱無聊，只得暫在此牧養，以遣悶懷。

《蜃中樓》

生扮柳毅云：小生乃潼津人氏，因訪友來到貴鄉，適從海上閒行，
信步到此，請問二位小姐的尊姓芳名？

小旦扮龍女瓊蓮背到旦介：姐姐，你說出眞話來，他就要害怕了，
且把假話兒對他。

旦扮龍女舜華云：我有道理。（對生介）妾身龍氏，小字舜華，這是
嫡堂舍妹，小字瓊蓮。

《乘龍佳話》

生扮柳毅云：小生聞得江邊有人啼哭，悽惋動人，一路尋聲而來。
只見那邊牧羊女子，掩面悲啼，十分愁慘，不覺動我俠腸，且上前
去問個端的。小娘子拜揖。

旦扮龍女云：客官何來？

生云：請問小娘子何事悲啼？緣何在此看羊？小生願聞其詳。

旦云：客官素無半面，何勞動問？

生云：小生湘中下士，鎩羽南歸，忽聽此悲怨之聲，不覺添我愁思，

故此動問。……

旦背介：我看此人頗有俠氣，哀家且以心事告之。（轉向生介）客官，

此非羊，乃行雨的雨工，亦是龍類。既蒙下問，當以直告。……

以上所舉，皆係生、旦初遇時之賓白，依時代之先後，其風格之典雅柔媚乃截然不同。《張生煮海》與《柳毅傳書》雜劇具元人本色，文字淺顯而不流於卑俗，有質樸之趣，而無粗鄙之弊，且狀摹聲口，亦極肖似。《橘浦記》則琢鍊字句、堆垛典故，文辭綺麗，頗見矯揉造作之痕，此乃明人傳奇之通病，其甚焉者使女僕役販夫走卒，皆作駢四儷六之句，大乖常理，正所謂「只要紙上分明，不顧口中順逆。」（笠翁語）而淪入戲劇之惡道矣。《蜃中樓》造語最佳，非但語極肖似，且屬詞經濟中肯，絕無蕪雜之病。至若《乘龍佳話》雖亦流利可喜，卻頗嫌辭費矣！

就曲詞與賓白之承接性言，則傳奇較雜劇強靭矣。如：

《柳毅傳書》

末云：我乃義夫也，聞子之言，氣血俱動，有何不肯？只是小娘子

當初何不便隨順了他，免得這般受苦。

旦云：先生，你不知，聽我說一遍。（唱那吒令）

末云：小娘子，你那夫主怎生利害，你說一遍與我聽咱。

旦唱鵲踏枝。

《橘浦記》

生唱：牢騷氣怎平恨怎消！

老旦云：孩兒，你該實對問官說是井中汲起來的便好。

生云：那問官聽了他一偏之詞，怎肯聽我的說話，那些個（唱）平

反聽從兩造。

老旦云：這等怎麼樣好？

生云：母親！（唱）我不愁那……。

傳奇形式有合唱、分唱、輪唱、對唱等，雜入賓白，或白或唱，忽生忽旦，起伏變化，較之雜劇以賓白敘事、以詞曲寫情之鋪寫方式，實幻化多矣。然同為雜劇，《張生煮海》及《乘龍佳話》又較《柳毅傳書》靈動。如：

《張生煮海》

正末唱：直著你如履平原草徑荒。

冲末云：到海底去，莫不昏暗麼？

正末唱：却正是日出扶桑。

冲末云：小生終是個凡人，怎敢就到海中去？

正末唱：雖然大海號東洋，休謙讓。（帶云）去來波。（唱）他則待招選你做東床。

雖亦一問一答，然已不似《柳》劇每唱必一支整曲，而知於曲中夾白。《乘龍佳話》則更為嚴謹巧妙。

《乘龍佳話》

生云：感卿厚情，夢想不到，眞僥倖也。（唱）喜孜孜心安意泰，樂融融待登仙界。一封書頓安身富貴神仙隊。

童男童女上云：我等奉大王令旨，迎駙馬公主赴洞庭。

旦云：官人請。（唱）乘赤鯉，駕龍媒，幢幡寶蓋空際回旋快。

生唱：再休提落葉添薪仰古槐。

合唱：緣會有定，樂豈有涯。

數劇中之賓白裝作又屬《蜃中樓》最稱緊湊；笠翁深惡明代賓白過雅之弊，乃特留意之，力求各稱其情，各如其分，如「抗姻」折中洞庭君之逼供、洞庭龍母之維護、錢塘君之跋扈、龍女之情急，聲口俱極肖似，「煮海」折中張生之嘲諷，亦頗風趣，而「乘龍」折中奚奴之討賞語，益為巧妙。宜乎瞿安譽之「其科白排場之工，為當世詞人所共認。」也。

五、科　諢

科諢即插科打諢，乃於戲劇之搬演過程中安插滑稽突梯之動作、言語。《笠翁劇論》有云：

插科打諢，填詞之末技也。然欲雅俗同歡、智愚共賞，則當全在此處留神。文字佳、情節佳、而科諢不佳，非特俗人怕看，即雅人韵士，亦有瞌睡之時。作傳奇者，全要善驅睡魔，睡魔一至，則後乎此者，雖有鈞天之樂，霓裳羽衣之舞，皆付之不見不聞，如對泥人作揖、士佛談經矣！

故知科諢之妙用乃在調劑冷熱，引人興會。就劇本之創作言，雖非關重要，就搬演之情趣論，則舉足輕重，幾關全劇生命所在，其地位實與曲文、賓白無分軒輊也。

　　科諢之重要既若此，則欲寫作「雅俗同歡、智愚共賞」之科諢，笠翁特標舉四款——戒淫褻、忌惡俗、重關係、貴自然。要言之，科諢之上者，必要寄寓深遠，托喻曲折，於嬉笑詼諧處，包含絕大文章，雅中帶俗，俗中見雅。活處寓板，板處證活。

　　宋雜劇、金院本務在滑稽，由《輟耕錄》院本名目條得知，其時科諢已成專門技藝。元雜劇之名作，如《救風塵》、《竇娥冤》等，皆有極佳之科諢，然前述《柳毅傳書》、《張生煮海》及清雜劇《乘龍佳話》三劇俱莊嚴平板，《張生煮海》雖特拈出石佛寺行者一角，然其插科打諢既鄙俗復牽強，非但無增色之效，且有污耳之嫌，誠屬累贅也。

　　淨丑重白不重唱，故插科打諢多屬淨丑工夫。《橘浦記》中之淨角虞公子於「迭遊」、「應試」折及丑角丘伯義於「搆難」、「計賺」折中之科諢，皆妙趣橫生，謔而不虐，然較之笠翁《蜃中樓》則又略遜矣！

　　笠翁劇重淨丑，張師清徽曾云：

> 一直到清順治時李笠翁的十種曲出來，可以說頗有革盡舊習的反叛，因為他的作品大都是無中生有的任性而發，內容是陰錯陽差、風情滑稽、市井謔浪、嘲弄詼諧。他並不把淨丑視作幫襯，簡直將淨丑的身分高擡，在交錯安排之下，與生旦勢均力敵了。（〈論淨丑角色在我國古典戲曲中的重要〉）。

此乃襲自粲花〔註9〕及阮大鋮。〔註10〕笠翁《蜃中樓》之淨丑角色甚多，科諢之佳者俯拾即是，如「結蜃」折之魚蝦蟹鱉對白（見主題評騭之部）之嬉笑怒罵諷世警俗；「抗姻」折丑角之裝瘋賣傻，「起爐」折丑角奚取之自我陶醉皆是，此未盡一一抄錄也。除淨丑外，即生、旦、外、末，多有言如論道，頗資咀嚼。

　　笠翁雖揭戒淫俗之律，然亦未能免於此病，如「惑主」折老旦涇荷與丑

〔註9〕粲花，吳炳，字可先，號石渠，晚年又稱"粲花主人"，生於明神宗萬曆二十三年（1595年），今江蘇宜興宜城鎮人。喜好吟詩作賦，又愛好書法，尤其擅長編劇作曲，造詣精深，是一位傑出的戲劇家。我國著名作家、文學史家鄭振鐸在《插圖本中國文學史》中稱吳炳、孟稱舜範文若「同為臨川派的最偉大的劇作家」。吳炳精心編撰劇本多種，尤以《綠牡丹》、《畫中人》、《西園記》、《情郵記》、《療妒羹》五個劇本最為著名，後人把這五個戲劇合稱《粲花五種》（又名《石渠五種曲》、《粲花齋五種曲》）。

〔註10〕阮大鋮（1587～1646）字集之，號圓海、石巢、百子山樵。桐城（今安徽樅陽藕山）人。明末政治人物、著名戲曲作家。所作傳奇今存《春燈謎》、《燕子箋》、《雙金榜》和《牟尼合》，合稱「石巢四種」。

涇河小龍之歪纏，「婚諾」折涇河老龍與小龍父子之對答，及「抗姻」折東海龍王及龍母之口角，於博笑之餘，不免淫穢之惡習，實屬美中不足也。

六、用 韻

太霞曲話有云：

> 詞學三法，曰調、曰韻、曰詞。不協調則歌必捩嗓，雖爛然詞藻無
> 爲矣。自東嘉〔註11〕沿詩餘之濫觴，而效顰者遂藉口不韻。不知東
> 嘉寬於南，未嘗不嚴於此，謂北詞必韻而南詞不必韻，即東嘉亦不
> 能自爲解也。

是知用韻亦當考究。曲分南北，北曲無入聲，故中原音韻以入聲派入平上去三聲。南曲嚴分平上去入；北曲僅平聲分陰陽，南曲却四聲皆分陰陽，南北字音之區別若是，則分韻亦有所不同。

《元曲選》經臧氏改訂，故叶韻者多，犯韻、失韻者少，故尚氏《柳毅傳書》及李氏《張生煮海》劇並無韻協上之弊病。

明代因南曲韻書晚出，故所作傳奇合繩墨者百中難得其一，其所犯錯誤，大抵乃魚模、支思、齊微不分，眞文、庚青、侵尋不辨，先天、桓歡、寒山、廉纖、監咸混用等，用韻頗爲錯雜，實不及清人傳奇之規矩。故《橘浦記》較之《蜃中樓》則乖失多矣。清代劇作家自康熙、乾隆而同治、光緒復由規矩而日趨散漫不拘，甚至從俗而背棄格律，此由何氏《乘龍佳話》可見，乘劇共八齣，計有五失，則其失實不可謂不多矣！以下謹就《橘浦記》、《蜃中樓》及《乘龍佳話》之犯韻情形條列於左：

犯韻統計表

韻 目	劇名、齣數
東鍾、侵尋	橘浦記 31
支思、齊微	蜃中樓 18.30

〔註11〕 東嘉，高明（1307～1371）元代戲曲家。字則誠，號菜根道人。浙江里安人，
受業于縣人黃溍時，成古典名劇《琵琶記》。里安屬古永嘉郡，永嘉亦稱東嘉，
故後人稱他爲高東嘉。黃爲官清廉，並以至孝見稱。高明的思想、品格受家
庭、老師影響頗深。明代萬曆刻本《琵琶記》插圖高明青年時期用世之心很
盛，元順帝至正五年（1345）以《春秋》考中進士，歷任處州錄事、江浙行
省丞相掾、福建行省都事等職。

支思、齊微、魚模	橘浦記 5.6.13.18.26
支思、魚模	橘浦記 6
齊微、魚模	蜃中樓 21
齊微、魚模	橘浦記 5
齊微、皆來	橘浦記 3、乘龍 8
魚模、歌弋、車遮	橘浦記 22
眞文、庚青	蜃中樓 10
眞文、庚青、侵尋	橘浦記 2.17.21.25、乘龍 2
眞文、侵尋	橘浦記 4
寒山、桓歡、先天	橘浦記 23.28
寒山、桓歡、先天、監咸、廉纖	廉纖、橘浦記 10.14
寒山、桓歡、先天、廉纖	橘浦記 27.29、乘龍 4
寒山、先天	蜃中樓 20、乘龍 6
寒山、先天、監咸	橘浦記 19
寒山、先天、監咸、廉纖	橘浦記 14、乘龍佳話 6
歌戈、家麻	蜃中樓 12
家麻、車遮	橘浦記 7

　　劇作中另有失韻情況。即曲譜註明應叶韻處，而作者未守繩墨，計《橘浦記》九條，《蜃中樓》十九條：

失韻統計表

《橘浦記》

韻目	曲　　牌	誤韻韻腳	應叶之韻	誤入之韻
七	撲燈蛾　第二支	視	家麻	支思
九	倘秀才	荂	蕭豪	魚模
一一	一江風　第二支	茂	尤侯	蕭豪
一六	北刮地風	荂	蕭豪	魚模
二三	鬧樊樓	咽	車遮	先天
二三	啄木兒	咽	車遮	先天
二六	耍孩兒	憐	齊微	先天
二九	黑麻序	樽	先天	眞文
二九	豆葉黃	舟	先天	尤侯

《蜃中樓》

齣目	曲　牌	失韻韻腳	應叶之韻	誤入之韵
二	解三酲	寂	眞文	齊微
三	西地錦	里	蕭豪	齊微
三	西地錦	點	蕭豪	廉纖
三	玉芙蓉	水	蕭豪	齊微
三	玉芙蓉	髻	蕭豪	齊微
十二	不是路	始	家麻	支思
十三	江兒水	凝	齊微	庚青
十三	僥僥令	結	齊微	車遮
十五	夜行船	漏	江陽	尤侯
十五	惜奴嬌	嫁	江陽	家麻
十五	錦衣香	玄	江陽	先天
十五	錦衣香	奇	江陽	齊微
十八	江兒水	霆	齊微	庚青
二十	鎖南枝	樹	先天	魚模
二十	下山虎	事	先天	支思
二十	下山虎	做	先天	歌戈
二四	憶秦娥　第二支	岸	江陽	寒山
二五	不是路	怒	先天	魚模
二五	錦纏道	爐	先天	魚模

　　用韻之所以必須講求，乃因韻調與詩情間存有微妙之關聯，韻腳之功用，實不止便於歌詠、和諧娛耳而已；韻腳之音樂功效，甚且得以輔助情境，使其畢現，並強化意象，增進情趣，故凡通曉音律之詞人墨客，莫不注意及此，詩聖杜甫即爲「隨情押韻」之能手。

　　周濟《宋四家詞選》目錄序論曾云：

　　　　東眞韻寬平、支先韻細膩，魚歌韻纏綿，蕭尤韻感慨，各有聲響，
　　　　莫草草亂用。

陳銳《褒碧齋詞話》亦云：

　　　　學塡詞，先知選韻，琴調尤不可亂塡，如水龍吟之宏放，相思引之
　　　　悽纏，仙流劍客、思婦勞人、宮商各有所宜，則知塞翁吟，祇能用

東鍾韻矣！

傅庚生於《中國文學欣賞舉隅》中以魚、虞、元、寒、刪、先諸韻中收音屬「烏」「庵」等字，皆極沈重哀痛，而蕭滌非〈杜詩的韻律和體裁〉一文，言平聲韻東、冬、江陽等，宜表歡樂開朗情緒，尤幽侵覃適用於憂愁情調。四人所言，雖為詞韻、詩韻與情感之關聯，然曲乃詩詞之別流，其理實相貫通。此種韻腳音響之奧秘，訓詁學家亦有所發明。黃春谷歸納字根，認為字義起於字音，故同韻之字，意義多相近，劉師培師承其意，乃歸納出各韻部共同之含義如下：（見《正名隅論》）

之類字，多有「由下上騰」「挺直」之意。

支、脂類字多有「由此施彼」「平陳」之意。

歌、魚類字多有「侈陳於外」「擴張」之意。

侯、幽、宵類字多有「曲折有稜」「隱密歛縮」之意。

蒸類字多有「進而益上」「虛懸」之意。

耕類字多有「上平下直」「虛懸」之意。

陽、東類字多有「高明美大」之意。

侵、冬類字多有「眾大高潤」「發舒」之意。

眞、元類字多有「抽引上穿」「聯引」之意。

談類字多有「隱暗狹小」「不通」之意。

劉氏所指各類乃指各字根所屬之古韻部而言，故此十行條例，無異為中國字音作一粗略劃分。黃師永武曾據以剖析詩之音響，發現其間確有至理存焉，故今取之以視戲曲。

《柳毅傳書》之楔子用齊微韻乃脂類字，依劉氏言，脂類字有「由此施彼」之意。楔子寫龍女為涇河老龍所逐，啓行至涇河濱牧羊，用支類字正與情境吻和。首折押魚模韻，依傅庚生言，魚韻收音屬「烏」，皆極沈重哀痛，最能表達龍女牧羊江濱之幽怨情緒，而第二折回敍戰爭場面及第四折團圓完婚，用江陽韻表達其壯濶與歡樂，最屬得計；第三折寫龍族意欲聯姻，以「抽引上穿」、「聯引」之眞文韻亦頗得宜。《張生煮海》首折以高明美大之東鍾韻敍寫歡樂言情情調，最能曲盡其欣喜意態，且江陽韻嘹亮寬平正與張生之琴音相協調。二折張生至東海岸問津，以支類入聲字之來韻當之，正乃「由此施彼」也。第三折煮海，末角以高明美大之江陽韻唱之，亦足表其慷慨之意；第四折押抽魚模韻，魚模韻依周濟之言雖亦有纏綿之意，然多表沈痛憂傷，

與此折之團圓氣象，實相乖舛。何氏寫作《乘龍佳話》亦頗知隨情押韻，如以魚模韵狀下第之無奈，以齊微韵寫傳書洞庭，以東鍾韻摹還宮之喜悅，以尤侯韵烘托柳妻之感慨憂傷，皆能各得其情，爲劇作平添無數光彩。

　　《橘浦記》以齊微韵敍「覓鯉」、「迭遊」、「搆難」、「赴任」等齣，俱有「由此施彼」之情節，以蕭豪等曲折有稜，隱密歛縮韵鋪寫「拯溺」、「冤感」、「起病」、「禍始」等齣，以元類字牽引「盟姻」、「佳音」、「追歡」齣，並以江陽韵總結「團圓」，皆乃知韻者也，然連續數齣，同押一韵，則爲其病。《蜃中樓》以支、脂類韵寫「怒遣」、「回宮」、「望洋」、「傳書」、「乘龍」，以虛懸之庚青韵寫「離愁」、「寄恨」之情，以眞、元類韵寫聯結之「耳卜」、「結蜃」、「試術」齣，以魚模韵誇張「龍戰」之壯烈，以幽類字表達「鬧鬧」、「試術」齣之憂愁，亦已充分把握「聲情相切」之要旨矣。由上所述，則訓詁學家由字根語根所歸納之音響效果實與曲家仗其敏銳音感與精微音樂素養所捕捉之詩篇音節不謀而合。故知善於作劇者，除須留意於關目排場之佈置，韵腳之選擇，亦未可輕忽也。

七、聯　套

　　所謂聯套係以宮調笛色相同之曲牌若干，依其音節快慢、聲情類別，按其等次先後，彼此銜接，以組合聯貫成套。此種編配技巧除須顧及情節之喜怒哀樂外，並須兼顧場面冷熱之調劑。蓋某折爲喜境，宜用歡樂之調，某折爲悲境，宜用悲哀之調，某折爲線索過渡，某折爲情話纏綿，皆須先定大局，按情選調，依調塡詞，如此，曲牌之聲音與情節之實質、場面之冷熱密切配合，自然妥貼圓適。蓋劇曲非僅供案頭誦讀，更重臺上扮演，舞臺上之聲音及動作容止若能配搭無間，自能引起觀眾最大之同情與共鳴。設稍失當，縱然文字表達之體系分明，終以曲套安排失常，而致牽掣。因之，套數之搭配，實和排場之組合有極密切之關聯。

　　以下謹列舉各劇套數及各曲演唱情形，略加說明：

（一）《張生煮海》

第一折　東鍾韻

　　　　仙呂宮　點絳唇、混江龍、油葫蘆、天下樂、那吒令、鵲踏枝、寄生草、六么序、么篇、金盞兒、後庭花、青哥兒、賺煞（十三

曲）。由正旦唱。

第二折　皆來韻

南呂宮　一枝花、梁州第七、牧羊關、罵玉郎、感皇恩、採茶歌、黃
鍾尾煞（七曲）。由正旦唱。

第三折　江陽韻

正宮　端正好、滾繡球、倘秀才、滾繡球、脫布衫、小梁州、么篇、
笑和尚、尾聲（九曲）

第四折　魚模韻

雙調　新水令、駐馬聽、滴滴金、折桂令、雁兒落、得勝令、沽美
酒、太平令、收尾（九曲）

《顧曲麈談》論北曲作法（第一章第四節）云：

> 北曲之套數，前後聯串之處，最為謹嚴，較南曲之律為密。南曲長
> 套其增減之處，苟在同宮，間可自行去取。北詞則須有依據，所謂
> 依據，不外元人之詞，大抵排場之繁簡、冷熱，悉依曲牌之多寡以
> 為差。元劇中每一種劇，大半以一角色任之，蓋北詞一套，須以一
> 人獨唱，非如南詞之不拘何人，皆可分唱也。且元劇率以四折為斷。
> 而此四折之曲。不可使他角色分勞，如《漢宮秋》四折，生唱到底，
> 《玉簫女》四折，旦唱到底，其餘各種，無不如是者。故牌名之聯
> 貫，總宜布置停勻，不致太多太少，否則少則謂之閃撒，多則謂之
> 絮叨（閃撒絮叨，元人方言）一則唱不毅，座客不及細聽，而已畢
> 曲矣。一則唱不動，所謂鐵喉鋼舌，纔能蔵事是也。二者交譏，則
> 套數要宜留意矣。

因之，雜劇選用套曲時，須注意套式長短以配合場面之時節，了解全套樂程
以調劑場面情緒，重視套內聯曲秩序以迎合故事發展之階段，而每折故事之
主要處，尤須以主曲當之。另外更須研判套內隻曲性質，以切合角色演唱之
身分。各種套式中所用牌調數量雖偶可按一定之法則增減，而次序斷不容顛
倒錯亂。此蓋由於聯套所據者乃音樂、牌調之組織搭配、位置先後，無一不
與樂歌之高下疾徐有關，自不能遠離成規而以己意為之。因之，北曲聯套規
律甚嚴，無論散劇，守常規者多，變異者少。（以上參見鄭師因百《北曲套式
彙錄詳解》，張師清徽《南曲聯套述例》）

此劇第一折以仙呂宮組套。仙呂宮，其律為夷則，其聲為宮、宋燕樂名之為仙呂宮，北曲仍之。此折於點絳唇、混江龍、油葫蘆、天下樂、那吒令、鵲踏枝、寄生草等七曲之後，接用其他曲牌若干，再加賺煞，據鄭師因百〈北曲套式彙錄詳解〉統計，此類劇套於元代及明初雜劇一百六十種中佔有六十六劇，十三四曲以上之長套多屬此類，在仙呂宮中乃屬最常見者。

第二折以南呂宮組套，南呂宮，其律為林鍾，其聲為宮，宋燕樂名之為南呂宮，北曲仍之。此宮無論劇套散套，首曲必用一枝花。一枝花後必接梁州第七，破例者甚少。此折於牧羊關後連用罵玉郎、感皇恩、採茶歌三曲，此三曲於套數中無論散劇例須連用，三曲缺一即失去其音節美。

第三折屬正宮。正宮，其律為黃鍾，其聲為宮，舊名正黃鍾宮，宋燕樂名之為正宮，北曲仍之。此宮較長之套，甚少不借宮者，此折用基本套式，間以其他曲牌，以求變化發展，而不借用其他宮調。其中滾繡球、倘秀才兩調常循環使用，是為正宮套之特色。

第四折以雙調組曲。雙調，其律為夾鍾，其聲為商，宋燕樂名之為雙調，北曲仍之。雙調用於雜劇，大多於第四折。此套雁兒落與得勝令、沽美酒與太平令、甜水令（又名滴滴金）與折桂令例須連用。

北雜劇一本四折，理應由一人獨唱到底。此劇由旦、末分唱，乃北雜劇中之變例。第一折敘寫龍女瓊蓮夜半聽琴，與潮州張羽相逢石佛寺中，訂下白首之盟。以仙呂組曲、清新綿邈，最切合「清風明月琴三弄」之歡樂言情場面。第三折由正末所扮石佛寺長老主唱，為東海龍王作說客，並成就生、旦之姻緣。以惆悵雄壯之正宮組套，亦屬得計。而其中滾繡球、倘秀才兩曲，《正音譜》於其調下均有注云：「亦作子母調。」述例引吳梅語云：

子母調者，不用高喉，僅用平調歌也。

此種腔調頗便於鋪敘之用，故此連用組套，以說明長老勸化之意，亦頗相宜。

（二）《柳毅傳書》

楔子　齊微韻

　　仙呂宮　端正好

第一折　魚模韻

　　仙呂宮　點絳唇、混江龍、油葫蘆、天下樂、那吒令、鵲踏枝、寄生

草、么篇、賺煞。（九曲）由正旦唱。

第二折　東鍾韻

越調　鬥鵪鶉、紫花兒序、小桃紅、紫花兒序、鬼三台、調笑令、禿廝兒、聖藥王、拙魯速、么篇、收尾。（十一曲）由正旦唱。

第三折　眞文韻

商調　集賢賓、金菊香、梧葉兒、後庭花、柳葉兒、醋葫蘆、金菊香、浪裏來煞。（八曲）由正旦唱。

第四折　江陽韻

雙調　新水令、駐馬聽、風入松、沽美酒、太平令、雁兒落、得勝令、鴛鴦尾煞。（八曲）由正旦唱。

此劇除四折外，並於劇首添加楔子。北劇之楔子乃副場性質，不得以正折視之。四折之外，情有未盡則以楔子輔之，故楔子無固定地位，作序幕用時，可冠列劇折之首，作過場用時，復可間入劇折之中，惟北劇楔子如列於劇首，則其角色排場猶係與正折人物相連貫，此與南雜劇開場往往以末引場而以第三者口語出之相異。楔子通常止用隻曲一隻或疊用同調一隻，且限用仙呂賞花時、端正好兩曲牌。亦可不用隻曲，全用詩詞句法以表白或賓白方式出之，不可用全套整曲。此劇楔子列首，用仙呂端正好，屬引場性質。

元劇每折宮調大體一定，如首折必用仙呂，二折多用南呂或正宮，三折、四折時以中呂、雙調組套。此劇首折場景乃風沙蔽日之涇河岸，龍女邂逅柳毅，說明牧羊原委，並請代爲傳書，依例用仙呂組曲。

第二折未依慣例以南呂或正宮組套，而代之以越調。越調，其律爲無射，其聲爲商，宋燕樂名之爲越調，北曲仍之。越調套式均頗簡單，大同小異，不借宮乃其特色。

第三折屬商調。商調，其律爲夷則，其聲爲商，宋燕樂名之爲商調，北曲仍之。此調劇套於元代及明初雜劇一百六七十種中共二十八式。劇套用於首折者一、二折者九、三折者十五、四折者一。故此用於第三折乃其中最常見者。因其調門太低，實不宜用商調爲末折。商調劇套首曲必用集賢賓，集賢賓後例用逍遙樂，此劇套乃其中之例外，而接用金菊香，金菊香可多用，故此套共用兩隻。商調劇套且以借宮爲常格，此處亦借用仙呂後庭花與柳葉兒。

第四折以雙調組曲，風入松原誤題夜行船，據譜改定。（見鄭師因百《北

曲新譜》頁 305）

　　本劇屬旦本，由正旦一人獨唱到底。其特色乃正旦一人分飾二角，一爲龍女三娘，一爲涇河電母。第二折由正旦改扮之電母回敍戰爭場面，以陶寫冷笑之越調組曲十分得宜。第三折柳毅拒婚，龍女滿腔幽怨，以悽愴怨慕之商調訴情，備增惆悵無奈之情緒。

（三）《橘浦記》

第一齣　標目

大石調引曲玉樓春末唱、中呂引曲滿庭芳末唱。

第二齣　逐貧

正宮引曲瑞鶴仙生唱、南呂引曲臨江仙老旦唱、南呂過曲懶畫眉老旦唱、前腔生唱、仙呂過曲桂枝香老旦唱、前腔生唱、七言四句下場。

第三齣　蕃錫

正宮引曲燕歸梁外唱、正宮引曲七娘子旦唱、正宮過曲芙蓉紅旦唱、前腔外唱、七言四句下場。

第四齣　放生

越調引曲浪淘沙小生唱、越調過曲一疋布丑唱、越調過曲浪淘沙丑唱、（下闋）五言二句下場。

第五齣　覓鯉

仙呂入雙調過曲步步嬌小旦唱、雙調過曲孝南枝小旦唱、南呂過曲香柳娘生唱、仙呂入雙調過曲園林好小旦唱、仙呂入雙調過曲江兒水生唱、仙呂入雙調過曲五供養小旦唱、仙呂入雙調過曲川撥棹生唱、仙呂入雙調過曲嘉慶子小旦唱、雙調過曲僥僥令生唱、尾聲小旦唱、生接唱、七言四句下場。

第六齣　佚遊

仙呂入雙調過曲兼引哭岐婆淨唱、正宮過曲四邊靜外、小生同唱、前腔外、小生同唱、正宮過曲雙灘鸂淨唱、前腔淨、外、小生同唱、五言四句下場。

第七齣　報德

中呂過曲駐雲飛生唱、前腔生唱、中呂過曲駐馬聽生唱、前腔小生唱生接唱、中呂引曲菊花新外唱、中呂過曲泣顏回外唱、前腔末唱外接唱、中呂過曲撲燈蛾末唱、前腔小生唱、

尾聲（外唱）、五言四句下場。

第八齣　拯溺

仙呂引曲紫蘇丸（老旦唱生接唱）、仙呂過曲小措大（老旦唱生接唱）、仙呂近詞不是路（小生老旦接唱）、仙呂過曲長拍（老旦、生同唱）、仙呂過曲短拍（生唱）、隔尾（丑唱、生接唱）、中呂過曲尾犯序（生唱）、前控（丑唱）、七言四句下場。

第九齣　完璧

黃鍾過曲兼引曲北出隊子（末唱）、北正宮倘秀才（末唱）、北雙調慶東源（末唱）、北雙調雁兒落（末唱）、北雙調沉醉東風（末唱）、十憂傳（末唱）、北正宮滾繡珠（末唱）、正宮醉太平（末唱）、尾聲（小旦唱、末接唱）。

第十齣　亡弓

雙調引曲風入松慢（旦唱）、雙調附錄過曲七賢過關（旦唱）、雙調集曲風送嬌音（丑唱）、前腔（旦唱）、七言四句下場。

第十一齣　禍始

南呂過曲兼引一江風（外、小旦輪唱）、前腔（老旦、生、丑輪唱）、南呂過曲太師引（老旦、生輪唱）、前腔（外唱）、南呂過曲三學士（生、老旦唱）、前腔（生、老旦、外輪唱）、五言四句下場。

第十二齣　邀盟

正宮引曲梁州令（小旦唱）、正宮過曲白練序（小旦唱）、正宮過曲醉太平（外唱）、正宮過曲白練序（小旦唱）、正宮過曲醉太平（外唱）、尾聲（外唱）、七言四句下場。

第十三齣　搆難

仙呂過曲碧牡丹（丑唱）、仙呂引曲卜算子（淨唱）、仙呂過曲碧牡丹（丑唱）、雙調引曲玉井蓮（生唱）、仙呂調慢詞過曲八聲甘州（生唱）、前腔（淨、丑輪唱）、前腔（生唱）、前腔（淨、丑輪唱）、五言四句下場。

第十四齣　謀救

南呂引曲生查子（外唱）、前腔（末唱）、中呂過曲剔銀燈（外唱）、前腔（末唱）、五言四句下場。

第十五齣　冤感

越調引曲霜蕉葉（生唱）、正宮過曲普天樂（生唱）、正宮過曲雁過聲（老旦唱）、正宮過曲傾盃序（生唱）、正宮過曲玉芙蓉（老旦唱）、正宮過曲山桃犯（生唱）、尾聲（生唱）、五言四句下場。

第十六齣　計賺

黃鍾過曲 神仗兒（丑唱）、黃鍾 北醉花陰（末唱）、黃鍾過曲 神仗兒（雜唱、丑接合唱）、北黃鍾 北四門子（末唱）、北黃鍾 北水仙子（末唱）、北雙調 清江引（合唱）、前腔（小生唱）、五言二句下場。

第十七齣　奪鑒

仙呂入雙調過曲 雙勸酒（外唱）、仙呂入雙調過曲 六么梧葉（雜唱）、前腔（外唱）、仙呂入雙調過曲 六么姐兒（外唱）、前腔（雜唱）、七言二句下場。

第十八齣　嫁禍

正宮引曲 縋山月（旦丑同唱）、商調過曲 梧桐樹（旦唱）、南呂過曲 東甌令（丑唱）、南呂過曲 浣溪沙（旦唱）、尾聲（旦唱丑接合唱）、七言四句下場。

第十九齣　夢應

南呂引曲 一剪梅前（老旦唱）、南呂引曲 一剪梅後（小生唱）、仙呂入雙調過曲 玉胞肚（老旦唱）、前腔（小生唱老旦接唱）、七言四句下場。

第二十齣　起病

越調引曲 霜天曉月（旦唱）、越調過曲 小桃紅（旦唱）、越調過曲 下山虎（老旦唱）、越調過曲 山麻客（旦唱老旦接唱）、越調過曲 五韻美（旦唱）、越調過曲 蠻牌令（老旦唱）、越調過曲 五般宜（旦唱）、越調過曲 江頭送別（老旦唱）、越調過曲 江神子（丑唱）、尾聲（老旦唱）、七言四句下場。

第廿一齣　出獄

南呂引曲 上林春（淨唱）、前腔（生唱）、正宮過曲 沙雁揀南枝（生唱）、前腔（淨唱）、七言四句下場。

第廿二齣　遺佩

黃鍾引曲 絳都春（小旦、外接唱）、黃鍾過曲 出隊子（生唱）、黃鍾過曲 鬧樊樓（小旦唱）、黃鍾過曲 滴滴金（生唱）、黃鍾過曲 畫眉序（生唱）、黃鍾過曲 啄木兒（小旦唱）、黃鍾過曲 三段子（生唱）、黃鍾近詞 鬥雙鷄（生、小旦接唱）、黃鍾過曲 下小樓（小旦唱、生接合唱）、黃鍾近詞 耍鮑老（外唱小旦接唱）、仙呂集曲 桂香羅袍（生唱）、前腔（小旦唱）、尾聲（小旦、生同唱、小旦接唱）、七言四句下場。

第廿三齣　岐泣

仙呂入雙調過曲兼引 窣地錦襠（生唱）、南宮過曲 二犯朝天子（生唱）、仙呂入雙調過曲 窣地錦襠（淨丑同唱）、南呂過曲 二犯朝天子（生唱）、七言四句下場。

第廿四齣　應試

雙調過曲字字雙（淨唱）、黃鍾引曲西地錦（小生唱）、黃鍾過曲黃龍滾（生唱）、前腔（淨唱）、尾聲（小生唱）、七言四句下場。

第廿五齣　矢志

中呂引曲思園春（旦唱老旦接唱）、中呂過曲好孩兒（老旦唱）、正宮過曲福馬郎（旦唱）、中呂過曲紅芍藥（外唱）、中呂過曲耍孩兒（旦唱）、中呂過曲會河陽（老旦唱）、中呂過曲縷縷金（旦唱）、中呂過曲越恁好（旦唱）、中呂過曲紅繡鞋（丑唱外接唱）、尾聲（老旦唱、旦外接輪唱）、七言四句下場。

第廿六齣　赴任

仙呂近詞天下樂（生唱）、黃鍾過曲神仗兒犯（眾唱）、中呂過曲耍孩兒（末唱）、黃鍾過曲神仗兒犯（生唱）、五煞（末唱）、四煞（末唱）、三煞（末唱）、二煞（末唱）、煞尾（末唱）。

第廿七齣　盟姻

商調引曲憶秦蛾先（外唱）、商調引曲憶秦蛾後（生唱）、黃鍾過曲啄木鸝（外唱）、前腔（生唱）、越調引曲賣花聲（外唱）、羽調近詞歸仙洞（外唱）、尾聲（外唱）、七言四句下場。

第廿八齣　佳音

南呂引曲一枝花（旦唱、老旦接合唱）、中呂過曲瓦盆兒（老旦、旦同唱）、中呂過曲榴花泣（老旦唱）、中呂過曲喜漁燈（旦唱）、尾聲（老旦、旦輪唱）、五言四句下場。

第廿九齣　追歡

雙調引曲謁金門前（外唱、末接唱）、雙調引曲謁金門後（生唱）、雙調過曲黑麻序（生唱）、前腔（外末同唱）、仙呂入雙調過曲忒忒令（外唱）、雙調過曲尹令（末唱）、雙調過曲品令（小旦唱）、仙呂入雙調過曲豆葉黃（生唱）、雙調過曲玉交枝（外、小旦同唱）、雙調過曲月上海棠（末唱）、雙調過曲好姐姐（生唱）、尾聲（場上角色合唱）、七言四句下場。

第卅齣　噬臍

越調過曲兼引水底魚（淨丑接合唱）、前腔（淨丑同唱）、越調過曲禿廝兒（淨丑同唱）、前腔（丑唱）

第卅一齣　覲母

雙調引曲夜行船（生唱外接唱）、雙調過曲瑣南枝（生唱）、前腔（外唱）、雙調引曲賀聖朝（老旦唱）、雙調過曲四塊金（老旦唱、生接唱）、前腔（外唱）、七言四句下場。

第卅二齣　團圓

南呂引曲 滿江紅 [老旦唱、生旦接合唱]、中呂過曲 山花子 [生旦同唱、場上角色接合唱]、前腔 [老旦唱]、商調引曲 遶地遊 [外末小旦同唱]、中呂過曲 大和佛 [外唱]、雙調過曲 錦衣香 [小生唱]、中呂過曲 意不盡 [小生唱]、七言四句下場。

吳梅《顧曲麈談》第一章原曲第三節論南曲作法云：

> 南曲套式至無一定。然自梁伯龍、江東白苧詞後，其聯絡貫串處，
> 又似有一定不可更改之處。大抵小齣可以不拘，大齣則全套曲牌，
> 各有定次，前後聯串，不能倒置，作者順其次序，按譜填之，不可
> 自作聰明，致有冠履倒易之誚。

由此可知，南曲之聯串自有其定式，歸納言之，南套聯用曲牌之標準有三：一為音律順序；二乃各曲牌與曲詞之距離關係——於散套內可聯用者，一入劇套，因賓白隔離曲文之故，反不可同式相用；三為利用先後曲牌之音律以變幻其中間曲牌之運用，如江兒水本係悲調，而月令承以之作吉詞。南曲聯套之取則，除南詞定律外，並無固定之範式，學者惟有取資舊本傳奇中之佳者，如浣紗、幽閨、琵琶、長生殿等。

本文聯套大抵合度。如第六齣佚遊乃遊覽之曲，故多同唱；第九齣完璧，錢塘君聞說女姪備受輕戲，一怒而驅使蛟龍擾亂荊川之地，全套使用北曲，於整齣場面中，固可改換氣氛、調劑耳目，極變化之妙；且潤口遇悲哀劇以北口唱腔，復可一聆雄壯之音，於編導手法言之，誠屬必要。第十三齣構難，以仙呂組場而借宮雙調，仙呂、雙調之笛色同用小工調，此借小工笛色以作統一橋樑，於清新綿邈之中復見健捷激裊，亦頗妥貼。第廿齣「起病」，通折愁苦悲涼，以例表悲哀場面之小桃紅套相聯，頗能曲盡湘靈之花容憔悴與柳母為子請命之哀情。而第廿五齣「矢志」，寫虞丞相以柳生久無音訊，勸湘靈另結秦晉，湘靈矢志不從，而虞世南突接聖命，即刻行邊，一家痛別。此用中呂好孩兒套，此套乃傳奇中習用之套數，其中「福馬郎」一曲屬正宮，大成譜云：

> 福馬郎一曲本正宮曲，因粉孩兒套內，用之甚協，故收入中呂宮，
> 正宮內仍錄之，蓋不欲失其舊也。

可知「福馬郎」之所以亦入中呂，乃因聯套和協之故。而吳梅簡譜「粉孩兒」、「紅芍藥」注略云：

> 凡用粉孩兒套者，首曲爲贈板快曲，唱寺止作一眼一板，自紅芍藥
> 起便用快唱，至越恁好、紅繡鞋二支改用撞板；所謂撞板者，有板
> 無眼，快之至也。

觀此折情節，始則正旦情急矢志，繼則行邊聖命突臨，驛車齊候朱門，節奏緊湊、層層逼人，曲文亦快板激促，自是熨貼合理之至。然第八齣「拯溺」寫錢塘君痛惡涇陽小龍之蔑視行逕，憤而洗蕩荆川。白黿假扮漁翁備舟搭救柳毅母子。而柳毅母子二人憐百萬生靈頃刻皆盡，不忍恝然自保，乃沿途引手救援，於怒濤鼓動之波心，且行且唱，行色本萬分匆忙，而以宜於慢歌且氣韻冲淡之長拍短拍組套，頗不相宜，且長拍不宜同唱合唱，此處乃由柳毅母子同唱，殊爲不宜。第十五齣「冤感」，寫柳毅蒙冤身羈縲紲，柳母跟蹌探監，二人相擁號泣，曲文感歎哀傷，而以富貴纏綿之黃鍾組曲，使激越凄楚之聲情減色不少，不若以商調曲代之，可備增其悽楚愁歎之氣氛。第十一齣「亡弓」以丑唱集曲，第十七齣「奪鑒」以外、雜唱集曲，集曲屬細曲，宜於幽怨訴情之用，多施諸生旦之口，以丑或外、雜唱之，皆所不宜。

（四）《蜃中樓》

第一齣　幻因

南呂引曲臨江仙[末唱]、鳳凰台上憶吹簫[末唱]。

第二齣　耳卜

南呂引曲意難忘[生唱]、南呂引曲掛眞兒[小生唱]、南呂引曲宜春獅子[生唱]、南呂過曲太獅圍醉[小生唱]、仙呂過曲解三酲[生、小生合唱]、掛枝兒[內唱、生、小生、丑輪唱]、南呂過曲阮二郎[生、小生合唱]、尾聲[生、小生合唱]、七言四句下場。

第三齣　訓女

黃鍾引曲西地錦[外唱]、前腔[老旦唱]、正宮過曲玉芙蓉[旦唱]、前腔[老旦唱]、正宮過曲傾杯序[老旦唱]、正宮過曲朱奴兒犯[淨唱]、尾聲[合唱]、七言四句下場。

第四齣　獻壽

北仙呂點絳脣[淨唱]、混江龍[淨唱]、油葫蘆[淨唱]、天下樂[淨唱]、那吒令[淨唱]、鵲踏枝[淨唱]、寄生草[淨唱]、么篇[淨唱]、賺煞[淨唱]、七言四句下場。

第五齣　結蜃

仙呂過曲皂羅袍[末唱]、北清江引[眾唱]、仙呂過曲皂羅袍[末唱]、六言四句下場。

第六齣　雙訂

黃鍾引曲玉女步瑞雲^{生唱}、商調引曲鳳凰閣^{旦、小旦、丑接唱}、黃鍾過曲獅子序^{旦唱}、黃鍾過曲太平歌^{小旦唱}、黃鍾過曲賞宮花^{生唱}、黃鍾過曲降黃龍^{生唱}、前腔^{旦、小旦輪唱、接合唱}、黃鍾引曲大聖樂^{旦唱}、七言四句下場。

第七齣　婚諾

仙呂引曲番卜算^{副淨唱}、雙調集曲園林見婚姊^{副淨唱}、雙調集曲姊姊插交枝^{副淨唱}、雙調集曲交枝作供養^{淨唱}、雙調集曲供養入江水^{副淨唱}、雙調集曲江水中撥棹^{淨、副淨合唱}、尾聲^{合唱、淨、副淨接唱}。

第八齣　述異

黃鍾引曲傳言玉女前^{小生唱}、前腔後^{生唱}、黃鍾過曲啄木兒^{小生唱}、前腔^{生唱}、黃鍾過曲三段子^{小生唱}、黃鍾過曲歸朝歡^{合唱}、七言四句下場。

第九齣　姻阻

中呂引曲金菊對芙蓉^{外、老旦輪唱}、前腔後^{淨唱}、中呂過曲駐馬聽^{淨唱}、前腔^{外唱}、前腔^{老旦唱}、七言四句下場。

第十齣　離愁

雙調引曲南新水令^{旦、小旦輪唱}、仙呂入雙調過曲朝元令^{旦唱、小旦接合唱}、前腔^{小旦唱}、前腔^{旦、小旦同唱}、前腔^{旦、小旦同唱}、七言四句下場。

第十一齣　惑主

仙呂入雙調過曲字字雙^{丑唱}、前腔^{副淨唱、老旦接唱}、正宮過曲四邊靜^{老旦唱}、前腔^{副淨唱}、前腔^{丑唱}。

第十二齣　怒遣

仙呂引曲小蓬萊^{外唱、老旦接唱}、仙呂過曲月雲高^{旦、老旦輪唱}、前腔^{旦、老旦輪唱}、仙呂近調不是路^{外唱、淨接唱}、前腔^{淨唱、外接唱}、仙呂過曲皂角兒^{老旦唱}、前腔^{旦唱}、尾聲^{旦唱}。

第十三齣　望洋

北新水令^{生唱}、雙調過曲南步步嬌^{小生唱}、北折桂令^{生唱}、雙調過曲南江兒水^{小生唱}、北雁兒落^{生唱}、雙調過曲南僥僥令^{小生唱}、北收江南^{生唱}、雙調過曲南園林好^{小生唱}、

北沽美酒[生唱]、清江引[生唱]。

第十四齣　抗姻

越調過曲兼引梨花兒[丑唱]、仙呂引曲卜算子[副淨唱、淨接唱]、近詞不是路[場上人物合唱末接唱]、北越調鬥鵪鶉[旦唱]、紫花兒序[旦唱]、小桃紅[旦唱]、天淨沙[旦唱]、調笑令[旦唱]、金蕉葉[旦唱]、禿廝兒[旦唱]、聖藥王[旦唱]、絡絲娘[旦唱]、煞尾[旦唱]。

第十五齣　授訣

雙調引曲夜行船[生唱]、雙調引曲惜奴嬌[末唱]、前腔[末唱]、仙呂入雙調過曲黑蠄序[末唱]、前腔[生唱]、仙呂入雙調過曲錦衣香[眾合唱]、仙呂入雙調過曲漿水令[眾合唱]、尾聲[眾合唱]。

第十六齣　點差

南呂引曲步蟾宮[生唱、小生接唱]、前腔[副淨唱]、南呂過曲梁州新郎[副淨唱、生接唱]、前腔[副淨唱小生接唱]、南呂過曲節節高[小生唱、生接合唱]、前腔[生唱、小生接唱]、尾聲[生唱]、七言四句下場。

第十七齣　鬧鬧

雙調引曲夜行船前[末唱]、雙調過曲兼引風入松中[淨唱]、雙調引曲夜行船後[副淨唱]、仙呂入雙調引曲風入松[小旦唱]、前腔[小旦唱]、仙呂入雙調過曲急三鎗[末唱]、前腔[副淨唱]、仙呂入雙調引曲風入松[小旦唱]、七言四句下場。

第十八齣　傳書

雙調引曲賀聖朝[生唱]、仙呂入雙調過曲二犯江兒水[生唱]、前腔[旦唱]、仙呂入雙調過曲園林好[旦唱]、仙呂入雙調過曲嘉慶子[生唱、旦接唱]、仙呂入雙調過曲尹令[生唱]、仙呂入雙調過曲品令[旦唱]、仙呂入雙調過曲豆葉黃[旦唱、生、旦接合唱]、仙呂入雙調過曲玉交枝[生唱、旦接合唱、旦唱、生接唱]、仙呂入雙調過曲六么令[生唱]、仙呂入雙調過曲江兒水[旦唱]、仙呂入雙調過曲川撥棹[生唱]、尾聲[生唱]。

第十九齣　義舉

中呂引曲尾犯引前[小生唱]、中呂引曲尾犯引後[生唱]、中呂過曲尾犯序[生唱]、中呂過曲榴花泣[小生唱]、中呂過曲漁家傲[生唱]、尾聲[生唱]、七言四句下場。

第廿齣　寄書

雙調過曲鎖南枝[小生唱]、前腔[外唱]、越調過曲小桃紅[老旦唱]、越調過曲下山虎[淨唱]、越調過曲五般宜[外唱]、越調過曲江頭送別[外唱]、越調過曲五韻美[小生唱]、越調過曲山麻楷[淨唱]、尾聲

淨唱、六言二句下場。

第廿一齣　龍戰

北黃鍾醉花陰^淨唱、喜遷鶯^淨唱、越調過曲水底魚兒^副淨唱、前腔^副淨唱、出隊子^淨唱、刮地風^淨唱、四門子^淨唱、古水仙子^淨唱、尾聲^淨唱、七言四句下場。

第廿二齣　寄恨

南呂過曲香羅帶^小旦唱、仙呂過曲醉扶歸^小旦唱、前腔^小旦唱、南呂過曲香柳娘^老旦唱、尾聲^小旦唱、七言四句下場。

第廿三齣　回宮

大石調過曲賽觀音^合唱、前腔^老旦唱、大石調過曲人月圓^合唱、前腔^旦唱、尾聲^合唱、旦接唱。

第廿四齣　辭婚

商調引曲憶秦蛾^小生唱、前腔^旦唱、商調過曲二郎神^旦唱、前腔^小生唱、漁陽小令^生、末、副淨、雜同唱、前令^旦、小旦、老旦、丑同唱、商調過曲兼引曲集賢賓^外唱、眾接合唱、前腔^淨唱、商調過曲黃鶯兒^小生唱、前腔^淨唱、商調過曲猫兒墜^淨唱、前腔^小生唱、尾聲^小生唱。

第廿五齣　試術

雙調引曲夜行船引^生唱、仙呂近詞作過曲不是路^小生唱、正宮過曲錦纏道^末唱、正宮過曲普天樂^小生、生同唱、中呂過曲古輪台^末唱、尾聲^小生、生同唱、七言四句下場。

第廿六齣　起爐

南呂過曲懶畫眉^小生唱、前腔^小生唱、前腔^小生唱、前腔^小生唱。

第廿七齣　驚焰

中呂過曲兼引曲縷縷金^末唱、前腔^外、淨同唱、中呂過曲駐雲飛^外唱、前腔^淨唱、前腔^末唱、中呂過曲大環著^合唱、七言四句下場。

第廿八齣　煮海

南呂過曲罵玉郎帶小樓^小生唱、中呂過曲撲燈蛾^眾合唱、南呂過曲罵玉郎帶小樓^小生唱、中呂過曲撲燈蛾^眾合唱、淨接唱、雙調過曲對玉環帶清江引^小生唱、六言四句下場。

第廿九齣　運寶

仙呂入雙調過曲_{二犯江兒水}合唱、南呂引曲_{上林春}小生唱、仙呂過曲_{望吾鄉}合唱、仙呂入雙調過曲_{二犯江兒水}合唱。

第卅齣　乘龍

雙調引曲_{夜行船}生唱、中呂過曲_{好事近}生、小生同唱、_{前腔}旦、小旦同唱、中呂過曲_{千秋歲}合唱、末接唱、_{前腔}生、小生同唱、中呂過曲_{越恁好}小生、小旦同唱、_{前腔}生、旦同唱、中呂過曲_{紅繡鞋}丑、老旦、副淨同唱、_{前腔}合唱、_{尾聲}合唱、七言四句下場。

此劇用宜春獅子等集曲多支，聲情甚美。如第二齣「耳卜」、第十九齣「義舉」由生角主唱集曲，文細音色，以之訴情，頗爲適用。然第七齣「婚諾」，以龍王及錢塘濁口唱集曲，殊爲不類。因集曲多贈板，曲緩聲膩，不合淨或副淨主唱。觀夫明代吳石渠《粲花五種》，大用集曲若干支，而始終未有淨丑唱集曲之場面，是知笠翁雖云知律，亦偶有所失矣。

第四齣「獻壽」，寫洞庭、錢塘二君率龍女舜華前往東海獻壽。全劇發展至此，尚無淨角大戲，安排此北口大場，足備劇容；且全劇至此，皆南曲腔調，添此北口唱腔，除便於斕色搬演外，且有調換排場、醒人耳目之效。

本劇用南北合套者有第十三齣「望洋」，以北套新水令、折桂令、雁兒落、收江南、沽美酒各曲，插用南曲步步嬌、江兒水、僥僥令、園林好等曲，尚屬合律，而以柳毅、張羽二人對唱，編排甚是。第二十一齣「龍戰」用北曲黃鍾醉花陰、喜遷鶯、出隊子、刮地風、四門子、古水仙子、尾聲一套，由淨主唱，中間插有南曲水底魚兒二支，由副淨唱，此種變化活用曲律之法，雖云罕見其例，尚屬可取，此與第廿四齣「辭婚」套中，用漁陽小令二支唱小曲，以作歌舞節目夾入，皆屬可行。惟第二十八齣「煮海」，用罵玉郎帶上小樓二支，及對玉環帶清江引及撲燈蛾組成，似此濫套，不成文法也。第十一齣「惑主」，用四邊靜若干隻組場，此種組套方式宜於武正場之用，此齣屬鬧場，用此套式，可謂失著。（此段參見張師清徽〈李笠翁十種曲〉文）

他如第十二齣「怒遣」、十四齣「抗姻」、二十五齣「試術」皆以「不是路」爲過接，或變化場面、或移宮換調、或緩急悲歡，皆屬當行。而第六齣「雙訂」用降黃龍、大聖樂等慢板細唱之曲，音調婉媚耐聽，把雙方亦嗔亦喜之綢繆情緒，一表無遺。第十齣「離愁」以四支朝元令組套，朝元令乃細

曲，分由旦、小旦輪唱、同唱，寫兒女情緒，最是婉轉曲折。而第廿九齣「運寶」寫合婚場面，眾唱二犯江兒水以運寶，二犯江兒水乃演習歌舞所唱之曲，於此且行且唱，最爲得宜。

（五）《乘龍佳話》

第一齣　下第

商調　集賢賓^{生唱}、逍遙樂^{生唱}、浪裏來^{生唱}、尾聲^{生唱}（四曲）。

第二齣　牧龍

黃鍾　山坡羊^{旦唱}、前腔^{生唱}、降黃龍^{旦唱}、前腔^{生唱}、滾^{旦唱}、尾^{旦唱生接唱}（六曲）。

第三齣　傳書

雙調　引^{外、老旦同唱}、忒忒令^{外唱}、沈醉東風^{外唱}、江兒水^{外唱}、尾^{外唱、生接唱、合唱}（五曲）

第四齣　屠龍

仙呂　點絳脣^{淨唱}、混江龍^{副唱}、油葫蘆^{淨唱}、遊四門^{淨唱}（四曲）

第五齣　還宮

黃鍾　醉花陰^{合唱}、喜遷鶯^{旦唱}、刮地風^{生唱、外接唱}、尾聲^{生、外接唱}（四曲）。

第六齣　賓筵

正宮　引^{旦唱}、錦纏道^{淨唱}、^{中呂過曲}古輪台^{生唱}、尾聲^{生、外、淨接唱}（四曲）。

第七齣　歸里

黃鍾　^{中呂引曲}菊花新^{旦唱}、出隊子^{旦唱}、前腔^{旦唱}、^{商調過曲}二郎神^{生唱}、^{商調過曲}琥珀猫兒墜^{生唱}、尾^{生唱}（六曲）。

第八齣　乘龍

仙呂　小蓬萊^{生唱}、八聲甘州^{生唱}、解三醒^{旦唱}、前腔^{生、旦輪唱合唱}、尾^{生、旦接唱、合唱}（五曲）。

雜劇演自明末，已日趨案頭之作，劇作家僅求抒懷達意，文字優美，鮮少用心於曲律排場者，清代承繼明人餘緒，益變本加厲，非但不以不明韻律

為恥，甚且連宮調、曲牌皆不加理會，沈寧庵、李笠翁等所立之法度，更不屑措意。故能上達天聽，演諸氍毹者可謂鳳毛麟角。然清雜劇由於力求超脫凡蹊，屏絕鄙俚，故雅致雋逸之趣，隨處可得。且由於突破元人科範，汲取傳奇長處，其長短可於十一折內自由運用，各門角色皆有任唱機會，且曲類聯套諸多變化，予作者甚多之方便。

本劇兼用南曲、北曲。第一、二、四、五用北曲，第三、六、七、八用南曲。其所採用之宮調分別為北商調、黃鍾、南雙調、正宮、黃鍾、仙呂，惟一劇八齣中，黃鍾宮三用，與雜劇體製頗不相合。而第四齣「屠龍」，氣勢最為豪壯，以仙呂宮組曲未免纖弱；第六齣「賓筵」中之錦纏道曲音調悲壯，宜施老生、正生之口，此由淨唱略嫌不合，皆不合律。餘如第一齣「下第」用悽愴怨慕之商調寫文章憎命、時數限人之際遇，確能使滿腔無奈，流貫其間。第二齣「牧龍」，龍女以贈板慢唱之降黃龍曲敍說遇人不淑之往事，令人生憐；而以健捷激裊之雙調曲組套「傳書」，尤能豪宕生姿。第五齣以黃鍾宮譜就喜極而泣之還宮場面，亦能曲盡富貴纏綿之情致。第八齣「乘龍」，乃以大團圓作結，用清新綿邈之仙呂組套，亦屬得計。

八、分場及分腳

戲劇之分場乃以故事關目為依據，分為大場、正場、短場、過場、同場；依其表現形式而言，則有文場、武場、文武全場、鬧場之別。戲劇之表現手法，皆依存於場面之組成，因之，場面之組成分量若失比例，則此戲劇之目的與形式必受重大影響。如何把握此故事形式之基本骨架，確認分科原則，如何依分科特質以選配場面，遂成為作劇之首務。

分場之旨在表現故事發展之途徑，然主持推動各場文武靜鬧形式則端賴腳色之分工，因之，分場與分腳實乃一事之兩面，彼此依存，密不可分。雜劇腳色分末、旦、淨三綱，傳奇較雜劇為繁，分生、旦、淨、末、丑五綱，每綱再分細目。腳色之分配既有關場面之組合，因之，應力求勻稱。

雜劇由於體製短小，腳色亦較輕簡，一般多不著意於此。王季烈《螾廬曲談》卷二云：

> 元劇排場皆呆板，且拙率。蓋元時演劇情形與今不同。唱者司唱、
> 演者司演，司唱者與司琵琶司笛之人，並列於坐，而以末泥旦兒并
> 雜色人等，入勾欄搬演，隨唱詞作舉止……是以北曲每折動輒一、

> 二十支，限於一人歌唱，而並不嫌其長。以今日搬演之法行之，則
> 非節去數曲不可。又元人於劇情，某事宜虛寫，某節宜實演，亦每
> 欠斟酌……總之，曲文之樸茂本色，明人不如元人，國朝不逮明人，
> 而排場之周匝，關目之細密，則後人實勝前人。

因元劇限定四折，及一人獨唱到底，關目之安排推展，遂成起承轉合之刻板
形式，排場自不易生動活潑，然仔細考按，元雜劇每折皆包含若干場次，條
理脈絡亦有跡可循。作者苟能盡其體式，雖無翻新之變化，亦可謂之佳構也。

　　至於傳奇，由於體製較雜劇長而繁複，於場面冷熱、角色搭配尤須費心。
《螾廬曲談》云：

> 作傳奇者，即須將分配角色之道，豫爲布置妥貼，一如今日所謂排
> 戲者之任，若第一折生唱，第二折旦唱，則第三折必須用潤口或同
> 場熱鬧之劇，若慢曲長套二三折之後，必須間以過場短劇，或丑爭
> 所演之諧劇。

故傳奇之分場與分腳據歸納有下列六大要素：

一、各場面目不可重複，正場與大場必相間配用，然正場次數必多於大
　　場。

二、大場必插用正場之間，或結束處連用二、三大場，凡此端視故事發
　　展之關鍵而定，未可拘於一格。

三、各種文武靜鬧場面，不可連場不變，以免過份沈悶。

四、各場之場面必與故事關目之分量緊扣，若非重大情節，不得配組大
　　場，無佳勝辭章，亦不可濫組大場。

五、場面之配搭，須兼顧腳色分量。而每場腳色尤須尋求變化。或唱做
　　變位，不得專偏一角，以顧慮各角之休息及表演情況。

六、十二門腳色於前十二折中應均出齊，主腳及第一副腳且須於前三折
　　之內點出。（以上參見張師清徽《明清傳奇導論》第四編）

茲就上述五劇之分場與分腳內容，表列於左，以茲探討。

（一）《洞庭湖柳毅傳書》

楔　子　外(一)、淨(一)、眾、正旦(一)
第一折　冲末、老旦(一)、正旦(一)
第二折　冲末、淨(二)、外(二)、老旦(二)、外(三)、淨(一)、外(一)、正旦
　　　　(二)、眾

第三折　外（二）、老旦（二）、眾、淨（二）、外（三）、冲末、正旦（一）

第四折　老旦（一）、冲末、正旦（一）、媒人、外（二）、老旦（二）、外（三）

（按：正旦（一）爲洞庭龍女、正旦（二）爲涇河電母

　　　老旦（一）爲柳毅之母、老旦（二）爲洞庭夫人

　　　外（一）爲涇河老龍、外（二）爲洞庭君、外（三）爲錢塘君

　　　淨（一）爲涇河小龍、淨（二）爲洞庭夜叉

　　　冲末爲柳毅）

　　本劇楔子僅一場，首折分三場，首場柳毅與柳母以賓白組場，二場龍女自傷懷抱，三場乃主場，龍女懇託柳毅傳書。次折分七場，前六場由柳毅進入洞庭始至錢塘破陣止，均以賓白組場，第七場連用諸曲自成一場。由涇河老龍與正旦改扮之電母組場，回敍戰爭場面，手法十分新穎不落俗套。第三折分三場，前二場以不同唱之腳色柳毅、洞庭君、夜叉、錢塘君及水卒等以賓白組場，第三場爲此折主場，鼓樂齊響，熱鬧非凡。末折亦分三場，首場寫柳毅歸來，二場二人完婚乃主場，三場柳母、柳毅與龍女同歸洞庭，以鴛鴦尾煞作結。

　　於腳色運用言，尚仲賢計用冲末、正旦、老旦、外、淨等五腳色，如尚有不足則以「眾」充之。正旦扮龍女、涇河電母二腳色，主唱全劇。老旦分扮柳母與洞庭夫人；外扮涇河老龍、洞庭君、錢塘君三腳色；淨則演涇河小龍與洞庭夜叉二人，除限於雜劇體製主唱之正旦腳色唱工繁重外，其他各場分腳亦十分妥貼。

（二）《沙門島張生煮海》

第一折　外（一）、正末、冲末、正旦（一）、行者、侍女、家僮

第二折　冲末、正旦（二）

第三折　行者、冲末、家僮、正末

第四折　外（一）、正旦（一）、冲末、外（一）

（按：正旦（一）爲東海龍女瓊蓮、正旦（二）爲仙姑

　　　外（一）爲東華仙、外（二）爲東海龍王

　　　正末爲石佛寺法雲長老

　　　冲末爲張生）

　　本劇計分四折。首折分四場，一場由東華仙自組，二場寫張生夜宿石佛寺，前二場俱以賓白組場。三場乃此折主場，描摹龍女聽琴，四場寫二人邂

逅。次折分三場。第二場屬主場，由正旦改扮之仙姑主唱南呂曲。第三折分三場。第三場為石佛寺長老勸化張生，由正末所扮之石佛寺長老主唱，雖不合元雜劇一人獨唱到底之規定，然於「均勞逸」之舞臺搬演條件云，確屬革新之創見。第四折分二場。首場為主場，歡慶團圓，次場共證前因，同歸仙位，落入神仙迷信之窠臼。

李氏計用冲末、正旦、外、正末四腳色，另有行者、侍女、家僮三人，未明言所扮腳色。正旦分扮龍女及仙姑二人，外有東華仙、東海龍王二腳色。

（三）《橘浦記》

第一齣	標目	末	
第二齣	逐貧	生、老旦^(一)	中細正場
第三齣	蕃錫	外^(一)、雜^(一)、眾、小生^(一)、丑^(一)、旦^(一)	中細正場
第四齣	放生	小生^(二)、丑^(二)、外^(二)、小旦^(一)	神怪小過場
第五齣	貢鯉	小旦^(二)、生	文靜正場
第六齣	佚遊	淨^(一)、丑^(三)、外^(三)、小生^(三)	粗細短場
第七齣	報德	生、小生^(二)、外^(四)、眾、末	群戲大場
第八齣	拯溺	老旦^(一)、生、丑^(四)、小生^(二)、末、眾、丑^(一)	神怪正場
第九齣	完璧	末、眾、小旦^(二)、外^(四)	北口武過場
第十齣	亡弓	旦^(一)、丑^(五)	小過場
第十一齣	禍始	外^(二)、小旦^(一)、老旦^(一)、生、丑^(一)	神怪正場
第十二齣	邀盟	小旦^(二)、外^(四)、小生^(二)	粗細大過場
第十三齣	搆難	丑^(一)、淨^(二)、眾、生	粗細正場
第十四齣	謀救	外^(四)、小生^(二)、末	小過場
第十五齣	冤感	生、老旦^(一)、小生^(四)	中細短場
第十六齣	計賺	丑^(一)、雜^(二)、末、小生^(二)、眾	北口過場
第十七齣	奪鑒	外^(一)、雜^(一)、丑^(一)、雜^(二)	粗細過場

第十八齣	嫁禍	小旦(一)、旦(一)、丑(五)	文細正場
第十九齣	夢應	老旦(一)、小生(二)	文靜小過場
第二十齣	起病	旦(一)、丑(五)、老旦(一)、小生(一)	文細正場
第廿一齣	出獄	淨(二)、眾、生	中細短場
第廿二齣	遺佩	小旦(二)、雜(三)、外(四)、生、雜(四)	文細正場
第廿三齣	岐泣	小生(一)、生、淨(一)、丑(一)、眾	中細短場
第廿四齣	應試	淨(一)、生、小生(五)、眾、雜(五)	粗細鬧場
第廿五齣	矢志	旦(一)、老旦(一)、外(一)、丑(三)	文靜正場
第廿六齣	赴任	生、眾、末、淨(三)	武過場
第廿七齣	盟姻	外(一)、眾、生、雜(一)	小過場
第廿八齣	佳音	旦(一)、老旦(一)、小生(一)	文細短場
第廿九齣	追歡	外(四)、末、生、雜、老旦(二)、旦(二)、眾、小旦(二)	中細同場
第三十齣	噬臍	淨(一)、丑(一)、外(二)、小生(二)、小旦(一)、雜(四)	神怪小過場
第卅一齣	覲母	生、外(一)、眾、老旦(一)、雜(一)	中細正場
第卅二齣	團圓	丑(六)、老旦(一)、雜(一)、生、旦(一)、外(四)、末、小旦(二)、小生(六)、眾	群戲大場

（按：生為柳毅

　　　小生(一)為虞家院子、小生(二)為白黿、小生(三)為虞公子之友、小生(四)為牢卒、小生(五)為試官、小生(六)為宣詣人

　　　旦(一)為虞湘靈、旦(二)為樂人

　　　小旦(一)為蛇、小旦(二)為龍女

　　　老旦(一)為柳母、老旦(二)為樂人

　　　外(一)為虞世南、外(二)為猿猴、外(三)為趙舍、外(四)為洞庭君

淨^{（一）}為虞公子、淨^{（二）}為總捕官、淨^{（三）}為涇陽妖怪

末為錢塘君

丑^{（一）}為丘伯義、丑^{（二）}為漁翁、丑^{（三）}為虞家院子、丑^{（四）}為
賣卦人、丑^{（五）}為梅香、丑^{（六）}為掌禮人

雜^{（一）}為堂候官、雜^{（二）}為涇陽差官、雜^{（三）}為洞庭小卒、雜^{（四）}
為船家、雜^{（五）}為試場小卒）

　　本劇之分場計有大場三折，正場十一折，過場十二折，短場五折，過場反
比正場多一折。過場於劇中猶如小說之平潮，只具起承連絡、補苴漏隙之地位，
純為聯繫故事關目而設，不能有最大分量之演出。因之，過場較正場為多，無
異本末倒置，非但全劇關目為之大亂，甚且蕪雜支離，殊不足為法。

　　於分腳言，本劇亦有所失，如第七、八、九三齣，末腳錢塘君重複連續
上場，故事雖非複演，場面未免沉悶，幸而三場之唱做分量頗有區別，稍解
場上之沈寂。而第二十一、廿二、廿三、廿四等四齣，柳毅四度連續上演，
腳色輕重又未嘗易位，實乃本劇場景之致命關鍵，除使人有重複無奇之感，
且舞臺之腳色勞逸亦未均勻。吳瞿安《顧曲麈談》云：

> 填詞者當知優伶之勞逸，如上一折以生為主腳，則下一折再不可用
> 生腳矣。上一折以旦為主腳，則下一折亦不可用旦腳矣，他腳色亦
> 然，此其故有二也，一則優伶更番執役，不致十分過勞，二則衣飾
> 裙釵更換頗費時間，設使前後二折同一腳色任之，衣飾服御無一更
> 換，猶可勉強而行，倘若必須更換，則萬萬來不及者。前折之下場
> 與後折之上場，為時不過三、五分，以極短促之時間，而更換此最
> 難穿戴之服飾，雖十手猶不能為也。文人填詞，能歌者已少，能知
> 此理者，非曾經串演不能，故尤少也。

前言生腳連上四場，最難者不在更換服飾，而在獨任長串唱辭，置之氍毹，
恐難勝任。腳色勞逸分配不均乃傳奇作者之通病，無怪名家傳奇亦此失獨多。

　　本劇計用生、小生、旦、小旦、老旦、外、淨、末、丑等九腳色，其餘
不足則以「雜」、「眾」充之。生上場十五折，主唱十三折，陪唱二折；旦上
場七折，主唱七折；小生扮六種人物，上場十六折，主唱一折，陪唱七折；
小旦扮二種人物，上場九折，主唱三折，陪唱一折；淨扮三種人物，出場七
折，主唱三折，陪唱三折；丑扮六種人物，上場十五折，主唱一折，陪唱九
折；老旦扮二種人物，上場十一折，主唱七折，陪唱三折；末扮錢塘君，上

場九折，主唱六折，陪唱三折；外扮四種人物，上場十六折，主唱五折，陪唱七折；老旦、淨、外較之前述旦、小旦、小生、淨、丑等可謂繁重多矣，更可證許氏自昌於腳色運用之不知均勞逸也。

（四）《蜃中樓》

第一齣	幻因	末	
第二齣	耳卜	生^(一)、丑^(一)、小生^(一)	文靜正場
第三齣	訓女	外^(一)、眾、老旦^(一)、旦^(一)、淨^(一)	正場
第四齣	獻壽	末^(一)、副淨^(一)、小旦^(一)、外^(一)、淨^(一)、旦^(一)、眾	北口大場
第五齣	結蜃	末^(二)、眾	神怪鬧場
第六齣	雙訂	生^(一)、旦^(一)、小旦^(一)、丑^(二)	文細正場
第七齣	婚諾	副淨^(二)、眾、丑^(三)、老旦^(二)、淨^(一)	濶口正場
第八齣	述異	小生^(一)、生^(一)、丑^(一)	文靜正場
第九齣	姻阻	外^(一)、老旦^(一)、淨^(一)	半過場
第十齣	離愁	旦^(一)、小旦^(一)、老旦^(三)	文細短場
第十一齣	惑主	老旦^(二)、丑^(三)、副淨^(二)	諧謔過場
第十二齣	怒遣	外^(一)、老旦^(一)、眾、旦^(一)、丑^(二)、淨^(一)	粗細正場
第十三齣	望洋	生^(一)、小生^(一)、丑^(一)、末^(三)、外^(二)	南北正場
第十四齣	抗姻	丑^(三)、老旦^(二)、副淨^(二)、淨^(二)、眾、末^(四)、小旦^(二)、旦^(一)	北曲大場
第十五齣	授訣	末^(二)、小生^(二)、外^(三)、副淨^(三)、淨^(三)、生^(二)、旦^(二)、小旦^(三)	神怪正場
第十六齣	點差	生^(一)、小生^(一)、眾、副淨^(四)、外^(四)、丑^(四)	群戲大場

第十七齣　闇鬧　末^(一)、淨^(一)、副淨^(一)、眾、小
旦^(一)　　　　　　　　　　　　爭鬧過場

第十八齣　傳書　生^(一)、眾、丑^(五)、小旦^(四)、
末^(五)、旦^(一)　　　　　　　　文細同場

第十九齣　義舉　小生^(一)、丑^(一)、生^(一)、眾　文靜正場

第二十齣　寄書　小生^(一)、丑^(一)、副淨^(五)、外^(一)、
老旦^(一)、淨^(一)　　　　　　　粗細正場

第廿一齣　龍戰　眾、旦^(一)、丑^(六)、小旦^(五)、
生^(三)、小生^(三)、淨^(一)、外^(五)、
末^(六)、老旦^(四)、雜^(一)、副淨^(二)、
丑^(三)、老旦^(二)　　　　　　　群戲武場

第廿二齣　寄恨　小旦^(一)、老旦^(三)　　　　文細短場

第廿三齣　回宮　外^(一)、老旦^(一)、淨^(一)、眾、
旦^(一)、末^(六)　　　　　　　　群戲同場

第廿四齣　辭婚　小生^(一)、丑^(一)、末^(六)、外^(一)、
旦^(一)、淨^(一)、生^(四)、末^(七)、
副淨^(六)、雜^(二)、旦^(三)、小旦^(六)、
老旦^(五)、丑^(七)、眾　　　　　文細正場

第廿五齣　試術　生^(一)、副淨^(七)、末^(八)、小生^(一)、
丑^(一)、眾　　　　　　　　　神怪過場

第廿六齣　起爐　末^(九)、副淨^(八)、小生^(一)、丑^(一)　文細正場

第廿七齣　驚焰　末^(一)、眾、外^(一)、淨^(一)　　　粗細正場

第廿八齣　煮海　末^(二)、丑^(一)、小生^(一)、淨^(一)、
丑^(六)、小旦^(五)、生^(三)、副淨^(三)　北口過場

第廿九齣　運寶　外^(六)、末^(十)、眾、小生^(一)、
丑^(一)、外^(一)、末^(一)、小旦^(一)、
旦^(一)、老旦^(六)、副淨^(九)　　群戲同場

第三十齣　乘龍　生^(一)、末^(四)、眾、小生^(一)、

　　　　　　　　且^{（一）}、小旦^{（一）}、丑^{（一）}、老旦^{（六）}、

　　　　　　　　副淨^{（九）}、雜^{（三）}、末^{（二）}　　　　　　群戲大場

（按：生^{（一）}為柳毅、生^{（二）}為玉帝、生^{（三）}為火將、生^{（四）}為樂工

小生^{（一）}為張生、小生^{（二）}為元帥、小生^{（三）}為火將

旦^{（一）}為龍女舜華、旦^{（二）}為童女、旦^{（三）}為女樂

小旦^{（一）}為龍女瓊蓮、小旦^{（二）}為舜華丫鬟、小旦^{（三）}為童女、

小旦^{（四）}為門子、小旦^{（五）}為電母、小旦^{（六）}為女樂

老旦^{（一）}為洞庭龍母、老旦^{（二）}為涇荷、老旦^{（三）}為東海之丫

鬟、老旦^{（四）}為水兵、老旦^{（五）}為女樂、老旦^{（六）}為洞庭丫鬟

外^{（一）}為洞庭龍王、外^{（二）}為船家、外^{（三）}為趙元帥、外^{（四）}為

選司、外^{（五）}為水兵、外^{（六）}為水判

淨^{（一）}為錢塘君、淨^{（二）}為涇河龍母、淨^{（三）}為關元帥

副淨^{（一）}為東海龍母、副淨^{（二）}為涇河龍王、副淨^{（三）}為溫元

帥、副淨^{（四）}為尚書、副淨^{（五）}為夜叉、副淨^{（六）}為樂工、副

淨^{（七）}為柳毅之聽事者、副淨^{（八）}為東海水卒、副淨^{（九）}為東

海丫鬟

末^{（一）}為東海龍王、末^{（二）}為仙人、末^{（三）}為漁家、末^{（四）}為儐

相、末^{（五）}為鼎州刺史、末^{（六）}為洞庭水兵、末^{（七）}為樂工、

末^{（八）}為賣卦人、末^{（九）}為東海水卒、末^{（十）}為水判

丑^{（一）}為奚奴、丑^{（二）}為東海龍女之侍女、丑^{（三）}為涇河小龍、

丑^{（四）}為選司、丑^{（五）}為巡捕官、丑^{（六）}為雷神、丑^{（七）}為女樂

雜^{（一）}為水兵、雜^{（二）}為樂工、雜^{（三）}儐相。）

　　《蜃中樓》之分場計有大場七齣，正場十四齣，過場六齣，短場二齣，正場幾佔全劇之半。大場分置四、十四、十六、十八、二三、二九、三十等齣，使全劇波瀾起伏、神致搖曳。而其他之過場、短場則上下承遞，骨架線索細密銜接，井然有序。若依表現形式分，則文場計二十一齣，武鬧場計九齣，調配其間，亦足以調劑其冷熱矣！至於分腳，亦能兼顧腳色勞逸，惟第廿四、廿五、廿六三齣及廿八、廿九、三十三齣，小生張生連續登場，且負重唱任務，可謂百密一疏也。笠翁乃劇學之當行，其所著傳奇之排場俱活潑妥貼，而於劇中關目尤善騰挪，故最宜演之氍毹。無怪深為吳瞿庵氏所稱賞，以為笠翁科白排場之工，乃當世詞人所共認。凡此皆有賴於臨場之實

驗，斷非飾文弄墨者所得逞意於案頭。笠翁自擁一實驗性戲班，於編劇寫曲
自有莫大之助益。

　　本劇計用生、小生、旦、小旦、老旦、外、淨、副淨、末、丑等十腳色，
其餘不足者以「眾」、「雜」充之。雜或眾所扮演者皆為水卒、樂工、儐相等
不重要人物，雖亦有任唱者，唱工亦極輕微。生、旦二腳，唱工較繁。笠翁
以生主唱八折，陪唱二折，旦主唱七折，陪唱二折，其勞逸可謂均衡。其他
如小生僅扮三種人物，出場十四折，主唱七折，陪唱五折，未免過份繁重；
小旦扮六種人物，出場十三折，主唱四折，陪唱二折；老旦扮六種人物，出
場十四折，主唱一折，陪唱八折；外扮六種人物，出場十三折，主唱二折，
陪唱四折；淨扮三種人物，出場十四折，主唱三折，陪唱十折；副淨扮九種
人物，出場十五折，主唱二折，陪唱五折；末扮十種人物，出場十七折，主
唱三折，陪唱三折；丑扮七種人物，出場十九折，只陪唱四折，其勞逸分配
可謂相當均勻。

　　（五）《乘龍佳話》
　　　　第一齣　下第　生、丑^(一)
　　　　第二齣　牧龍　旦^(一)、生
　　　　第三齣　傳書　副淨、眾、丑^(一)、生、外、老旦^(一)
　　　　第四齣　屠龍　淨、副^(一)、丑^(二)、眾、末^(一)
　　　　第五齣　還宮　外、末^(一)、生、眾、旦^(一)
　　　　第六齣　賓筵　丑^(三)、末^(二)、外、生、淨、旦^(一)、眾
　　　　第七齣　歸里　旦^(二)、丑^(一)、老旦^(二)、生
　　　　第八齣　乘龍　副^(二)、丑^(一)、生、旦^(一)、眾
　　　　（按：生為柳毅
　　　　　　　旦^(一)為洞庭龍女、旦^(二)為柳妻
　　　　　　　老旦^(一)為洞庭龍王之夫人、老旦^(二)為柳妻之丫鬟
　　　　　　　外為洞庭龍王
　　　　　　　淨為錢塘君
　　　　　　　副淨為大樹將軍
　　　　　　　副^(一)為涇川龍子、副^(二)為儐相
　　　　　　　末^(一)為洞庭小軍、末^(二)為洞庭太監
　　　　　　　丑^(一)為書僮、丑^(二)為涇河小軍、丑^(三)為洞庭太監）

　　本劇共八折。一、二折均各一場。第三折分二場，主場乃第二場傳書場面；第四折計分四場，第三場屬主場，寫屠龍武場；第五折分三場，第六折僅一場，第七折分三場，第八折共兩場，分場情形，尚稱勻稱。

　　何氏此劇計用生、旦、老旦、外、淨、副淨、副、末、丑等腳色，亦以「眾」補其不足。旦分扮龍女與柳妻二腳，上場五折，主唱三折，陪唱二折；生扮柳毅，上場七折，主唱六折，陪唱一折；外出場三折，主唱一折，陪唱二折；老旦扮二種人物，上場二折，陪唱一折；淨上場二折，主唱一折，陪唱一折；副扮二種人物，上場二折，陪唱一折，丑扮三種人物，上場六折，而無任唱；於腳色運用言之，大抵勻稱。

第五章　結　論

　　傳奇小說乃唐代文壇之奇葩，宋劉貢父〔註1〕嘗言：「小說至唐，鳥花猿子，紛紛蕩漾。」誠非溢美。其最佳處乃摻入社會人情之摹寫，非復六朝之傳錄舛訛、妄誕無稽也。《柳毅傳》乃志怪至志人過渡期之作品，雖不脫六朝志怪之傳統，然於物態人情之刻劃，辭藻文采之繁飾，則遠非六朝小說所得相提比埒。詳其本源，非特取資我國傳統文學，因有唐儒、道、釋三教匯流，且深受印度佛教故實之啓示。其情節曲折、結構凝鍊、人物鮮活，實最宜於施諸氍毹，故歷代劇作家取之為題材者甚夥，美惡妍媸，不一而足，或通達窮途、變化舊體而使之推陳出新，或遺其神理而得其皮毛，作者之性稟不同，學養有別，文亦殊焉。

　　尚氏《柳毅傳書》明潔清麗，關目排場淳樸平實，曲文賓白本色當行，於數本中，允稱吻合原作；李氏《張生煮海》清純雋美，曲文艷采四溢、賓白傳真入神，惟情節稍涉荒誕，無顯明主題，既無關乎教化，亦無足啓人深思者；許氏《橘浦記》淫麗誇誕、敷采摛文，然結構混亂、聲律錯雜，正所謂「繁華損枝、膏腴害骨」，徒以霧縠奇巧，眩人耳目，品斯卑矣！笠翁《蜃中樓》排比緊湊，層次井然，聯引照應，渾然一體，且翰藻文采，自鑄偉辭，聯套、用韵雖或有失，然人物、曲文、賓白、科諢、關目、排場等內容實質

〔註1〕劉貢父，劉攽（1023～1089）北宋史學家，劉敞之弟。字貢夫，一作貢父、贛父，號公非。臨江新喻（今江西新餘）人，一說江西樟樹人。慶曆進士，歷任曹州、兗州、蔡州知州，官至中書舍人。邃於史學，治學嚴謹。助司馬光纂修《資治通鑒》，充任副主編，負責漢史部分，著有《東漢刊誤》等。為人疏儁，不修威儀，嘉諧謔，數招怨悔，終不能改。

與藝術技巧皆精確鍊達，堅實妥切，最足稱道。何鏞《乘龍佳話》辭直意暢、層次分明，然亦因之流於刻板淺露，且曲文句式恣意刪削，音韵時相乖戾，實未得追蹤前武也。五劇各有短長，要以《蜃中樓》爲此中翹楚，無怪近人曲學大師吳瞿安推崇云：

> 今自開國，以迄道光，總述詞家，亦可屈指焉。大抵順、康之間，以駿公（吳偉業）、西堂（尤侗）、又陵（徐石麟）、紅友（萬樹）爲能；而最著者，厥推笠翁。翁所撰述，雖涉俳諧，而排場生動，實爲一朝之冠。（中國戲曲概論）

李漁擁有家庭戲班，著重演出效果，所以，無論曲文賓白都極自然。且淨丑角色的插科打諢也給劇本平添活力，聯引照應可謂無懈可擊，音律堪稱中規中矩。

吳瞿安譽之爲有清之冠冕，眞乃實至名歸。時人樗道人亦評其曲云：

> 筆筆性靈，言言精髓，吐人不能吐之句，用人不敢用之字，摹人欲摹而摹不出之情，繪人爭繪而繪不工之態。……觀其結想搆詞，段段出人意表，又語語仍在人意中；陳者出之而新，腐者經之而艷，平者遇之而險，板者觸之而活。（見《巧團圓》傳奇序）

可謂既負長才，復多巧思矣！改編劇作得此高手，庶幾不負原作之初心也。

重要參考書目

1. 《元曲選》，臧晉叔編，中華書局。
2. 《橘浦記》，許自昌撰，日本九皐會印行。
3. 《李漁全集》，李漁撰，成文出版社。
4. 《晚清文學叢鈔傳奇雜劇卷》，中華書局。
5. 《唐人小說》，汪辟疆輯，文光圖書公司。
6. 《筆記小說大觀堅瓠集》張讀等撰，新興書局。
7. 《法苑珠林》，不著撰人，商務四庫叢刊本。
8. 《經律異相》，釋僧旻、寶唱等撰，中央圖書館藏明萬曆刊本。
9. 《醉翁談錄五十卷》，羅燁編，世界書局。
10. 《太平御覽》，李昉等編，新興書局。
11. 《太平廣記》，李昉等編，新興書局。
12. 《文苑英華》，李昉等編，華文書局。
13. 《西湖二集》，周楫撰，中央圖書館藏明末刊本。
14. 《山海經》，郭璞注，新興書局。
15. 《水經注》，桑欽撰，戴震校，世界書局。
16. 《世說新語》，劉義慶撰，劉孝標注，文光圖書公司。
17. 《太和正音譜》，涵虛子撰，正中書局。
18. 《九宮大成南北詞宮譜》，詞隱先生原編，鞠通先生刪補，中央圖書館藏，明崇禎十二年刊本，清順治十年修補本。
19. 《納書楹曲譜》，葉堂訂補，王文治參訂，中研院藏本。
20. 《螾廬曲談》，王季烈撰，商務印書館。
21. 《南北詞簡譜》，吳梅撰，石印本。

22. 《北曲新譜》，鄭騫撰，藝文印書館。

23. 《北曲套式彙錄詳解》，鄭騫撰，藝文印書館。

24. 《歷代詩史長編二輯》，楊家駱編，鼎文書局。

25. 《中原音韵》，周德清撰，古書流通處影印本。

26. 《韻學驪珠》，沈乘麐撰，木刻本。

27. 《襄碧齋詞話》，陳銳撰，廣文書局。

28. 《正名隅論》，劉師培撰，大新書局。

29. 《中國古音學》，張世祿撰，先知出版社。

30. 《中國詩學‧設計篇》，黃永武撰，巨流出版社。

31. 《曲海總目提要》，董康輯，大東書局。

32. 《今樂考證》，姚燮撰，北京大學出版部影印本。

33. 《曲錄》，王國維撰，藝文印書館。

34. 《曲苑》，陳乃乾輯，民國十年海寧陳氏影印本。

35. 《新曲苑》，任中敏輯，中華書局。

36. 《顧曲麈談》，吳梅撰，商務印書館。

37. 《詞餘講義》，吳梅撰，商務印書館。

38. 《霜厓曲話》，吳梅撰，中央圖書館藏手抄本。

39. 《戲曲叢談》，華連圃撰，商務印書館。

40. 《國劇藝術彙考》，齊如山撰，重光文藝出版社。

41. 《曲學例釋》，汪經昌撰，中華書局。

42. 《景午叢編》，鄭騫撰，中華書局。

43. 《戲劇縱橫談》，俞大綱撰，文星叢刊本。

44. 《明清傳奇導論》，張敬撰，東方書店。

45. 《元雜劇研究》，吉川幸次郎撰，鄭清茂譯，藝文印書館。

46. 《中國古典戲劇論集》，曾永義撰，聯經出版社。

47. 《說戲曲》，曾永義撰，聯經出版社。

48. 《中國古劇樂曲之研究》，陳萬鼐撰，史學出版社。

49. 《少室山房筆叢》，胡應麟撰，中央圖書館藏明萬曆刊本。

50. 《小說考證》，蔣瑞藻撰，商務印書館。

51. 《小說纂要》，蔣祖怡撰，正中書局。

52. 《唐人小說研究二集》，王夢鷗撰，藝文印書館。

53. 《中國古典小說論集》，林以亮等撰，幼獅公司。

54. 《飲冰室全集》，梁啓超撰，文光圖書公司。

55. 《中國文學研究》，郁達夫編，清流出版社。

56. 《中國小說史略》，周氏撰，明倫出版社。

57. 《中國小說史》，孟瑤撰，傳記文學社。

58. 《中國戲劇發展史》，僶勉出版社。

59. 《中國戲劇史》，河洛圖書出版社。

60. 《中國近世戲曲史》，青木正兒撰，王吉盧譯，商務印書館。

61. 《宋元戲曲史》，王國維撰，商務印書館。

62. 《明清戲曲史》，盧前撰，商務印書館。

63. 《元明清劇曲史》，陳萬鼐撰，鼎文書局。

64. 《中國劇場史》，周貽白撰，長安出版社。

65. 《白話文學史》，胡適撰，樂天出版社。

66. 《插圖本中國文學史》，鄭西諦撰，藍星出版社。

67. 《中國文學發達史》，劉大白撰，中華書局。

68. 《史記》，司馬遷撰，藝文印書館。

69. 《後漢書》，范曄撰，藝文印書館。

70. 《晉書》，房玄齡撰，藝文印書館。

71. 《唐書》，劉昫撰，藝文印書館。

72. 《新唐書》，歐陽修等撰，藝文印書館。

73. 《陳眉公先生全集》，陳繼儒撰，中央圖書館藏明崇禎家刊本。

74. 《檀園集》，李流芳撰，中央圖書館藏明崇禎二年嘉定、李氏刊本

75. 《黃巖縣志》，鄭錫滜等修，故宮藏本。

76. 《浙江通志》，稽曾筠等修，故宮藏本。

77. 《蘭谿縣志》，程子鏊等修，故宮藏萬曆三十四年刊本。

78. 《國朝耆獻類徵》，李桓編，學生書局。

79. 《列朝詩集小傳》，錢謙益撰，世界書局。

80. 《明詩綜》，朱彝尊撰，世界書局。

81. 《明詩紀事》，楊家駱編，鼎文書局。

82. 《詩經》，孔穎達正義，藝文印書館。

83. 《禮記》，孔穎達正義，藝文印書館。

84. 《左傳》，孔穎達正義，藝文印書館。

85. 《莊子集釋》，王先謙集釋，世界書局。

86. 《淮南子注》，高誘注，世界書局。

87. 《管子》，管仲撰，商務四庫叢刊本。

88. 《晏子春秋》，晏嬰撰，商務四庫叢刊本。

89. 《楚辭集註》，朱熹集註，新陸書局。

90. 《說文解字注》，許慎注，藝文印書館。

91. 《佛教故實與中國小說》，臺靜農，香港大學《東方文化》第十三卷第一期。

92. 《我國俗文學與印度文學之關係》，盧元駿，《書目季刊》第七期。

93. 《南曲聯套述例》，台大文史哲學報。

94. 《湯若士牡丹亭還魂記情節配套之分析》，張敬，《東吳大學文史學報》第一期。

95. 《論李笠翁十種曲》，張敬，《幼獅文藝》第四十一卷第五期。

96. 《論淨丑角色在我國古典戲曲中的重要》，張敬，《幼獅月刊》第四十五卷第五期。

97. 《論戲曲與社會改良》，華桂馨，《學衡》第四期。

98. 《唐代小說題材之演變與作家之派別》，尉天驄，《文化復興月刊》第四卷第五期。

99. 《柳毅傳試論》，乾一夫，日本《古典評論》第二號。

100. 《柳毅傳について》，内田道夫，日本《東北大學文學部年報》第六號。

101. 《唐代小說柳毅傳の社會背景の考察》，内山知也，日本《漢文學會會報》第十三號。

附錄一：唐人志怪小說中異類婚姻的幾點
　　　　觀察

一、前　言

　　唐人志怪故事乃直接由六朝鬼神志怪書演變而來，因此，在唐宋小說中屬於較早的產物。唐人小說之前，是志怪筆記的全盛時期，然而，六朝志怪只是志怪談異，未加潤飾，既談不上文學技巧，更遑論藝術性，充其量只能說是逐條記載的筆記而已。唐人小說中的志怪類作品，雖也是傳錄舛訛，但因為作者眼界漸開、胸襟廣闊，開始藉鬼神來表達自己的思想和主張。妖怪亦具人性，故事充滿了生命感，而在佛家眾生平等的思想薰陶下，萬物皆可修成人身，處於現實世界的人類，遂與超現實的鬼神精怪，達到空前和諧的相等對待。因此，唐人志怪小說中出現了為數可觀的志怪婚姻故事，這些志怪婚姻，如係人與人的聯姻，則於表達現實之餘，不忘以天命及鬼怪穿梭其字裡行間；如係異類聯姻（如人妖、人獸、人鬼甚至鬼和鬼、獸與獸），則或意在諷世，或旨在傳奇，亦或多或少承載若干人間期待，寫來均活潑靈動，發人深省，正如王夢鷗先生所云：

　　　　人與非人之交涉，按其事雖不離人世男女愛情，然身分不同乃變為
　　　　異類相匹偶，如孫恪之與猿女，申屠澄之娶虎妻，雖撰者意在傳奇，
　　　　但所敷述，不特於異類中深見人情，亦且於人情中隱伏獸性。〔註1〕
故人情與獸性的相與調和便成為唐人志怪小說中的重要課題。志怪故事，一

〔註 1〕見王夢鷗先生校釋：《唐人小說校釋》（臺北：正中書局）下冊，敘例。

方面凸顯了民間的人情世故，一方面或亦蘊涵了人們對未知世界的好奇與期待。本文擬就志怪小說中異類婚姻的締結、破滅及諸種婚姻趨勢來詳加探究，並取唐人的現實婚姻加以驗證，以見小說與現實的關聯性，進而歸納出志怪婚姻的幾點觀察。

二、唐人志怪小說中異類婚姻的締結

　　唐人志怪小說中異類婚姻的締結方式，歸納言之，不外如下數端：

（一）聘　娶

　　聘娶為嫁娶方法的正則，須待父母之命及媒妁之言而後行之，正所謂：

> 古之婚者，皆采德義之門，妙簡貞閑之女，先之以媒聘，繼之以禮
> 物，集僚友以重其別，親御輪以崇其敬。〔註2〕

唐人小說中，人與異類的聯姻方法雖然多端，但聘娶仍屬其中之大宗，如〈汝陰人〉(《太平廣記》卷三○一) 中，許姓男子因拾獲五色彩囊，而得成就姻緣。除由騎白馬的女方兄長主婚外，文中並詳述洞房擺設的講究，成婚之次日並「大申婦禮，賜與甚厚。」非但如此，女父又「以金帛厚遺之，并資僕馬家送贍給，仍為起宅千里中，皆極丰麗。」有甚為豐厚的嫁妝。〈寶玉〉(《太平廣記》卷三四三) 一則，寶玉與侍女的結姻乃由表丈許配，並有相者三人「一姓王，稱郡法曹，一姓裴，稱戶曹，一姓韋，稱郡督郵。」皆為有名望之士。文中並對婚禮儀式有詳細的描述：

> 吉禮既具，便取今夕。謝訖復坐，又進食，食畢，憩玉於西廳，具
> 浴，浴訖，授衣巾，引相者三人來，……相揖而坐。俄而禮輿香車
> 皆具，華燭引前，自西廳至中門，展親御之禮，因又遶莊一周，自
> 南門入及中堂，堂中幃帳已滿，成禮訖。

〈李參軍〉(《太平廣記》卷四四八) 中李參軍於赴職途中，蒙讀《漢書》的老人介紹，得以與蕭姓高門攀親，結婚前蕭公還「作書與縣官，請卜人剋日。」並向縣官借頭花釵絹兼手力等，尚且「有縣官來作儐相」。〈計真〉(《太平廣記》卷四四八) 中寫計真遊陝，醉遊遇李外郎，李託進士獨孤沼為媒，求姻好，計真因之與狐女成婚，二人婚姻亦賴媒妁之言。〈孫恪〉(《太平廣記》卷四四五) 中，下第的孫秀才於魏王池畔遇故袁長官之女，與猿女締結的婚姻，

〔註 2〕李延壽撰：《北史》(臺北：鼎文書局) 卷三十一，列傳十九，〈高允傳〉，頁1117。

也經「進媒而請之」的手續；而〈柳毅〉（《太平廣記》卷四一九）裡，柳毅
仗義爲洞庭龍女傳書解難，得寶物歸人世後，歷三娶而後得當年的龍女，也
是經過媒人之言，並「卜日就禮」；〈裴航〉（《太平廣記》卷五十）裡，裴航
於湘漢間邂逅樊夫人，欲求爲偶不成，其後，經藍橋驛側近，下道求漿，逢
樊夫人之妹，一見傾心，欲求婚好，經歷老嫗種種試煉，方得如願成家，所
娶女仙，也是經由祖母做主許配，並曾「入洞而告姻戚，爲具帳幃」、「引航
入帳就禮訖」、「引見諸賓」；〈淳于矜〉（《太平廣記》卷四四二）中淳于矜途
遇一女，驚其美姿容，雖說「二情既洽，將入城北角，共盡忻好。」但是，
當淳于矜欲求結爲伉儷，女子亦言：

> 我兄弟多，翁母並在，當問我翁母。

亦須回家徵得翁母同意，方得成婚。

　　以上關於聘娶儀式的描述，雖詳略有別，要皆本當時禮俗而行，正如〈李
參軍〉中云：「歡樂之事，與世不殊」，如〈李參軍〉中男子後入青廬，與女
子共偕秦晉，「青廬」即所謂擇地置帳以行相見禮的氈帳，《酉陽雜俎續集》
卷四〈貶誤〉中有云：

> 又今士大夫家昏禮露施帳，謂之入帳……悉北朝餘風也。《聘北道記》
> 云：北方婚禮必用青布幔爲屋，謂之青廬，於此交拜。〔註3〕

此種青廬拜堂之風，在當時是頗爲流行的。《封氏聞見記》卷五〈花燭〉裡就說：

> 近代婚嫁……有卜地安帳并拜堂之禮，上自皇室，下至士庶，莫不
> 皆然。〔註4〕

此種風俗，雖唐德宗時因顏眞卿之奏而詔禁，但民間卻仍用俗法，故志怪小
說中亦取以爲俗。

　　另外，〈汝陰人〉中的婚禮於「向暮」行之，〈寶玉〉裡，夫人說「今夕
甚佳，又有牢饌，親戚中配屬，何必廣召賓客，吉禮既具，便取今夕。」言
明婚禮乃於夜間舉行；〈李參軍〉中也說「卜吉正在此宵」，可知亦是昏時行
禮，此正與唐制於晚間行婚禮相合。《通典》中云：

> 士庶親迎之禮……當須昏以爲期。〔註5〕

〔註3〕段成式撰：《酉陽雜俎續集》（臺北：源流出版社）卷四，〈貶誤〉。
〔註4〕封演撰：《封氏聞見記》（臺北：商務印書館，景印文淵閣四庫全書）八六二
　　　　冊，卷五，〈花燭〉。
〔註5〕杜佑撰：《通典》（臺北：鼎文書局）卷五十八，〈禮典嘉禮〉。

《書儀》中更明確表明：

> 引女出門外，扶上車中，舉燭，整頓衣服。男家從內抱燭而出，女
> 家燭滅。〔註6〕

可見唐時尚存《儀禮》的禮俗〔註7〕，而人與異類聯姻亦恪守常俗，正見出志怪世界中不乏人情。

（二）賣　婚

買賣婚指視女子如貨品，而以其他財物換取其為妻妾者，為聘娶婚的由來。《禮記·曲禮》：

> 買妾不知其姓，則卜之。〔註8〕

可見買賣婚姻的方式，很早即有。唐代志怪小說中的婚姻，也有許多賣婚的情形，如〈張老〉（《太平廣記》卷十六）中寫揚州六合縣園叟張老欲求娶揚州曹掾韋恕長女，韋恕怒其不自量力，為難他「今日內得五百緡則可。」沒想到張老未幾即車載納於韋氏，逼得韋恕不得不答應這門婚事。〈韋明府〉（《太平廣記》卷十六）中，雄狐化身為崔參軍，求娶韋明府之女，韋明府累延術士及道士治邪，皆不得要領；不得已，要求狐之化身崔參軍「若為女婿，可下錢兩千貫為聘。」崔乃「令于堂下布席，修貫穿錢，錢從簷上下，群婦穿之，正得二千貫，久之，乃許婚」；〈衡山隱者〉（《太平廣記》卷四十五）裡，樂人帶女兒至岳寺，因其女頗具姿色，眾人皆欲娶之，「父母求五百千」的巨資，嚇退了求婚者，獨衡山隱者「仍將黃金兩挺，正二百兩，謂女父曰：此金直七百貫，今亦不論。付金畢，將去。」其後，女子父母思女，前往探視，才知隱者實為神仙。〈李曆〉（《太平廣記》卷四五一）中，東平尉李曆初得官，自東京之任，夜投故城，悅賣胡餅之妻的美色，「乃以十五千轉索胡婦。」四則故事中，男方求娶，無論女方家長或丈夫皆要求為數可觀的錢財，正所謂「假名聘禮，以行賣女之實」，或爭議財物，以備遣嫁之資。因此，可以說貪財與奢俗實為賣婚的主因。此種買賣的婚姻方式，雖為早期締婚方式之一，但漢興之後，廢奴婢之市，立賣人之法，婚姻中的買賣行為實屬不法。所以，太宗貞觀十六年六月，曾下詔禁賣婚：

〔註6〕見斯一二七五號敦煌寫本書儀，刊於《文物》1985年七期。

〔註7〕賈公彥撰：《儀禮·士昏禮疏》中云：士娶妻之禮，以昏為期，因而名焉。必以昏者，陽往而陰來。（臺北：藝文印書館，十三經注疏）。

〔註8〕孔穎達疏：《禮記·曲禮上》（臺北：藝文印書館，十三經注疏）頁37。

十六年六月詔：氏族之盛，實繫於冠冕。婚姻之道，莫先於仁義。自有魏失御，齊氏云亡，市朝既遷，風俗陵替，燕趙右姓，多失衣冠之緒；齊韓舊俗，或乖德義之風。名雖著於州閭，身未免於貧賤；自號膏粱之冑，不敦匹敵之儀。問名惟在於竊貨；結禍必歸于富室。乃有新官之輩，豐財之家，慕其祖宗，競結婚媾，多納貨賄，有如販鬻，或貶其家門，受屈辱於姻婭；或矜其舊族，行無禮於舅姑。積習成俗，迄今未已。既紊人倫，實虧名教。朕夙夜兢惕，憂勤政道，往代蠹害，咸已懲革，惟此敝風，未能盡變。自今已後，明加告示，使識嫁娶之序，各合典禮，知朕意焉。其自今年六月禁賣婚。〔註9〕

雖然唐律禁賣婚，而事實上，唐代社會賣婚情況仍時有所聞。前述四事，或為父母主動開價賣女（〈衡山隱者〉），或為形勢所迫，不得已而索價賣女（〈韋明府〉），或為對方主動出價求索（李曆），或為負氣出價以期為難求婚者（〈張老〉），要皆不出買賣之途。前節聘娶中，雖亦可見聘財豐厚的記載，然「聘」畢竟有別於「賣」，聘乃依禮而成之，賣則一以求財為目的，非依禮而行。

（三）強　婚

強娶指依其威勢，強向女家迫娶者而言。唐代志怪小說中，此類記載如：

〈汧陽令〉（《太平廣記》卷四四九）中，天狐化身劉成，求賜婚姻，汧陽令不許，天狐脅以：

> 不許我婚姻，事亦易耳。

於是，「以右手掔口而立，令宅須臾震動，井廁交流，白物飄蕩。令不得已許之。」天狐遂剋日成親，禮甚豐厚。〈楊伯成〉（《太平廣記》卷四四八）裡，野狐吳南鶴欲與楊伯成之女聯姻，伯成不許，南鶴大怒，呼伯成為老奴，非但破口大罵「我索汝女，何敢有逆！」甚且：

> 遽脫衣入內，直至女所，坐紙隔子中。久之，與女兩隨而出。女言：
> 今嫁吳家，何因嗔責。伯成知是狐魅，令家人十餘輩擊之，反被料
> 理，多遇泥塗兩耳者。

而前述〈韋明府〉中，除韋明府最後不得已以賣婚方式嫁女之外，之前，崔參軍亦用狐術強迫明府就範，包括用狐術使「女便悲泣，昏狂妄語」，破明府所請術士的法力、將治邪魅的峨嵋道士懸大樹上，明府只好「甘奉其女」。甚

〔註9〕《唐會要》（臺北：新興書局，叢書集成新編）卷八十三，〈嫁娶〉。

至，一年後，食髓知味，故技重施，爲牠的八叔房小妹求嫁明府之子。

以上三者都是掠奪婚的遺跡。此種用武力或權勢強奪他人姬妾子女，以爲己用的現象，在唐代社會中仍時有所聞。如《隋唐嘉話》卷下載「補闕喬知之有寵婢爲武承嗣所奪」；《全唐詩話》卷六載「有爲御使分務洛京者，其愛姬爲李逢吉一閱，遂不復出。」而武則天殺武攸暨妻，以配太平公主事，都是當時勢家奪婚的案例。而唐人小說中另有〈華陽李尉〉（《太平廣記》卷一二二）、〈崔敬女〉（《太平廣記》卷二七一）、〈歌者婦〉（《太平廣記》卷二七〇）〈柳氏傳〉（《太平廣記》卷四八五）、及《本事詩・情感第一》有關徐德言之妻以國亡入權貴之家……等，都同樣記載了現實世界中奪婚的故事。

（四）自　媒

唐代社會自由開放，男女社交自然且頻繁，《通鑑・唐紀》三十二（天寶十二年）中便有這樣的記載：

> 楊國忠與虢國夫人居第相鄰，晝夜往來，無復期度（每入朝）並轡
> （聯鑣），不施障幕（或揮鞭走馬以相調笑），道路爲之掩目。[註10]

因此，因情愛而私奔，結爲夫婦的也爲數不少。而此種自媒的婚姻締結方式，在人與異類的聯姻故事中，尤占多數，如〈崔韜〉（《太平廣記》四三三）裡，和崔韜結爲連理的虎女，面對崔韜的質問，曾言：

> 妾父兄以畋獵爲事，家貧，欲求良匹，無從自達，乃夜潛將虎皮爲
> 衣，知君子宿於是館，故欲託身，以備灑掃。前後賓旅，皆自怖而
> 殞。妾今夜幸逢達人，願察斯志。

〈鄭紹〉（《太平廣記》三四五）中，喪妻的鄭紹於華山遊覽，爲女鬼化身的女子所看中，命青衣引之入大宅，女子向鄭紹自荐：

> 妾求佳婿已三年矣。今既遇君子，寧無自得？妾雖慚不稱，敢以金
> 罍合卺，願求奉箕帚，可乎？

儘管鄭紹推辭再三，女子猶不死心「乃再獻金罍，自彈箏以送之，紹聞曲音淒楚，感動於心，乃飲之交獻，誓爲伉儷。」

〈申屠澄〉（《太平廣記》卷四二九）中，申屠澄於之官途中，遇虎變之女子，妍媚柔麗，於是，申於進杯禦寒之際，自媒云：

> 小娘子明慧若此，某幸未婚，敢請自媒如何？

〔註10〕《資治通鑑補》（臺北：廣文書局）三十冊，頁 11010。

虎父於是說：

> 某雖寒賤，亦嘗嬌保之。頗有過客，以金帛為問，某先不忍別，未
> 許。不期貴客又欲援拾，豈敢惜，即以為託。

〈封陟〉（《太平廣記》卷六十八）中，封陟於庭際見女仙，女仙正容斂衽而
揖封陟云：

> 伏見郎君坤儀濬潔、襟量端明，學聚流螢、文含隱豹。所以慕其真
> 朴，愛以孤標，特謁光容，願持箕帚，又不知郎君雅旨如何？

不想封陟雖貌態潔朗，卻性頗貞端，嚴辭拒絕：

> 某家本貞廉，性唯孤介。貪古人之糟粕，究前聖之旨歸，編柳苦辛，
> 燃粝幽暗，布衣糲食，燒蒿茹藜，但自固窮，終不斯濫，必不敢當
> 神仙降顧，斷意如此，幸早迴車！

如此堅辭數回，女仙再三以詩詞言論，企圖動之以情，偏是樸憨男子如木偶
人，終不為所動，徒然辜負女仙深情一片。

〈焦封〉（《太平廣記》卷四四六）裡，焦封客遊於蜀，夜逢一青衣邀約，
至一崢嶸屋宇，見一美女子，女僕齊稱之為夫人者，以紅箋寫詩云：

> 妾失鴛鴦伴，君方萍梗遊，小年慚醉後，只恐苦相留。

焦封相和以詩，二人皆喜動顏色。這位猩猩所化的女子到天亮時並對焦封說：

> 妾是都督府孫長使女，少適王茂，王茂客長安死。妾今寡居，幸見
> 託於君子，無以妾自媒為過。當念卓王孫家，文君慕相如，曾若此
> 也。

〈金友章〉（《太平廣記》卷三六四）寫隱居蒲州中條山的金友章於齋中遙見
容貌殊麗的山中汲水女子，心甚悅之，以言辭調戲。女子笑曰：

> 澗下流水，本無常主，須則取之，豈有定限。先不相知，一何造次！
> 然兒止居近里，少小孤遺，今且託身於姨舍，艱危受盡，無以自適。

金友章一聽大喜，忙說：

> 娘子既未適人，友章方謀婚媾，既偶凡心，無宜遐棄，未委如何耳？

六則之中，除〈申屠澄〉、〈金友章〉二則以人間男子自荐於異類女子外，其
餘皆為異類女子自媒於人間男子，即使是男子自媒的〈金友章〉，事實上，嚴
格說來，也是先受到枯骨精所化身的女子的暗示鼓勵的。此與前述強娶中，
強橫掠奪者皆為男子大異其趣，大凡異類男子求與人間女子成婚，多以強力
為之，而異類女子求與人間男子為偶，則多半憑藉美色自媒。這一點，在描

述現實世界婚姻的故事中，亦頗有異曲同工之妙。唐人小說中敘及此類現實世界由女性自媒的文字，亦頗多篇章，如〈虬髯客傳〉（《太平廣記》卷一九三）中的紅拂女、〈聶隱娘〉（《太平廣記》卷一九四）、〈賈人妻〉（《太平廣記》卷一九六）等，都是女子以獨具的慧眼和主動熱情的行動向男子自荐而締結婚姻，可見唐代女性在情感表現上，較諸傳統女性，更要坦率。她們不但已有愛情自由意識，而且更勇敢地付諸行動。

（五）冥　婚

所謂「冥婚」，即某家有子未婚娶而夭折，與夫某家有女未婚嫁而早逝者，雙方家長經予議定，爲其舉行冥婚之儀。甚至亦泛指所有生死兩界聯姻或於冥界所舉行之婚禮。唐人志怪小說中亦不乏此類故實，如〈季攸〉（《太平廣記》卷三三三）寫季攸攜女二人與外甥孤女上任，有求婚者，以己女嫁之，女盡嫁而不及甥，甥結怨而死，葬於東郊。經數月，所給主簿市胥吏突然失蹤，家人遍尋不著。後家人於壚墓中發現胥與季攸甥女同寢棺裡。已亡外甥女下言主簿云：

> 吾恨舅不嫁，惟憐己女，不知有吾，故氣結死。今神道使吾嫁與市吏，故輒引以之同衾。既此邑已知，理須見嫁。後月一日，可合婚姻。惟舅不以胥吏見期，而違神道，請即知聞，受其所聘，仍待以女婿禮。至月一日，當具飲食，吾迎楊郎，望伏所請焉。

於是，吃驚的舅舅，召胥一問，納錢數萬，請婚於市吏，至月一日，並爲外甥女造作衣裳幃帳，又造饌大會。楊氏鬼又前來致謝，致謝畢，胥暴卒，乃爲設冥婚禮。

〈曹惠〉（《太平廣記》卷三七一）裡提到謝康成本婚配王敬則女，然王氏本屠酤種，性麤率多力，於陰曹中，猶與康成不睦，康成因而啓奏天帝，再冥婚樂彥輔第八女。類似的冥婚，不僅見於志怪小說中，現實世界裡亦屢見不鮮。冥婚習俗淵源甚早，《周禮・地官・媒氏》云：

> 禁遷葬者與嫁殤者。〔註11〕

漢鄭玄注云：

> 遷葬，謂生時非夫婦，死既葬，遷之，使相從也。殤，十九以下，未嫁而死者，生不以禮相接，死而合之，是亦亂人倫者也。鄭司農

〔註11〕《周禮》（臺北：藝文印書館，十三經注疏）卷十四，〈地官媒氏〉，頁218。

> 云：嫁殤者，謂嫁死人也，今時娶會是也。〔註12〕

唐賈公彥疏云：

> 遷葬謂成人鰥寡，生時非夫婦，死乃嫁之。嫁殤者，生年十九以下
> 而死，死乃嫁之，不言殤娶者，舉女殤，男可知也。〔註13〕

如此，則季攸之亡外甥女爲殤娶之例；〈曹惠〉裡，謝康成於冥間再娶樂氏女則屬遷葬類，只是，一般冥婚都由死者親屬於人間爲其舉行，小說則由死亡者自行要求舉行，化被動爲主動，甚至冥婚之舉行更轉移陣地至陰間爲之。事實上，此類冥婚在唐代亦極風行，甚至備載於正史之中，即唐代皇室亦舉行冥婚多次。〔註14〕

三、唐人志怪小說中異類婚姻的破滅

唐人志怪小說中的異類婚姻，大多終歸破滅，只有極少部分能夠終老。究其破滅原因，不外如下數端：

（一）寵新棄舊

〈柳毅〉（《太平廣記》卷四一九）女主角洞庭龍女第一次的婚姻乃由父母做主配嫁涇河小龍，然涇河小龍「爲婢僕所惑，日以厭薄」，龍女被黜於涇陽道旁牧羊，後來，因柳毅仗義傳書，引發錢塘君一怒而吞喫涇川次子，婚姻終告破滅。

此種寵新棄舊的事實，詩歌中亦時有所載。如李白〈平虜將軍妻〉：

> 平虜將軍婦，入門二十年，君心自有悅，妾寵豈能專！出解床前帳，
> 行吟道上篇，古人不唾井，莫忘昔纏綿。〔註15〕

王琦注云：

> 古樂府：王宋者，平虜將軍劉勳妻也。入門二十餘年，後勳悅山陽
> 司馬氏女，以宋無子出還，於道中作詩二首曰：翩翩床前帳，張以
> 蔽光輝，昔將爾同去，今將爾同歸；纈藏篋笥裡，當復何時披。又

〔註12〕同前注。

〔註13〕同前注。

〔註14〕唐代皇室舉行冥婚即有三次，備載正史之中：一、中宗之子懿德太子重潤之冥婚（《舊唐書》卷八十六〈懿德太子重潤傳〉）；二、肅宗之子承天皇帝倓之冥婚（《新唐書》卷八十二〈承天皇帝倓傳〉）；三、韋后弟洵之冥婚（《新唐書》卷一二三〈蕭至忠傳〉）。

〔註15〕瞿蛻園等校注：《李白集校注》（臺北：里仁書局）卷二十五，頁1457。

> 曰：誰言去婦薄，去婦情更重；千里不吐井，況乃昔所奉；遠望未
> 爲遙，踟躕不得並。

可見平虜將軍以其妻無子爲藉口而休棄，其實真正原因乃因另有所愛。此種
事實於任何朝代都可能發生，應屬婚姻破滅的重要原因，然此種婚姻常態，
於唐代志怪中卻少有著墨，何以致之，也許值得再加思考。

（二）身分見疑而求去

夫婦之道，首重誠信，不誠不信，則難期終老。如：〈金友章〉（《太平廣
記》卷三六四）中，金友章與枯骨精所化的女子結姻之後，夫婦之道，久而
益敬。一日，妻子舉止反常，並不坐下伴讀，但佇立侍坐，友章令妻就寢，
妻子叮嚀：

> 君今夜歸房，慎勿執燭，妾之幸矣！

誰知，金友章並未遵守承諾，反而因好奇而燭照妻子，發現妻子原來是一具
枯骨！山南枯骨之精因而感歎道：

> 妾非人也！乃山南枯骨之精。居此山北，有恆明王者，鬼之首也。
> 常每月一朝，妾自侍金郎，半年都不至彼，向爲鬼使所錄，榜妾鐵
> 杖百，妾受此楚毒，不勝其苦。向以化身未得，豈意金郎視之也。
> 事以彰矣！君宜速出，更不留戀。蓋此山中，凡物總有精魅附之，
> 恐損金郎。

說完，涕泣嗚咽，因爾不見，友章只好含恨而去。

〈姚氏三子〉（《太平廣記》卷六十五）中，姚氏三子結茅居條山之陽，
邂逅三女星降下人間，遂結爲連理。三女星之母曾與三子約定：

> 人之所重者生也，所欲者貴也。但百日不洩於人，令君長生度世，
> 位極人臣。

其後，因姚父使家僮饋糧，家僮見屋宇帷帳之盛、人物豔麗之多，疑爲山鬼
所魅，姚父乃促召三子。三子將行之際，女星之母猶囑咐再三：

> 慎勿洩露，縱加楚撻，亦勿言之。

可惜的是，三子不勝其父鞭撻，具道本末，老夫人於是責備他們：

> 子不用吾言，既洩天機，當於此訣。

於是，給本來變得神氣秀發、風度夷曠的三子飲湯，三子既飲，則昏頑如舊、
一無所知，三位女星見到他們，邈然如不相識。

〈崔書生〉（《太平廣記》卷六十三）裡，居東州邏谷口的崔書生，好植

名花，於花下見殊色女郎乘馬而過，鞭馬隨之，得一老青衣爲媒妁，婚配女子。經月餘，崔生之母慈顏衰瘁，因伏問几下，母曰：

> 有汝一子，冀得求全。今汝所納新婦，妖媚無雙，吾於土塑圖畫之中，未曾見此。必是狐魅之輩，傷害於汝，故致吾憂。

書生入室，見女涕淚交下，曰：

> 本侍箕帚，望以終天，不知尊夫人待以狐魅輩，明晨即別。

原來，崔書生所納妻子乃是西王母第三女玉卮娘子，因身分爲崔母所疑，不得已而分離。

〈韋安道〉（《太平廣記》卷二九九）寫韋安道與后土夫人合爲匹偶。二人成親後十餘日，后土夫人謂安道曰：

> 某爲子之妻，子有父母，不告而娶，不可謂禮，順從子而歸，廟見尊舅姑，得成婦之禮。

歸家後的夫人，又送厚禮、又有侍女閹奴，排場甚大，引起安道父母的憂懼。於是，數次請來善術者降妖，都不得要領。安道因之奉父母之命，向妻子言道：

> 某寒門，新婦靈貴之神，今幸與小子伉儷，不敢稱敵。又天后法嚴，懼因是禍及。幸新婦且歸，爲舅姑之計。

話聲未了，新婦涕泣言道：

> 某幸得配偶君子，奉事舅姑。夫爲婦之道，所宜奉舅姑之命，今舅姑既有命，敢不敬從。

於是，由安道送回。夫人曾向天后言道：

> 某以有冥數，當與天后部內一人韋安道者爲匹偶，今冥數已盡，自當離異。然不能與之無情，此人苦無壽，某當在某家，本願與延壽三百歲，使官至三品，爲其尊父母厭迫，不得久居人間，因不果與成其事。……

可見，后土夫人也因舅姑見疑而不得不請去。

所以，不管是當事人不信守承諾，或舅姑起疑心，均爲婚姻之致命傷，此類小說實蘊涵警世之意。

（三）淫佚（與他人私通）

古制七出之條，淫佚明列其中。唐代志怪小說之中，淫佚私通的篇章不在少數。如：〈王眞妻〉（《太平廣記》卷四五六）裡，王眞妻趙氏，少適王眞。近半年，忽有一少年，每伺眞出，常至趙氏寢室，既頻往來，因此，戲誘趙

氏與他私通。一日，二人同席飲酌，爲王眞所見，少年與趙氏，遂前後化爲大蛇，突奔而去。

〈孟氏〉（《太平廣記》卷三四五）寫孟氏嫁作商人婦，夫多在外，孟氏不堪獨居的寂寞，與逾牆而入的美少年，吟詩生情，遂與少年私通踰年餘，其後，夫自外回，少年騰身而去，竟不知其爲何怪。

〈呼延冀〉（《太平廣記》卷三四四）一文，敘述呼延冀攜妻之官，半途將妻子暫留老翁家，獨自赴任所。忽一日，接獲其妻來書云：

……悲夫！一何義絕。君以妾身，棄之如屣，留于荒郊，不念孤獨。

自君之官，淚流莫遏，思量薄情，妾又奚守貞潔哉！老父家有一少

年子，深慕妾，妾已歸之矣，君其知之。

憤怒的丈夫，拋官至泗水，本欲殺妻，卻意外發現妻子已死，原來與妻子私通的少年乃鬼也。

〈新繁縣令〉（《太平廣記》卷三三五）裡，新繁縣令妻子亡逝，命人製作凶服，中有婦人，容貌殊絕，縣令於是悅而留之，甚見寵愛。後數日，以本夫將至，留杯求去。事後才知，婦人乃已罷職縣尉亡妻，其夫發棺，見妻子抱新繁縣令所贈羅而臥，怒甚，以積薪焚之。已亡婦人猶與人暗通款曲，眞奇聞也。

類似的與人私通故事，也大量記載於唐代非志怪類小說中。如〈步飛煙〉（《太平廣記》卷九一二）、〈蔣恆〉（《太平廣記》卷一七一）、〈王敬〉（《太平廣記》卷一七一）、〈楊褒〉（《太平廣記》卷四三七）……等，可見在唐代自由開放風氣下，男女越禮姦淫的事很容易發生，即連后妃公主也常穢行聞於外，如武則天先後嬖幸蔣懷義、張易之、張昌宗等人；中宗韋后通楊均、馬秦客等；太宗女合浦公主既嫁房遺愛，又與浮屠辯機亂；順宗女襄陽公主已嫁張克禮，又常私待薛樞、蔣渾、李原本等人。〔註16〕

（四）異類逝去或離去

異類婚姻的破滅，有許多是因爲異類的死亡或離開。不同於人間婚姻的是，人類的死亡，多是罹患疾病或老死，而異類的死亡往往是非自然的死亡，因爲外力的強制干預，有的是被犬所咋，有的被道士所降、有的則是爲人所撲殺。

〔註16〕《新唐書》（臺北：鼎文書局）卷二十六〈后妃傳〉，卷八十三〈諸帝王公主傳〉。

1、被犬所咋

〈淳于矜〉（《太平廣記》卷四四二）寫少年淳于矜於石頭城南逢美少女，共盡忻好，剋期結爲姻好，並生兩兒後，有獵者過，覓淳于矜：

> 將數十狗，徑突入，咋婦及兒，並成狸。

〈李參軍〉（《太平廣記》卷四四八）中，得美妻的李參軍奉使入洛，留婦在舍。一日，參軍王於顒曳狗將獵，李氏群婢見狗甚駭，多騈而入門。顒逐牽狗入門，狗摯孿號吠。李氏於門內大詬，顒排窗放犬，咋殺群狐，唯妻死，「身是人，而其尾不變。」

〈任氏傳〉（《太平廣記》卷四五二）敘述鄭六於昇平之北門邂逅白衣婦人任氏，相與酣飲，夜久而寢，將曉，乃約後期而去。其後，鄭子經鬻餅舍主人之指點，才知任氏原來是狐。然鄭子喜其冶豔，不忍相棄；任氏見其真誠，「願徼終已以奉巾櫛」，二人情投意合，乃告賃屋同居。時鄭子方有妻氏，雖晝遊於外，而夜寢於內，恨不得專其夕。將之官，邀任氏俱去，任氏以歲不利西行固辭。鄭子譏此說乃妖惑之言，懇請。任氏不得已，遂行：

> 信宿，至馬嵬，任氏乘馬居其前，鄭子乘驢居其後，女奴別乘，又在其後。是時西門圉人教獵狗於洛川，已旬日矣。適值於道，蒼犬騰出於草間，鄭子見任氏歘然墜於地，復本形而南馳。蒼犬逐之，鄭子隨走叫呼，不能止。里餘，爲犬所獲。

三則之中，女狐現回本形，皆因獵犬追逐的緣故，是否因犬本爲人類看守門戶，所以，具有辨識敵我的能力，女狐雖未作祟於人，終究人、狐有別，故見狐則逐。女狐既變爲原形，再無法於人間與人同居止，婚姻自然破滅。

2、爲道士所降、或爲人所殺

〈楊伯成〉（《太平廣記》卷四四八）裡伯成被迫嫁女予吳南鶴，伯成雖知南鶴實爲狐魅，卻束手無策。一日，於田中看人刈麥，忽有道士求漿水，自言天仙，正奉帝命，追捉此輩。於是：

> 因求紙筆，楊伯成使小奴取之，然猶懼其知覺，戒令無喧。紙筆至，道士書作三字，狀如古篆，令小奴持自南鶴所，放前云：尊師喚汝。奴持書入房，見南鶴方與家婢相謔，奴以書授之。南鶴見書，匍匐而行，至樹下。道士呵曰：老野狐敢作人形，遂變爲狐，異常病疹。

道士以小杖決之一百，略示懲處後，驅狐前行，自後隨之，行百餘步，至柳林邊，冉冉升天，久之遂滅。野狐既已升天，女兒方才從狐魅中驚醒。

〈李元恭〉（《太平廣記》卷四四九）寫李之外孫女崔氏爲狐所魅，狐自稱胡郎。胡郎談論，無所不至，並先後爲崔氏引人授經史，教書法、傳音聲。李誘其攜婦歸家，胡郎大喜，遍拜家人，李元恭計問住宅，循線前往：

> 見二大竹間有一小孔，意是狐窟。引水灌之，初得貓狢及他狐數十
> 枚，最後有一老狐，衣綠衫，從孔中出，是其素所著衫也。家人喜
> 云：胡郎出矣！殺之，其怪遂絕。

爲祟少女的老野狐，終於被人類所殺，結束了這段姻緣。

〈李曆〉（《太平廣記》卷四五一）言東平尉李曆以十五千買得胡人婦鄭氏，攜其同至任所，生子。其後李充租綱入京，與鄭同還。至故城，鄭固稱疾不起，羈留甚久，然事理須去，不得已而同行：

> 行至郭門，忽言腹痛，下馬便走，勢疾如風，李與其僕數人極騁，
> 追不能及。便入故城，轉入易水村，足力少息，李不能捨，復逐之，
> 垂及，因入小穴。極聲呼之，寂無所應，戀結悽愴，言發淚下。會
> 日暮，村人爲草塞穴口，還店止舍。及明，又往呼之，無所見，乃
> 以火燻，久之，村人爲掘深數丈，見牝狐死穴中，衣服脫卸如蛻，
> 腳上著錦襪，李歎息良久，方埋之。

這位婉約媚點，既工女工，又究音聲的女狐，因爲人類的追捕火燻，就此逝去，一段美滿姻緣終告結束。

〈鄭氏子〉（《太平廣記》卷四四二）言鄭氏子登閣結識婦人，容色甚美，因與結歡，常至房，引起本妻的懷疑。請來高行尼至房念誦，婦人遂不敢至。妻知有效，留尼在房，日夜持誦，婦人忽謂鄭曰：

> 曩來欲與君畢歡，恨以尼故，使某屬厭，今辭君去矣，我只是閣頭
> 狸二娘耳。

言訖不見，遂絕。人狐的關係，因高尼的降服而畫上休止符。

3、忽憶山林，化為原形遠去

有部分的異類在人間一段時日後，會開始思念所來自的山林，一伺時機到來，便化爲原形離去。如：〈焦封〉（《太平廣記》卷四四六）中焦封與猩猩所化身的女子結爲連理，情感深摯，一月有餘，焦封爲博取功名，獨自入關，夫人不忍與別，因潛奔追趕，焦封遂攜其同行，至先前與女邂逅的旅次歇息。黃昏時候：

> 有十餘猩猩來，其妻奔出見之，喜躍倍常。乃顧謂封曰：君亦不顧

我東去，我今幸女伴相召歸山，願自保愛。

說罷，化爲一猩猩，與同伴相逐而走，不知所之。

〈孫恪〉（《太平廣記》卷四四五）中，孫恪與猿女結姻十餘年，鞠育二子，孫因舊友人荐於南康張萬頃大夫，爲經略判官，挈家前往。經端州峽山寺，詣老僧院，以碧玉環子獻僧，及齋罷：

> 有野猿數十，連臂下于高松，而食于生臺上，後悲嘯捫蘿而躍，袁
> 氏惻然。俄命筆題僧壁曰：剛被恩情役此心，無端變化幾湮沉，不
> 如逐伴歸山去，長嘯一聲煙霧深。

於是，擲筆於地，撫二子咽泣數聲，語恪曰「好住好住！吾當永訣矣！」遂裂衣化爲老猿，追嘯者躍樹而去。

〈天寶選人〉（《太平廣記》卷四二七）寫天寶年間有選人於入京途中，投宿僧房，於院後破屋見蓋虎皮女子，乃掣虎皮藏之，因以爲妻。數年間，生子數人。一日，復至前宿處，選人笑語妻曰：

> 君豈不記余與君初相見處耶？

妻子怒曰：

> 某本非人類，偶爾爲君所收，有子數人，能不見嫌，敢且同處，今
> 如見恥，豈徒爲語耳！還我故衣，從我所適。

選人雖一再致歉，但妻子怒氣難抑，索故衣轉急。選人只好告以故衣置北屋，女子目光如電，猖狂入北屋間尋覓虎皮，披之於體，跳躍數步，居然成爲巨虎，嘯吼回顧，望林而往。

〈申屠澄〉（《太平廣記》卷四二九）裡，申屠澄與小娘子於風雪大寒中結緣，女子爲申生一男一女。其後，申屠澄罷官歸秦，經妻本家，止其舍。妻子思慕之深，盡日涕泣。於壁角故衣之下，見一虎皮，塵埃積滿，妻見之，忽然大笑披之，即刻變爲虎，嘯吼挐攖，突門而去。

4、食夫而去

與魏晉志怪小說關係越密切的唐傳奇，所顯示的獸性越強，而其所顯現的獸性大多是食人的特質。如：〈崔韜〉（《太平廣記》卷四三三）中，崔韜旅遊滁州，夜宿仁義館，見虎化之女，就韜衣而眠，二人情投，遂奉歡好。韜取女獸皮衣棄廳後枯井中，並攜女子而去。後韜明經擢第，與妻同赴任，復宿仁義館，往視井中，獸皮衣宛然如故：

> 妻乃下階，將獸皮衣著之纔畢，乃化爲虎，跳擲嘯吼，奮而上廳，

食子及韜而去。

〈王申子〉(《太平廣記》卷三六五)寫王申之子與求水女子成婚，王申妻夜夢其子二度披髮哭訴被食將盡，申與妻秉燭扣戶，子及新婦都不應，乃壞門闔，纔開：

有一物，圓目鑿齒，體如藍色，衝人而去。其子唯餘腦骨及髮而已。

兩則故事，都充滿血腥，故事的女主角在恢復原形時，也同時恢復了可怕的獸性，都將自己的丈夫生吞活剝。

5、不知所終

〈汝陰人〉(《太平廣記》卷三○一)裡，汝陰人與女神結姻數十年，生子五人，後汝陰人卒，女子「攜子俱去，不知所在也。」〈寶玉〉(《太平廣記》卷三四三)中，寶玉與女鬼繾綣五年，事為進士王勝、蓋夷所窺知，寶玉各贈以三十疋絹，求其祕之，女與寶玉自此亦「言訖遁去，不知所在焉。」〈韋明府〉(《太平廣記》卷四四九)裡，韋明府之女為狐所祟，明府夫妻二人計賺降狐之計，將化身為崔參軍的男狐大加懲治。後崔狐乃「徘徊，復為旋風而去。」不論是神、是鬼抑或狐，最後皆不知所終。

以上異類化為原形，或逝去，或回歸山林，或不知所終，有些仍不脫六朝志怪色彩，如食夫而去一節，所敘異類顯然與人的關係仍為對立，可以說獸性依然十足。其餘所化為之女子，要皆丰姿豔麗、溫柔動人，尤以〈任氏傳〉中之女狐任氏，更是性情高潔，除有真正感情外，更有相當成熟的個性。這些異類與人類結為歡好後，其實均相當善良，未必會危害人類，但因狐狸精祟人、老虎食人，已成人類定見，往往被人憎惡，請來道士或有法術的人加以袪殺，而造成身死悲劇，結束了與人類的婚姻。而這些婚姻大體皆非禮而合，或自媒、或私會，似乎暗示皆不得終老。其中所列，大部為異類女子與人類的結合，唯一的例外，乃〈韋明府〉裡「為旋風而去」的狐婿，似乎亦不出傳統求全女子遵守禮法的規範。

四、唐人志怪小說中異類婚姻的命定論

由以唐人小說異類婚戀故事的歸納中，可發現強烈的命定觀念，故事裡經常強調夫妻關係乃因業緣定數。在中國古代，婚姻純屬人事。所謂：

析薪如之何？非斧不克；娶妻如之何？非媒不得。〔註17〕

―――――――――

〔註17〕《詩經》(臺北：藝文印書館，十三經注疏)〈齊風〉，卷五～十二，頁197。

而孟子也說：

> 父母之命，媒妁之言。

都指陳了婚姻由媒人撮合、家長做主。但是，在唐人小說裡，婚姻雖也強調媒妁之言、父母之命，但卻隱隱浮現另一種姻緣天定的觀念。唐尚宮《女論語》云：

> 前生緣分，今世婚姻。〔註18〕

更具體揭示婚姻命定的觀念。這種觀念顯然是受到佛教因果報應、六道輪迴思想的影響。宿命論的婚姻觀，在唐代志怪小說中，常藉預言的方式呈現：

〈王賈〉（《太平廣記》卷三十二）中，被謫人間的神仙王賈，少而聰穎，預言常中事，生前曾預言：

> 妻崔氏亦非吾妻，即吉州別駕李乙妻也，緣時歲未到，乙未合娶，
> 以世人亦合有室，故司命權已妻吾。

眾人皆莫信，其後，果如其言，妻於乙未歸李乙。〈李元平〉（《太平廣記》卷三三九）中，敘李元平客於東陽精舍讀書，與女鬼所化之女，相見忻悅，有如舊識。女謂李元平曰：

> 所以來者，亦欲見君，論宿昔事。我已非人，君無懼乎？……己大
> 人昔任江州刺史，君前生是江州門夫，恆在使君家長直。雖生於貧
> 賤，而容止可悅，我以因緣之故，私與交通。君才百日，患霍亂沒，
> 故我不敢哭，哀倍常情，素持千手千眼菩薩咒，所願後身各生貴家，
> 重爲婚姻。以朱筆塗君左股爲志，君試看之，若有朱者，我言驗矣！

元平自視如其言，益信。久之，情契既洽，歡愜亦甚。欲曙，忽謂元平：

> 託生時至，不得久留。

於是，悲泣訣去。去前，尚預言十六年後，李元平方合爲婚姻，因爲：

> 天命已定，君雖欲婚，亦不可得。

類似的宿命論觀念，更普遍存在唐人志怪小說人和人締結的婚姻當中。如最有名的〈定婚店〉（《太平廣記》卷一五九），韋固於偶然機緣下，由月下老人處，得知未來妻子乃瞎眼賣菜老婆之三歲女兒，韋固嫌其鄙陋，嗾使奴僕刺殺該女子，雖刀傷眉間，卻於十四年後，如預言所說，無法逃避天命，娶其爲妻。〈灌園嬰女〉（《太平廣記》卷一六○）與〈定婚店〉的內容大體類似，僅傷害女子方式不同，爲男主角以「細針納於顱中而去」；〈崔元綜〉（《太平

〔註18〕見《女論語‧事夫章》。

《廣記》卷一五九）裡，婚嫁吉日已定的崔元綜假寐時忽夢有人云：

> 此家女非君之婦，君婦今日始生。

其後，未婚妻果然暴亡。十九年後，乃婚侍郎韋陟堂妹。尋勘歲月，正是所夢之日，其妻適生。

〈盧生〉（《太平廣記》卷一五九）寫弘農令之女將適盧生，卜吉之日，有女巫向女母預言盧生非其子婿，並爲其描摹其子婿容貌。女母怒斥無稽，唾而逐之。親迎禮過，盧生忽驚而奔出，乘馬而遁，眾賓追之不返。主人無奈，只好將女兒另聘他人，新婚模樣，居然和先前巫者所敘，分毫不差，乃知巫之有知也。〈辛祕〉（《太平廣記》卷三〇五）亦寫男子辛祕於赴婚日，於樹蔭下遇乞兒，告以婚期尚遠，此女非其妻，後果如其所預示。〈秀師言記〉（《太平廣記》卷一六〇）裡，僧人神秀預言表舅李仁鈞當納表姪女崔氏爲妻，眾皆不信，後兩家各歷滄桑，崔氏淪爲孤女，爲李仁鈞納爲繼室，所有遭際，悉如神秀之預言。〈武殷〉（《太平廣記》卷一五九）文，敘武殷已訂婚鄭氏，而鄭氏嫁郭紹，武殷後娶韋氏，不久而死。中有善觀相之勾龍生曾於事前詳述原委，後果然一一應驗，亦見姻緣之屬命定。

此類小說中，都有一能言之士，詳爲預言後事，或爲當事人自己，或爲月下老人、夢中人、女巫、乞兒，或爲鬼、僧師、善相者，不論當事人如何銳意突破命運的枷鎖，似乎都只是徒勞。正如〈盧生〉一文所揭示：

> 乃如結縭之親，命固前定，不可苟而求之也。

這些小說，無非是闡明「欲成不成，不欲成反成」之理。而因爲這些故事的多方強調，遂使得：

> 人們格外把婚姻的事，委諸天命，不大固執了。在婦人的心裡，自然格外是樂天安命，他們自己的婚姻，他們一向就不能參加意見的，有了這些故事，不免更使安然就範，嫁雞隨雞，嫁狗隨狗，皆有定數。所以，這些故事是使婦女們的生活，更惋俛更馴服的，影響實在很大。〔註19〕

五、唐人志怪小說中異類婚姻的擇偶趨向

唐人志怪小說中諸多妖怪幻化爲人及人神相遇事蹟，多以世人心中的想像塑造異類的家世形象。以志怪小說中的婚姻來看，有兩點頗值注意：

〔註19〕陳東原撰：《中國婦女生活史》（臺北：商務印書館）頁 106。

（一）女方多財貨乃婚姻之理想

唐人婚姻重視財富，乃起源於門第觀念，而後遂成一種習俗。由太宗貞觀十六年詔禁賣婚看來，當時婚媾多納財富，已幾近販鬻程度，而使風俗陵替。志怪小說中的婚姻，亦不時流露出娶妻多財的理想，如：〈汝陰人〉（《太平廣記》卷三○一）中，許姓男子娶妻，妻家豪華無比，器用皆非人間所有。女子第一次出現時的排場就十分浩大：

> 房中施雲母屏風，芙蓉翠帳，以鹿瑞錦障四壁，大設珍饈，多諸異果，甘美鮮香，非人間者。食器有七子螺九枝盤紅螺杯葉葉碗，皆黃金隱起，錯以瑰碧，有玉罌，貯車師葡萄酒，芬馨酷烈。座上置連心蠟燭悉以紫玉為盤，光明如晝。

成親後，更以金帛厚遺之，且資僕馬，為起宅子於里中，汝陰人家遂贍給。

〈寶玉〉（《太平廣記》卷三四三）中，寶玉所娶之妻家，也是非比尋常。所謂：

> 其中堂陳設之盛，若王侯之居。盤饌珍華，味窮海陸。

除此之外，妻家復贈送篋中絹百定，用盡復滿，而平日供帳饌具，也都仰賴妻子攜來。

〈李參軍〉（《太平廣記》卷四四八）中，李參軍所娶蕭家女，除容色姝美之外，其所居：

> 門館清肅，甲第顯煥，高槐修竹，蔓延連互，絕世之勝境。

蕭家主人的穿著「服玩隱暎，當世罕遇。」所食之物「海陸交錯，多有未明之物。」而其後遣女子與李參軍隨至任所時，並致送「寶鈿堵犢車五乘，奴婢人馬三十疋，其他服玩，不可勝數。」

〈孫恪〉（《太平廣記》卷四四五）裡，孫恪進媒娶袁氏，袁氏也是「贍足，巨有金繒」，孫恪因之「車馬煥若，服翫華麗」，讓親友大為疑訝。

〈柳毅〉（《太平廣記》卷四一九）中，柳毅往龍宮傳書，為洞庭龍女抒困，獲珍寶以歸。至廣陵寶肆，鬻其所得，財以盈兆。後三娶龍女所托生的盧氏女，文中也說：

> 男女二姓，俱為豪族。法用禮物，盡其豐盛，金陵之士，莫不健仰。

〈裴航〉（《太平廣記》卷五十）中，裴航通過重重考驗，得以和女仙共結連理後，也有一大段對女家排場的描述：

> 逡巡車馬僕隸，迎航而往。別見一大第連雲，珠扉晃日，內有帳幄

> 屏幛，珠翠珍玩，莫不臻至，愈如貴戚家焉。

〈韋安道〉（《太平廣記》卷二九九）裡，韋安道與后土夫人爲偶，所服御飲饌，全如帝王家。所穿衣服爲「青袍、牙笏、綬衣」夫人所居之所則：

> 甲士守衛甚嚴，如王者之城。凡經數重，遂見飛樓連閣，下有大門，
> 如天子之居，而多宮監。……行百步許，復有大殿，上陳廣筵重樂，
> 羅列樽俎，九重萬舞，若鈞天之樂。……

以上各則，皆對女方多財富之事實，著墨甚多，亦隱約透露出當時士子擇婚之重視財貨的事實。

（二）自媒者常忽略男子人品之清華與否

唐代最重進士，稱中進士者爲登龍門。公卿之家都以登科進士爲擇婿對象，唐《摭言》中有云：

> （進士）曲江大會，則先牒教坊請奏，上御紫雲樓，垂簾觀焉。……
> 公卿家率以其日揀選東床，車馬塡塞。〔註20〕

因此，唐人小說中，女方家長擇婿亦多以前途貴顯爲要。如〈楊素〉（《太平廣記》卷一六九）、〈元懷景〉（《太平廣記》卷一七○）、〈袁天綱〉（《太平廣記》卷二二一）、〈蘇氏女〉（《太平廣記》卷二二四）等，都是以貴相爲擇婿要件而果然通顯的篇章。然志怪小說中，異類自媒的對象，則多半爲好酒色、遊騁無度的男子，如前述〈汝陰人〉裡爲神女所託終身的男子乃「素輕薄無檢」「爲人白皙、有姿調，好鮮衣良馬，遊騁無度。」〈華陽李尉〉中的劍南節度史張某，爲一好色的登徒子，爲奪人之妻，不惜厚賂李尉之女，並陷害李尉；〈任氏傳〉裡，任氏所託身的鄭生，也是「少落拓，好飲酒」「好酒色，貧無家，託身妻族，與崟相得，遊處不間。」是位行爲不檢的佻達男子；〈姚氏三子〉中三女星結緣的姚氏三子，都是「頑騃不肖」「怠遊不悛」的紈褲子弟。作者是否有意以委瑣男子匹配自媒女子，而深致其譴責之意耶！

（三）若夫妻情篤，不得已而分手，必有信物留下。

〈崔書生〉中，女仙離去前，曾贈崔書生白玉盒子；〈焦封〉裡，夫人先贈封金寶，至臨岐，又贈予玉環一枚，臨去復送金爵而別；〈寶玉〉中，女鬼贈男子「篋中絹百匹，用盡復滿」；〈鄭德茂〉（《太平廣記》卷三三四）裡，婦以襯體紅衫及金釵一對贈別；〈王玄之〉（《太平廣記》卷三三四）裡，女鬼

〔註20〕王定保撰：《唐摭言》（臺北：世界書局）卷三，頁24。

以金縷玉杯及玉環一雙留贈；〈郭翰〉中，二人撫抱爲別後，女子亦以七寶碗一留贈；〈孫恪〉裡的母猿臨走留下碧玉環子；〈新繁縣令〉中，婦人求去時，也以一枚銀酒杯相贈；至於男子的回贈，則或有或無，數篇之中，僅王玄之答以繡衣、郭翰答以玉環一雙、新繁縣令贈羅十疋。贈物之意，一則襯托其流連纏綿的情致，或者亦以證明神道之不誣。

六、結　語

由上述可知，唐代志怪小說中的異類婚姻，其締結方式，或如人世間之聘娶、買賣、強奪、冥婚，更多者乃自媒。有趣的是，自媒者多是異類女子，強奪者多屬異類男子，此和現實世界中的婚姻狀況頗爲雷同，此種風氣的產生，或許與唐代風氣的開放有很大關聯。

而唐代志怪小說中的異類婚姻的破滅，或由於男子寵新棄舊，或由於夫妻之一方不能誠信相待，或由於淫佚私通，最多者乃是異類化爲原形（遭犬咋、爲道士所殺、食夫而去、不知所終）。大抵異類在完成塵俗任務後，都不得不回歸本然，不得與人類相偕終老。

另外，唐代志怪小說中的異類婚姻多相信姻緣乃天定，而姻緣定數的落實常藉預言來呈現。在婚姻趨勢上則希冀女方多財貨，自媒者經常忽略男子的人品；夫妻二人若情感眞摯，不得已而分手，多會留下珍貴信物。

——原載《中正嶺學術研究集刊》第十六期

附錄二：《夷堅支志》中異類婚戀故事的幾點觀察——兼論與唐代異類婚戀故事的比較

一、前 言

　　宋承五代分裂割據，天下大亂之後，統一寰宇，規模雖不似漢唐，然局面也頗可觀。因此，當時士大夫多安富尊榮、崇尚現實，較少幻想，多數作家，尤其是身居顯宦名流者，多專意於詩文變革，或流連詞壇，相較於唐代，對傳奇小說可說是較少問津。且宋代科舉著重策論，與傳奇體小說毫無干係，一般士子基於現實考量，亦少寫作。然曾於唐五代蔚為大觀的傳奇小說，作為一種文學創作的遺風，對宋人自然不會沒有作用。李昉等人編纂的《太平廣記》在當時固然尚未廣為流傳，但其流風餘韻所及，卻仍有一定的影響，因此，筆記體小說數量仍然相當可觀，寫作傳奇小說者亦不乏其人，但具有藝術魅力的傳奇作品卻不多。史傳貴實，小說藝術貴虛，宋人傳奇小說家整體說來較缺乏藝術想像和虛構的興會，如實寫來，殆同實錄，藝術性顯然不及唐代傳奇，當然其中亦不乏佳作，如〈楊太眞外傳〉、〈梅妃傳〉、〈李師師傳〉、〈綠珠傳〉、〈流紅記〉……等，大多於拾掇佚聞或民間傳說的基礎上，加工創造，始有較高的吸引力及評價。

　　宋人筆記小說作者中，創作數量最為可觀者，非洪邁莫屬，所著《夷堅支志》四百二十卷〔註1〕，《四庫未收書目》云：

───────────────
〔註 1〕見陳振孫《書錄解題》云：「《夷堅志》甲至癸二百卷，支甲至支癸一百卷，

小說家唯《太平廣記》爲五百卷，然卷帙雖繁，乃搜集眾書所成者。
其出於一人之手，而卷帙遂有《廣記》十之七、八者，唯有此書，
亦可謂好事之尤者矣。

雖然陳振孫《書錄解題》以此書非洪氏一人之力而成〔註2〕，然去其雜蕪，其篇章亦應爲宋人筆記之冠，其與《太平廣記》二書，同屬其後說書藝人必讀教科書，爲話本小說所取資。尤其作者洪邁對唐代傳奇小說的藝術特質及在文學史上的地位皆有比較正確的評價〔註3〕，能擺脫小說爲小道或歷史附庸的成見，開始正視藝術審美角度，而其所作之《夷堅志》是否能禁得起此角度的評析則爲一有趣之問題。一般對《夷堅志》的評價均不高〔註4〕，如魯迅《中國小說史略》即言：

……諸書大都偏重事狀，少所鋪敘，與《稽神錄》略同，顧《夷堅志》獨以著者之名與卷帙之多稱於世。〔註5〕

其後，諸小說史作者幾乎無不同此觀點〔註6〕，似乎此書除作者盛名及浩繁卷帙外，俱無足觀。其實，《夷堅志》一書固然因篇章繁複，不免良莠雜陳，然取與《稽神錄》等書等量齊觀，則不免貶抑過甚，仔細檢索，其中亦不乏上乘之作，實不宜全盤抹煞。謂之「未能超邁前人」即可，謂其無足觀則太甚。

本文乃取《夷堅志》中之《支志》五十卷〔註7〕爲題材，對其異類婚戀故事加以歸納分析，並取與唐代同類型小說比較異同，提出個人的幾點觀察。

三甲至三癸一百卷，四甲四乙各十卷，凡四百二十卷。」

〔註2〕陳振孫《書錄解題》云：「……晚歲急於成書，妄人多取《廣記》中舊事改竄首尾，別爲名字以投之，至有數卷者，亦不復刪，徑以入錄，雖敘事猥釀，屬辭鄙俚，不恤也。」

〔註3〕宋洪邁《容齋隨筆》云：「唐人小說，不可不熟，小小事情，悽惋欲絕，洵有神遇而不自知者，與詩律可稱一代之奇。」

〔註4〕周中孚《鄭堂讀書記‧夷堅志》條云：「稗官小說者，昔人固有爲之者矣，遊戲筆端，資助談柄，猶賢乎已可也；未有卷帙如此其多者，不亦謬其用心也哉？且天壤之間，反常反物之事，惟其罕也，是以謂之怪，苟其多至於不勝載，則不得爲異矣。」

〔註5〕見魯迅《中國小說史略》（臺北：明倫出版社），頁106。

〔註6〕如譚正璧《中國小說發達史》、郭箴一《中國小說史》皆言不能與《太平廣記》相比，而孟瑤女士《中國小說史》則云：「所記遺聞瑣事，亦爲多爲勸戒，並非無益於人心，唯以晚年成書，不暇潤飾，不免繁夥而已。」雖未一筆抹煞此書價值，然僅由教化功能言之，亦未肯定其藝術成績。

〔註7〕本文所根據《夷堅支志》版本乃《欽定四庫全書》本。子部十二，《四庫筆記小說叢書》上海古籍社出版。

二、民族大夢——人、神、鬼、獸的情愛糾葛

　　人與神、鬼、獸婚戀之故事,乃漢民族文化圈相當流行之民間傳說,此種淵源流長的民間傳說,一如神話般,乃「民族大夢」,它所蘊涵及所欲傳達者,往往爲超乎個人的「集體潛意識」。《夷堅支志》中的異類婚戀故事共計二十則,若加排比分類,異中求同,當可發現,它在題材上,雖和前代故事時相祖述,但由旁支細節上,再加推勘,則不難看出二者之間仍有若干的歧異,由這些歧異處,也許正可看出時代變遷的軌跡,並據以研判各自潛藏的集體潛意識。

　　《夷堅支志》中之異類婚戀對象,約略歸納,可分如下三種:

(一)人神婚型

　　包括〈王二〉(甲卷一,頁269)、〈五郎君〉(甲卷一,頁270～271)、〈唐四娘侍女〉(甲卷五,頁291)、〈建昌王福〉(甲卷七,頁306)、〈小陳留旅舍女〉(丁卷二,頁456～457)、〈劉改之教授〉(丁卷六,頁483)六則。

(二)人鬼婚型

　　包括〈西湖女子〉(甲卷五,頁297)、〈甯行者〉(甲卷八,頁311～312)、〈南陵美婦人〉(乙卷八,頁372～373)〈南陵仙隱客〉(丁卷六,頁484～485)、〈黔縣道上婦人〉(丁卷五,頁478～479)、〈解俊保義〉(戊卷八,頁558～559)六則。

(三)人獸婚

　　包括〈王彥大家〉(乙卷一,頁327～328)、〈張四妻〉(乙卷一,頁328)、〈顧端仁〉(乙卷一,頁329)、〈茶僕崔三〉(乙卷二,頁334)、〈衢州少婦〉(乙卷四,頁345～346)、〈周氏買花〉(丁卷八,頁498)、〈孫知縣妻〉(戊卷二,頁518～519)、〈池州白衣男子〉(戊卷三,頁524)共八則。

　　《夷堅志》中作品,固非全屬洪邁個人之作,然即使爲他所撰作部分,亦非全屬向壁虛構,絕大部分應是民間傳說再加文學渲染,就如《搜神記》之成書般,乃:

　　　　考先志於載籍,收遺逸於當時。〔註8〕

因此,此二十則故事應多爲作者採輯民間怪異非常之事,以生花妙筆再加點

〔註8〕干寶撰:《搜神記》(臺北:新興書局,叢書集成新編)第八十一冊,〈搜神記序〉。

染，如借用李維史陀（C. Levistrauss）的「交響樂曲比喻」〔註9〕，則這些人、神、鬼、獸交響曲，固由洪邁等人賣力演出，其樂譜卻係來自民間；而其中每一則故事，都如交響曲中的和弦，僅呈現部分的音節和旋律。因此，只有這二十則故事合而聆聽時，才能拼湊出較完整的樂譜，找出民間傳說所欲傳達的訊息。以下謹分四點言之。

三、四點觀察

（一）發明神道之不誣

志怪中的異類，可以說是人類思維的產物，這樣的思維不但和魏晉玄學思維不同，也和科學思維和理性思維迥異，而是屬於一種如列維‧布留爾（L'evi-Bruhl）所說的原始思維。列維‧布留爾認爲原始思維的思維特徵是它主要受到「互滲律」的支配。布氏曾以原始人對待畫像或肖像往往添上神祕性爲例來說明互滲：

> 顯然，（對他們而言）任何畫像、任何再現都是與其原型的本性、屬性、生命互滲的。這種互滲不應當理解成一個部分——好比說肖像包括了原型所擁有的屬性的總和或生命的一部分。原始人的思維看不見有什麼困難使它不去相信這個生命和這些屬性同時爲原型和肖像所固定。由於原型和肖像之間的神祕結合，由於那種用互滲律來表現的結合，肖像就是原型。〔註10〕

在互滲律支配下的思維，認爲任何畫像或再現就是它的原型。隨著人類文明的發展，思維的演化，這種認爲肖像與原型爲一的互滲律，潛藏爲心理的伏流，但在志怪裡，我們仍舊可以發現互滲律活躍的痕跡。志怪中異類形象也是一種肖像與原型互滲的思維產物。異類婚戀故事中異類的形象其實就是它的原型，所以，這些異類無論在視覺、聽覺、觸覺或嗅覺上，無不與原型同樣眞實。因此，婚戀故事時常以贈物、遺物等情事作爲婚戀的憑證，表明其眞實無妄。如〈唐四娘侍女〉中女方所遺留的泥塑翠冠及履，〈小陳留旅舍女〉中的五兩銀，〈劉改之教授〉中的琴，〈甯行者〉裡，壁間所插玫瑰，〈南陵美婦人〉中的贈餉，〈黔縣道上婦人〉中的衲襖，〈解俊保義〉中的金銀釵珥，……

〔註 9〕 黃道林譯：《結構主義之父——李維史陀》（臺北：桂冠圖書公司，1982 年）頁 71、72。

〔註10〕 丁由中譯，列維‧布留爾著：《原始思維》（北京：商務印書館，1981 年）。

等，除了物質的憑證外，婚戀故事同樣可以產子，當異類的魂形必須永遠消失時，它們產下的子女可以活生生地證驗這一段異類婚戀。如〈王二〉中，女仙爲王二生兩子，〈南陵仙隱客〉裡，女鬼爲林森生一子。尤有甚者，爲證明此種婚戀，其實是眞實存在者，志怪作家還會千方百計點明其所傳不虛，如〈王二〉中寫女仙「後二十年猶存」；〈五郎君〉「竟據鄭氏焉」，〈唐四娘侍女〉之事，「楊終於郴州理掾，營道尉史何信、九疑道士李道登皆見其事」。〈建昌王福〉及〈小陳留旅舍女〉都有神廟塑像爲證；而〈劉改之教授〉遇琴仙之事敘述完畢後，也特別拈出「予案劉當在詹騷牓中而登科記不載」，並把所賦詩條列於前，無非是想證明其可信性；〈西湖女子〉裡，寫江西某官人與女鬼分手後，「後每爲人說，尙悽慘不已，予族姪圭子錫知其事」；〈甯行者〉亦說明男主角「後還俗爲書生，今在淮南」；〈南陵美婦人〉中被害人的姊夫縣宰徐大倫，作者亦不憚詞費於卷尾加述「徐字子至，湖州人」；〈解俊保義〉亦云「劉醫云親見之，當更質諸彼間人也。」；〈茶僕崔三〉中的女獸「駐留如初，至今猶存」；〈孫知縣妻〉中的女蛇事，「時淳熙丁未歲也，張思順監鎮江，江口鎮府命攝邑事，實聞之，此婦至慶元二年，年四十猶存。」……所有文末的再三說明，不管時間、地點的詳明指點，或傳述者的姓名，甚至當事人的歸趨……無一不是爲增添事件的眞確性，以「發明神道之不誣」。

（二）異類形象的投射心理

王充以爲鬼乃無形，他說：

> 人之所以生者，精氣也，死而精氣滅，能爲精氣者，血脈也。人死
> 血脈竭，竭而精氣滅，滅而形體朽，朽而成灰土，何用爲鬼？……
> 朽則消亡，荒忽不見，故謂之鬼神。人見鬼神之形，固非死人之精
> 也。何則？鬼神，荒忽不見之名也。人死，精神升天，骸骨歸土，
> 故謂之鬼神。〔註11〕

據此說法，則鬼乃無形。但是，從六朝志怪中看來，認爲鬼是有形可見的也是大有人在。志怪中的鬼往往可以顯形、變形，清楚地出現在活人面前。這些異類婚戀故事中的異類，不止是神、鬼，甚至是獸，也都具備有顯形、變形的能力，換句話說，它們的形象和一般人並無不同，只是它們具備忽然而現，湮然而滅，行動自如，不可捉摸的特質，這才是和人類最大的不同處。

〔註11〕王充撰：《論衡》（北京：北京大學歷史系論衡注釋小組注釋本，中華書局，
　　　　1979 年）卷二十，頁 1185。

例如〈王二〉中，王二所遇到的女仙便是在深崖間渡水而來，作者賦予她的
能力是：

> 登絕高巇嵓之峰，涉回環過膝之水，塗徑犖确，足力不能給，女不
> 穿履，步武如飛，到一洞。

〈五郎君〉中的五郎君更是神力無邊，在偷竊西元帥第九子與劉庠爲嗣之事
洩後，劉庠二人再被執，五郎君「又奪以歸，而縱火焚府治，樓觀草場一空，
瓦礫磚石如雨下，救火者無一人能前。」

〈王彥大家〉中的山精木魅自言：

> 汝知吾神通否？雖水火刀兵不能加毫末於我也。

當王彥妻方氏欲躲避其糾纏時，山精木魅居然能「伸臂挽其裾，長幾丈餘，
群婢盡力援奪，不能勝。」甚至方氏招道士行五雷法、設醮，擇僧二十輩作
瑜珈道場，皆爲長臂捶擊，莫克盡其技。這般道行高強的鬼魅，幾乎已達到
水火不入的境地，何以後來卻輕易地爲王彥的利劍所中背，這是比較無法說
服讀者之處。

由上可知，特殊的超能力並非神仙所獨有，鬼、獸同樣也具備，除此之
外，異類的無影無形，《夷堅支志》裡，也有刻意的描述。如〈黔縣道上婦人〉
裡，程發病篤，和母親和盤托出：

> 彼婦恰入房，相存問，坐床上，移時方出門去。

母親大吃一驚，「蓋略無形影也。」人和異類等於是擦肩而過，卻全無所見。

〈顧端仁〉中，男主角顧端仁一日於食堂上恍惚見一少女從外頭進來，「舉手
掩食器，卻碎嚼而莫能。」可是顧端仁的雙親卻視若不見，其後顧端仁於西
湖畔和女子相見，便當面指出其非人類，女子問他何由知之，顧云：

> 適視汝行晝日中而無影，非陰魅而何？

甚至女子與端仁二人同途往來，談笑風生，路上行人竟只見顧端仁一人獨行
獨語。而端仁與友人張仲卿訪旗亭飲宴：

> 仲卿歌杏花過雨詞畢，女不知從何而來。已坐顧右，顧生命置杯添
> 酒，仲卿無所觀，嘆唾不已，仍罵顧以挾魍魅俱行，徑舍去。……

這二則故事的女主角，一爲鬼，一爲獸，可見不論鬼或獸，都有可能是無形
影的，或者換個說法更貼切些：某些異類，原是無形影的，它所化身的人形，
只有有緣人才有機會目睹，這和現今流行甚廣的通靈者可和陰間人相敘語可
謂不謀而合。

　　另外，二十則異類婚戀故事中的異類，全數主動降臨，或者這正是出自書生心理（或者說是傳術者的心理）的投射，所以，異類所幻化的女子總是年輕貌美，茲條列如下：

　　〈王二〉遇女子渡水而來，少年貌美

　　〈建昌王福〉年少姝美

　　〈小陳留旅舍女〉其音嬌婉，雙鬟女子，衣服華麗

　　〈劉改之教授〉一美女忽來

　　〈西湖女子〉雙鬟女子在內，明豔動人

　　〈甯行者〉語音儇利，容儀不似田家人。……女色態益妍

　　〈南陵美婦人〉逢美婦人

　　〈南陵仙隱客〉望其容儀甚美

　　〈黔縣道婦人〉容色勝厥妻

　　〈解俊保義〉女子忽來，進趨嫻冶，貌甚華豔

　　〈顧端仁〉見一少女顏貌光麗

　　〈茶僕崔三〉乃一少年女子，容質甚美

　　〈衢州少婦〉乃一少婦，約年十八、九，恣態絕豔

　　〈孫知縣妻〉其顏色絕豔，容儀意態全如圖畫中人

　　綜上所錄，則可歸納出異類所變化之女子，多為年少女子，顏色絕豔，語言儇利，其音嬌婉，最起碼也要「容色勝厥妻」，最勝者「容儀意態全如圖畫中人」。而男性異類所化身之男子，也並非瑣瑣之輩，如：

　　〈五郎君〉有一少年來

　　〈王彥大家〉逢少年，衣紅羅裳、戴鬤金帽，肌如傅粉，容止儒緩

　　〈張四妻〉一白客過其家，語言挑捷

　　〈周氏買花〉一少年狀貌奇偉，著裝乘馬而來，兩絳蠟導前，笙簫隨後，凡飲食所須，應聲即辦，謳吟笑語，與人不殊

　　〈池州白衣男子〉有白衣男子詣其家

　　由以上五則紀錄看來，異類男子亦多年少，語言挑捷，不但相貌堂堂，而且家財萬貫，排場壯盛，大部分還頗有神力，如五郎君可派人劫獄，劫奪他人之子，縱火……〈王彥大家〉裡的山精木魅，幾乎有水火刀兵皆不入的本領，〈周氏買花〉中的白衣男子，既狀貌奇偉，又多金，真是世間女子夢寐以求的。

　　總之，異類婚戀故事中，異類不論是女是男，它們所幻化的人間形象都是人間理想匹偶形象的投射，是當時一般世間男女企求佳偶的普遍心性，完全是因應人類心靈的需求而產生的。總之，《夷堅支志》中的異類最終都將顯露原形，但在與人類相交接時，人類多半只覺其可愛，妖氣已被排斥於心靈之外，它們多半具有雙重性，即一方面具有容色甚美的姣好面貌，一方面又自薦枕蓆、恆無虛夕的野獸本質。

（三）降妖伏怪的道士與符籙

　　道教最適宜人們附緣怪異之想，因之，宋時舉國一片對道教痴狂的迷信，可以說對寄託迷信痴妄故事的神怪筆記，有著推波助瀾的刺激作用。加之以朝廷裡的帝王裝神弄鬼，如真宗自稱夜夢神人，命建黃籙道場，將降賜天書「大中神符」三篇，於是，皇城司奏左承天門上有一鴟尾曳黃帛天書。《宋史‧禮志》七「天書九鼎」條和〈王旦傳〉，以及《續資治通鑑長篇》卷六十七都載有此事。所謂道君皇帝徽宗，更是攪起漫天濁浪，符籙導引，白日升天之事，可以信口編談。如此荒誕的信仰加上洪邁博極載籍，雖稗官、虞初、釋老、旁行，靡不涉獵，於是，道士除妖、羽客降怪，道士、符籙的通天本事便流洩於作者筆端。

　　唐人志怪小說中，異類婚戀之所以破滅，據拙作〈唐人志怪小說中異類婚姻的幾點觀察〉〔註12〕一文之探討，不外神怪身分見疑、自動離去，或不知所終，或被犬咋而現出原形，或食夫而去，或為道士所降，或為人所殺。二十五則故事中，僅有〈楊伯成〉一篇，化為人形的野狐，終於在道士執紙筆書如古篆之三字，令小奴執至南鶴（即野狐）所，而狐遂變為原形，然《夷堅支志》中，道士的本領及符籙的威力顯然增強了許多。〈唐四娘侍女〉中，小胥與城北唐四娘廟侍女私通，一眼便為「習行天心法，視人顏色，則知其有祟與否」的右從政郎楊仲弓所識破，其後楊仲弓更為小胥獻計辨別人神，甚至在發現神座旁侍女身分時，還「誦呪舉火焚厥軀。」才使得小胥免於邪鬼之祟。〈劉改之教授〉中劉改之遇美女唱曲勸酒，並趁韻自媒，於遊閤皀山途中，有道士熊若水修謁，自言善符籙，於是於門外作法行持，終使琴仙現形。〈南陵美婦人〉中，某生與女鬼化身之美女同寢處，就在一次往郊外行幹中，逢道士乞錢，而為道士發現他滿面邪氣，將死於鬼手。於是「就近舍求

〔註12〕廖玉蕙撰：〈唐人志怪小說中異類婚姻的幾點觀察〉（桃園：《中正嶺學術研究集刊》第十六集，1997 年 4 月）。

紙三寸許,書一符,使貼于房門」,使得女鬼再不敢近身。〈解俊保義〉裡,解俊與女鬼結綢繆之好後,也是在一次出城時,遇遮道賣符水者,才得到警告,並吞食了賣符水人所燃紙符十餘道,才使得女鬼遠離。〈王彥大家〉中,王妻爲山精木魅所惑,也曾招道士行五雷法,又設醮,做瑜珈道場等。〈張四妻〉中,張四發覺其妻爲白鼠所祟,也是「詣道士混元法師董中甫自訴,董依科作罩法,至張舍,發符拱立以俟」,才降服了這隻巨白鼠,並煎油烹之。〈顧端仁〉一文裡,顧端仁爲貓精所化身之女子所惑,也仰賴黃法師「先書二符授之,其夕女不至,迨旦,黃又與三符,使佩其一,焚其一,以一榜於門,遂絕不復來。」〈周氏買花〉中,周氏爲貓魅所化身之少年所惑,父母曾爲其密邀行法者,惜法力不夠高強,未能奏效,幸遇鬻麵人羽三,布氣步罡、運法劍斬其首、方才使被迷的周氏神宇豁然,數旬之後,「女感疾若妊娠,復召羽書符使吞之。」才使所有後遺症悉數解除。總計二十則故事中,有八則是與道士或符籙有關聯者,其餘亦無如小說中「爲犬所咋」或「食人而去」等情節,其他十二則裡,神怪身分多半是爲家人(如〈建昌王福〉、〈茶僕崔三〉、〈衢州少婦〉、〈池州白衣男子〉)或祟者本人(如〈南陵仙隱客〉、〈孫知縣妻〉、〈黔縣道上婦人〉)或和尚(如〈甯行者〉)所發現,或女鬼自己招認(如〈西湖女子〉),已經可以說一步步遠離野蠻、血淋淋的率獸食人的境界,而逐漸由人類自己想法來解決問題,這也許又是人間化的另一步!

另外唐人異類婚戀小說中的人類這一方和異類同居或私狎,幾乎全無任何特殊症狀產生,然《夷堅支志》裡和異類產生瓜葛的男子或女子大多有不良病症產生,如〈唐四娘侍女〉裡的小胥「爲邪鬼所祟,不治,將喪身。」〈建昌王福〉和女子交往後,「羸瘠如鬼」,〈西湖女子〉中的江西某官人半年之後,也是「陰氣侵君已深,勢當暴瀉。」〈甯行者〉中,男子與女鬼一夜繾綣後,第二天即顯得「辭氣困惄如此」;某生逢南陵美婦人,數月後,即顏色枯燥,滿面邪氣;程發和黔縣道上婦人往來後,即罹病身亡;解俊與女鬼綢繆月餘,便「氣乾日尪瘵」。〈王家大彥〉中的方氏和山精木魅才一交言,便覺「神宇淆亂,力憊不支」;顧端仁結識貓精,其後則「浸抱迷疾,少時而殂。」〈周氏買花〉文中的周氏爲貓魅所迷,因之「晝眠則終日不寤,夜坐則達旦忘寢」,經過一段時日後,且「感疾若妊娠」,〈池州白衣男子〉中,州娼李妙和其僕雍吉在蛇怪疾趨茅岡後,二人皆大病一場,後雖痊癒,但李妙從此「顏色萎悴,不復類曩時」。半數以上的人類和異類交手過後,都呈現出適應不良的癥

候，異類與人的相處似乎不再如唐人小說般融洽且和諧。唐人小說中的異類婚戀固然大多數無法圓滿地於人間天長地久，但二者因故分離時，除了「徒留遺憾」的情緒外，再無其他生理病症，因此，唐宋傳奇小說在這一點的比較上，唐人志怪顯然更富詩情且更悠長有味，《夷堅支志》內的異類婚戀故事，相形之下，凡人與異類的較勁十分明顯，二者之間的關係，已不似唐人異類婚戀故事般地水乳交融，而顯得較為對立。當然，這應是為凸顯道士法力及符籙威力下刻意的安排，因為只有凡人和異類有了嫌隙，道士或符籙才能扮演降妖伏怪的角色，這種現象的產生，自然是和道教的蓬勃有直接的關聯的。

（四）小市民階層的宜家宜室夢

儒家修身、齊家、治國、平天下的核心雖是取得世俗的功名，但其目標卻是對財富、長壽、多子多孫的希冀和嚮往，中國儒家的這一傳統精神，不可避免的，便落實到文人學士的筆下，得富貴、獲嬌妻便成為他們最高的想望。然而對一些失意文人而言，這一目標也並非唾手可得，最簡捷輕易者莫如富貴神助、神女降凡，因之，歷代筆記小說中便充滿了類似的情節。值得注意的是，唐代異類婚戀故事中的男主角多為知識份子，不是赴試的書生，就是縣令、京兆少尹、參軍、主簿、富商。有趣的是，當了宋代筆記中，男主角的身分、流品則非常複雜，不再局限於士大夫的階層，甚至可以說偏重於描繪都市中下層的眾生相。下列先將其中主角身分做一條列：

1、〈王二〉以畋獵射生為業
2、〈五郎君〉劉庠是「不能治生，貧悴落魄，惟日從其侶飲酒」的無業遊民
3、〈唐四娘侍女〉小胥
4、〈建昌王福〉郡兵
5、〈小陳留旅舍女〉黃寅——書生
6、〈劉改之教授〉劉過——書生
7、〈西湖女子〉江西某官人
8、〈甯行者〉甯行者——為人寫文疏的僧人
9、〈南陵美婦人〉某生——開酒店的
10、〈南陵仙隱客〉林森——書生
11、〈黔縣道婦人〉程發——為人傭
12、〈解俊保義〉解俊——保義郎

13、〈王彥大家〉王彥──商人

14、〈張四妻〉張四──以負擔爲業

15、〈顧端仁〉顧端仁──秀才

16、〈茶僕崔三〉崔三──茶僕

17、〈衢州少婦〉李五七──爲人家管當門戶

18、〈周氏買花〉周五──開機坊

19、〈孫知縣妻〉孫知縣

20、〈池州白衣男子〉雍吉──倡女之僕

二十則之中,除了一位知縣,三位書生及江西某官人及一位富有商人王彥外,其餘十四位大體皆社會地位較低的小市民。這種從士人階層走進市民階層的傾向,正是宋代小說和唐代小說最大的不同。一般都以爲只有宋代話本因爲走上說話的舞臺,所以才趨向大眾性,開始描寫生活的文學。事實上,我們從前述的統計數字看來,打上文人作家的印記的筆記小說裡,文人也不可避免地受到流俗的影響,開始關切和記載小市民的愛恨怨嗔,換上當時民眾的口味,來獵取創作素材,也唯其如此,所以,我們可以看到小說中的人物,他們的欲望顯然多過理想,當現實利益與理想發生衝突時,他們多半捨棄高貴的理想或尊嚴,隱忍地追求屈辱的利益,例如〈五郎君〉中,不能治生的劉庠竟放任自己的妻子與五郎君同室寢處,只因:

> 久困於窮,冀以小康,亦不之責。

甚至在五郎君「翻戒庠無得與妻共處」時,乾脆徙於外館,聽任五郎君鳩占鵲巢,最後乃落得五郎君爲他另外娶妻,而自己的妻子白白拱手讓人。〈南陵美婦人〉裡,開酒店的某生,月夜出戶逢美婦人,遂與私狎,因爲:

> 每至必有贈餉,初得錢,久而攜銀盞,駸駸及于缾罍,所獲不勝多。

所以,雖然懷疑這些財貨乃「竊主家物」,但因「貪財溺愛」,所以「不以爲虞」。〈解俊保義〉中保義郎解俊在邂逅貌美女子,女子時常以金釵銀珥爲贈,解俊也是「既獲麗質,又得羨財,歡愜過望」,完全不去追究事件本末。〈張四妻〉中,以負擔爲業的張四受傭出千里外,久處窮困的妻子便因白衣客「袖出白金數兩爲賂」而接受白衣客的誘姦。〈茶僕崔三〉裡,身爲茶僕的崔三遇到自薦枕席的絕色美女,也喜出望外,即留同宿,他的心態是「以人奴獲好婦,愜適所願,不復詢究本末。」加上女子又「袖出官券十千與之,其後屢致薄助」,當然更加歡喜,所以,當兄長崔二警告他「此地多鬼魅,慮害汝命」

時，他還為女子辯護：「弟與之相從年餘，且賴渠拯恤，義均伉儷，難誣為鬼。」在在都鮮活地顯示出小市民階層久困貧賤、企求暴富的投機心態，並凸顯出當時各行各業對宜家宜室及榮華富貴的渴求。有趣的是，在唐人小說中，異類婚戀中的男女，若不得已而分離，必有信物留下，如〈崔書生〉中，女仙離開崔書生前，曾贈送一白玉盒子予書生；〈焦封〉裡，夫人先贈焦封金寶，至臨岐，又贈以玉環一枚，臨去又遺金爵而別；〈鄭德懋〉裡，婦以襯體紅衫及金釵一對贈別；〈王玄之〉裡，女子亦以金縷玉杯及玉環一雙留贈王玄之；〈郭翰〉中，二人撫抱為別後，女子以七寶椀一留贈；〈孫恪〉中之母猿臨走留下碧玉環子；〈新繁縣令〉中，婦人求去時，亦以一枚銀酒杯相贈。〔註13〕所贈之物，多屬紀念價值較高的東西，偏重纏綿情致的襯托，極富浪漫色彩。《夷堅支志》中，則較少這樣的描述，唯有的兩則中，〈小陳留旅舍女〉和黃寅攜手泣別時，「寅發篋，出銀五兩以贈」，後黃寅於柳林子見女子乃廟中神座旁侍女，「其色赧赧然若負愧之狀，銀在手中，初未嘗啓視也。」而〈黔縣道上婦人〉與程發道別時，「於手帕內取一衲襖與程」，後程發病逝，其母便以此衲襖陪葬。「衲襖」與「銀子五兩」，都是相當家常且素樸的留贈，充滿小宅深巷的色彩，這或許也是宋代小說民間化的證據吧！

四、結　語

《夷堅支志》為宋代筆記小說，其中作品雖非全屬洪邁之作，但其卷帙龐大，堪稱宋代筆記之代表。今考察其異類婚戀故事，得如下四點結論：

一、異類婚戀故事常藉遺履、贈物、生子等情節以增強事件的真實性，並藉文末對事件發生的時間、地點明確指陳，及傳述者的姓名、甚至當事人的存在與歸趨，來發明神道之不誣。

二、異類婚戀故事中，異類所幻化的人間形象乃是人間理想匹偶形象的投射，它們既具備人類多金、美貌、伶俐等特質，又兼具自荐枕席、恆無虛夕等獸性。

三、由於洪邁個人對學問的廣泛涉獵及當時道教的痴狂迷信，《夷堅支志》中的異類婚戀故事開始凸顯道士的能耐及符籙的威力，志怪故事因之一步步遠離率獸食人的境界，而逐漸轉由人類假借道教符籙來降妖，亦證明人力之

〔註13〕廖玉蕙撰：〈唐人志怪小說中異類婚姻的幾點觀察〉（桃園：《中正嶺學術研究集刊》第十六集，1997年4月）。

增強。

四、異類婚戀故事中，得富貴、獲嬌妻乃一般文士之最高想望，《夷堅支志》雖為文人之作，卻也不可避免地受到當時風氣的影響，開始關切和記載小市民的愛恨怨嗔，從唐代的士人階層走向市民階層。因此，小說中人物的慾望顯然多過理想，鮮活地揭示小市民階層久困貧賤，企求暴富的投機心態，並凸顯當時各行各業對宜室宜家及榮華富貴的渴求。

——原載《東吳中文學報》第三期